傳家寶妻 2

秋水痕 著

風文創 910

目錄

第二十三章　私相會兩情繾綣

第二天，天沒亮，趙傳煒帶著趙雲陽去了學堂。

天氣很冷，但好歹是晴天，叔姪步行出了坊口沒多久，忽然有人攔下他。

來人不是旁人，正是喜鵲。

趙傳煒瞪大了眼睛。「妳怎麼在這裡？」

喜鵲跺跺腳、搓搓手，又對著手呵一口熱氣。「三公子，我可等半天了。」從包袱裡拿出一塊墨錠，塞進趙傳煒手中。「祝三公子前程似錦！」

她說完，微微屈膝，轉身就走。

趙傳煒喊了一聲。「等等！」

喜鵲停住腳，趙傳煒摘下自己的玉珮，交給她。

「妳告訴寶娘，天冷了，要照顧好身子。等我明年中了秀才，就讓阿爹去提親。」

喜鵲頓時又想捂耳朵，趙三公子說話實在太直接，萬一被人聽見，可怎麼好？

趙傳煒心想，喜鵲一大早就來了，又從荷包裡取出一塊銀子遞過去。「辛苦妳了。」

喜鵲接過東西，再次行禮。「多謝三公子，我要回去了。」

趙傳煒點頭。

等喜鵲走了一段路後，人群中忽然出現兩個侍衛，不遠不近地跟著她。趙傳煒認出來，這是楊寶娘的貼身侍衛。

他這才放心，帶著趙雲陽一起走了。

路上，趙雲陽還矇著呢，剛才三叔說的提親，他怎麼不知道？

趙傳煒看向他。「雲陽，聽說上回考試你作弊了？你阿爹知道嗎？」

趙雲陽頓時大驚。「三叔，我沒有作弊！」

趙傳煒瞥他一眼。「你別跟我嘴硬，要是你阿爹知道了，打不打斷你的腿。」

趙雲陽的小身子不由哆嗦一下。夏天去莊子玩得太瘋，功課有些跟不上，上次考試就取了個巧，三叔怎麼連這個都知道？

但他機靈，立刻狗腿地說：「三叔放心，剛才的事，我不會告訴任何人。」

趙傳煒笑了。「乖。」

趙雲陽便乖乖跟趙傳煒去學堂了。

喜鵲快步回家，途中還去楊寶娘最喜歡的點心鋪子買了幾匣子點心。這點心剛出鍋才好吃，得一大早來排隊。

二娘子想吃這點心，她身為二娘子最得用的丫頭，出來買點心也不為過。

一進大門，兩個侍衛停下腳步，喜鵲把買點心剩的錢分給他們，小聲叮囑道：「回去後閉緊嘴巴，就是去買個點心，別到處和人嚷嚷。」

兩個侍衛低頭道好，喜鵲這才去了棲月閣。

她一隻腳剛邁進垂花門，小丫頭們瞧見，連忙過來接匣子。「姊姊回來了。」

喜鵲問：「二娘子起來了嗎？」

小丫鬟點頭。「早起來了，跟黃鶯姊姊去向老太太和太太請安，還吩咐我們，要是喜鵲姊姊回來，先給您喝碗湯暖暖身子。」

喜鵲笑了。「胡說，二娘子還沒動筷子，我喝哪門子的湯，倒杯熱水就行。」

小丫頭聽見了，幫喜鵲倒了杯熱茶。

喜鵲還沒喝完茶，楊寶娘就回來了，小丫頭接過她脫下的毛皮大氅。

喜鵲放下茶盞，起身拉著她的手搓了搓。「二娘子冷不冷？」

楊寶娘一笑。「我不冷。一大早讓妳去買點心，妳才出門，我便後悔了，別為了吃口點心，害妳凍著了。」

喜鵲笑著搖頭。「我也不冷。二娘子放心吧，點心還熱著呢。」說完，打開匣子。

匣子用棉布包著，果然還是熱的。

楊寶娘嚐了一口點心，瞇起眼睛笑。「辛苦妳了，讓人送些給三妹妹、四妹妹。」

喜鵲忙打發小丫頭去了，恰巧去取飯的人也回來，冬日天冷，立刻擺上桌。

喜鵲要服侍楊寶娘吃飯，楊寶娘卻揮手。

「妳坐下陪我吃，黃鶯也帶人去吃，別等飯涼了。」

丫頭們應了。

黃鶯告退後，屋裡只剩下楊寶娘和喜鵲。

喜鵲一邊喝粥、一邊小聲說話。「二娘子，東西我送過去了。」

楊寶娘嗯了聲，連頭都沒抬，繼續小口吃素蒸餃。

喜鵲見她這樣，知道她害羞了。「二娘子，三公子說，讓您等他。」

楊寶娘抬起頭。「等他做什麼？」

喜鵲嘿嘿笑。「等他來提親。」

楊寶娘踢她的鞋子。「我看妳該出去再凍一凍。」

喜鵲立刻求饒。「好娘子，我錯了，不開玩笑了。不過這話不假，三公子真這麼說，還讓我把玉珮帶回來，又賞了我一塊銀子。」

她說完，從袖子裡掏出玉珮，雙手托著給楊寶娘。

楊寶娘接過玉珮，仔細看了看，是比目魚珮，青色絡子，玉珮的成色一看就是上等。

她翻來覆去地瞧著，忽然有些臉紅。這樣是不是太不莊重了？聽說古人都喜歡端莊的小娘子。

楊寶娘想了想，把玉珮收進懷裡，拍拍臉頰。「吃飯吧。銀子給妳。」

喜鵲低頭竊笑。

自此，楊寶娘覺得自己能做的都做了。剩下的，交給趙傳煒吧。

趙傳煒果然沒讓她失望。

過了幾天，楊淑娘過生日，楊寶娘稟過楊太傅和陳氏之後，帶兩個妹妹出去玩。

姊妹三個吃完早飯，就坐車出門了。

楊淑娘的小嘴嘰嘰喳喳個沒完。「二姊姊，咱們去哪裡呢？要不，還是去一壺春吧！聽說現在那裡不光可以喝茶，還可以聽戲，咱們叫個女先兒唱曲兒聽。」

楊寶娘笑著點頭。「妳是壽星，妳說去哪裡，就去哪裡。」

楊默娘笑了。「可惜今天官學不休沐，不然叫上大哥和闌哥兒一起去，才熱鬧呢。」

楊寶娘也覺得遺憾。「可不是。無妨，等官學休沐，咱們再聚也行。」

三人去了一壺春，點了上好的茶水點心，讓小莫管事叫了女先兒來唱曲兒。

楊寶娘問楊淑娘。「四妹妹想聽什麼樣的？」

楊淑娘搖頭。「我也不知道。」

楊寶娘囑咐女先兒。「揀有意思的故事說給我妹妹聽，不要什麼才子佳人，那都是騙人的，講些市井趣聞也行。」

女先兒機靈得很，道：「這位娘子真有眼光，才子佳人的故事，可不就是編來哄人的？大家小姐，誰會嫁給身無分文又沒功名的窮漢呢？連個舉人都考不上，叫什麼才子？我說些我們小老百姓的故事，保管娘子們愛聽。」

女先兒見楊寶娘是個有見識的，不敢隨意糊弄，只揀那些好笑的事慢慢說來，楊淑娘被逗得咯咯直笑，楊默娘也聽得津津有味。

楊寶娘知道的故事，怕是不比女先兒少，雖沒覺得多好笑，依然耐著性子陪兩個妹妹。聽到一半，她起身轉轉，走到窗邊，隨手推開窗戶，想看看古代京城的冬日街景。

她正看著對面酒肆飄揚的旗幡，忽然感覺到一道灼灼目光。

她一低頭，正好和樓下的人四目相對，臉上立時熱了起來。

趙傳煒正騎在馬上，抬頭往樓上看。他只是想起初遇時的場景，孰料頭一抬，就瞧見日夜掛心的人。

他對著楊寶娘笑，眼裡濃濃的情意似乎要飛了起來，直接竄上去。

楊寶娘想著自己連東西都送過了，還害什麼羞，忍住羞意，對他揮了揮手帕。

趙傳煒頓時笑得滿臉燦爛，立刻下馬，快步上樓。

書君提醒他。「公子，您等等，我去訂個包廂。」

趙傳煒點頭。「你快去吧。」

另一邊，楊寶娘見趙傳煒下馬就要上來，頓時有些著急。

兩個妹妹還在這裡呢，要是他一頭衝進來，妹妹們知道，這件事就捂不住了。這關係到她的身世，她暫時還不想讓別人知道，可又想去見趙傳煒。

她急了一會兒，見趙傳煒並沒有進來，應該是在外面候著。

回頭一看，兩個妹妹聽曲兒聽得津津有味。

楊寶娘走過去坐下，聽了一會兒後，對楊默娘說：「三妹妹，我不愛聽這些，且出去逛一逛，等會兒咱們再去看看有沒有新的衣料。」

楊默娘想到這裡是京城最繁華的地帶，她們帶的人又多，馬車上明晃晃亮著楊家的標誌，想來不敢有人作亂，遂點頭。

「姊姊只管去，多帶幾個人。」

楊寶娘應聲，帶著喜鵲和小莫管事下樓。到了樓下，兩個侍衛和三個隨從也跟上去。

已經訂好包廂的趙傳煒見她走了，忽然明白她的意思，悄悄跟過去，書君連包廂都來不及退，又趕緊跟上了。

楊寶娘沒回頭，出了一壺春的大門，沿著街道走了好遠，在一家酒樓前停下來。

她透過帷帽打量，這家酒樓不錯，中午就在這裡請兩個妹妹吃飯吧。

她進去後，讓小莫管事在二樓訂了包廂，自己先進去。店小二送茶上來，楊寶娘就帶著喜鵲喝茶。

剛才在一壺春，喜鵲見楊寶娘對著樓下揮手帕，伸頭一看，頓時嚇得魂都要飛了。見楊寶娘出來，便緊緊跟著。

趙傳煒跟著進了酒樓，訂好楊寶娘隔壁的包廂，進屋後，對著牆壁敲了兩下。

楊寶娘聽見，覺得很有意思，起身過去，也敲兩下。

對方又敲了三下，楊寶娘也跟著敲三下，喜鵲看得直想捂眼睛。

兩個小兒女，隔著牆壁這樣敲，雖然聽不懂對方的意思，卻似乎感覺到對方和自己一樣的心意。

敲完兩輪，趙傳煒停了手，開始仔細觀察包廂，推開窗戶一看，頓時大喜。這屋子後面對著旁邊人家的牆壁，窗戶下有一小排木板是延伸出來的，應該是為了防止頂窗戶的圓木掉下去砸到人。

趙傳煒身手靈巧，鑽出窗戶，抓著外面的窗櫺，輕輕一躍，就踩到隔壁窗戶下的木板上，將窗戶往上一推，悄無聲息地跳進去。

楊寶娘站在牆壁邊，還在想怎麼不敲了，見趙傳煒忽然跳進來，主僕倆都嚇了一跳。

趙傳煒望向楊寶娘，楊寶娘也看著他，兩人什麼話都沒說。

楊寶娘又去看喜鵲，喜鵲呆了呆，然後反應過來。「二娘子，我去樓下，看看有什麼推薦菜。」

喜鵲走了，臨走前還瞥楊寶娘一眼，意思是說話可以，不能有別的。

楊寶娘對她點點頭，她還不滿十三歲，對方也不是莫九郎那樣的畜生，能有什麼事。

喜鵲捂嘴一笑，轉身走了。

喜鵲一出門，趙傳煒就去把門插上了。

門插上的那瞬間，楊寶娘感覺自己的心忽然跳得有些快。

趙傳煒邁開長腿走到她面前，就這樣定定地看著她，剛開始楊寶娘還和他對視，漸漸敗下陣來，紅著臉垂下眼簾，最後低下了頭。

這人光看，就不說什麼嗎？

正在她腹誹的當下，趙傳煒突然伸手把她摟進懷裡。

楊寶娘嚇一跳，正想掙脫，卻感覺他的雙臂在微微發抖，有些不忍心動了。

趙傳煒第一次摟小娘子，還是思念了這麼久的人，激動得身體直發抖，連牙齒都在打顫。他憑著本能，將楊寶娘摟得死緊，臉埋進她的髮間，輕輕地喊：「寶娘。」

楊寶娘嗯了聲。

他的聲音有些發顫。「妳知道我剛才敲的是什麼意思嗎？」

楊寶娘的聲音也很小。「是什麼意思？」

他鬆開楊寶娘，低頭看著她。「寶娘，我想妳。」

楊寶娘立時雙臉通紅，兩輩子加起來，從來沒有男孩子跟她說過這樣的話，讓她既緊張又高興，心跳得快飛出來。

趙傳煒見她從臉到耳根都紅了，心裡更是高興，略微鬆開她，用額頭抵住她的額頭。「妳敲的是什麼意思？」

楊寶娘有些窘。我、我就是敲著玩的，你敲兩下我敲兩下，你敲三下我敲三下。可她不好意思說，怕趙傳煒失望。

趙傳煒繼續追問道：「妳也想我嗎？」

楊寶娘感覺他灼熱的呼吸噴在自己臉上，心裡更緊張了，低著頭，紅著臉應了聲。

趙傳煒聽了，雙眼裡的光芒簡直能把人烤化了，兩人就這樣頭抵著頭，呼吸相聞。

楊寶娘的臉越來越紅，忍不住往後閃躲。

趙傳煒輕聲對她說：「寶娘，別叫我三公子。」

楊寶娘歪著頭看他，開玩笑道：「那我叫你什麼？三兒？」說完自己就笑了。

趙傳煒把臉湊得更近了，用鼻尖抵著她的鼻尖。「叫我三郎好不好？」家中，阿娘有時候偷偷喊阿爹簡哥哥，二嫂也叫二哥二郎，大哥大嫂之間也親密得很。他似乎天生就知道，相愛的人之間，應該怎麼稱呼。

楊寶娘的臉紅得要滴血，對著他的胸口捶了一拳。「年紀不大，哪裡學的這些花頭。」

趙傳煒捉住她的拳頭，握在手中，仔細摩挲，又碰碰她的鼻尖。「只妳一個人叫，再沒有別人這樣叫。嗯，叫一聲好不好？」

楊寶娘羞得渾身不自在，趙傳煒卻忽然伸手捂住她的眼睛。

「妳看不見，這樣叫就不羞了。」

等了好半晌，楊寶娘聲若蚊蚋，喊了聲。「三郎。」

趙傳煒笑著鬆開手，把她的頭按進懷裡。「寶娘，我真高興。」

楊寶娘扭開臉。「今天你怎麼沒去學堂？」

趙傳煒笑了。「今天是我外祖母過生日，阿爹阿娘來信，讓我去賀壽。」

楊寶娘哦一聲。「你家裡真和睦。」

趙傳煒又把她摟進懷裡。「以後咱們成了一家人，我會對妳好的。」

楊寶娘踩他一腳。「誰要跟你當一家人，登徒子。」

趙傳煒聞言，摟得更緊。「寶娘，我想日日和妳在一起。」

兩人緊緊貼在一起，楊寶娘有點喘不過氣，胸口忽然傳來一陣劇痛，叫了出來。

「你……你放開一些，這樣勒得我疼。」

趙傳煒鬆開她，焦急地問：「哪裡疼？」

楊寶娘大窘，剛發育的小女生，不能抱太緊啊。他這樣莽撞，還不小心觸碰到她最怕疼的地方，力氣又大，簡直疼得兩眼冒淚花。

趙傳煒更急了，幫她擦淚。「寶娘，妳別哭，都是我不好，我該打。妳哪裡疼？我幫妳揉揉。」

楊寶娘緩了緩，等那陣疼痛過去，又紅起臉。

這要怎麼說啊？不能說啊！

她吶吶道：「沒事了，不疼了。」

趙傳煒有些納悶，但不好問得太仔細，因為受了教訓，便輕手輕腳環抱著她。

「寶娘，有件事，我想告訴妳。」

楊寶娘抬頭。「什麼事？」

趙傳煒鬆開她，從胸前衣襟中拉出金鑰匙，摘下來遞給她。「妳認得這個嗎？」

楊寶娘呆住，立刻也拿出自己的金鑰匙。

兩把鑰匙並在一起，一模一樣。

兩人對視，楊寶娘問趙傳煒。「你的是從哪裡來的？」

趙傳煒老老實實地回答。「我和妹妹是雙胞胎，阿娘說我出生時身子弱，在佛前幫我求來的。」

楊寶娘也說了實話。「阿爹說我命裡缺金，讓我戴著這個壓一下。」

趙傳煒問她。「聽說妳和妳弟弟也是雙胞胎，妳出生時，身體是不是也弱？」

楊寶娘搖搖頭。「我不是太太生的，只是記在太太名下。」

趙傳煒暗驚，想了想，還是決定告訴楊寶娘。

「寶娘，妳阿爹和我姨母的事情，我都知道了。」

楊寶娘抬頭望向他。

趙傳煒摸摸她的頭髮。「妳知道自己的身世嗎？」

楊寶娘凝視他。「這件事關係重大，關係到我和阿爹的生死。三郎，我不能隨便說。」

趙傳煒點點頭。「我知道了，妳不想說，我不勉強妳。我只是想告訴妳，這些日子，京中忽然起了許多流言，說太傅大人和太后娘娘有染，你們要多注意。」

楊寶娘大驚。「果有此事？」

趙傳煒點頭。「是，連我都聽說了，可見消息稍微靈通點的人家都知道了。我猜想，說不定聖上很快也會聽到。」

楊寶娘大急。「這可怎麼辦？看來是有人想大作文章了。」

趙傳煒把她摟進懷裡。「妳別急，相信太傅大人和姨母會有應對之道。姨母是先帝親封的皇后，當今太后娘娘，能傳這話的，肯定不是一般人家，說不定會牽扯到奪嫡，中間的水渾得很。而且，太傅大人是聖上心腹，聖上不會輕易自斷臂膀。只是，妳不能再輕易進宮，我聽三舅說，妳和姨母年少時長得太像了。」

楊寶娘抬頭看他，苦笑一聲。「我還以為瞞得很緊，沒想到連你都知道了。」

趙傳煒安慰她。「我是趙家人，知道這件事也平常，但外頭不是人人都曉得。別擔心，不管怎麼樣，我會和太傅大人一起保全妳。就算妳真是姨母的親生女兒，我們親上加親，豈不是更好。」

楊寶娘試探地問：「三郎，若我真是太后娘娘生的，你會不會看不起我的身世？」

趙傳煒想了想，認真回答。「我聽三舅說，以前太傅大人和姨母兩情相悅，卻被莫家橫插一槓。當時，李楊兩家都是小戶人家，誰也反抗不了。後來，先帝去世，就算太傅又和姨母往來，也是人之常情。將心比心，讓我看著妳和別人好，我會難過死的。」

楊寶娘笑了。「三郎，你真好。」

趙傳煒也笑。「我只對妳好。」

第二十四章 兒女情夫妻閒話

兩個人把話說開了，趙傳煒接過楊寶娘的鑰匙，左右看看，忽然捏著活扣一擰。

叮！鑰匙被擰開了，裡面竟是中空的！

楊寶娘驚訝，她沒認真研究過這把鑰匙，居然能打開？

趙傳煒倒了倒，掉出一張摺疊在一起的薄薄紙條。

兩人打開一瞧，頓時大驚，那是一張數目極大的銀票，上頭蓋了紅彤彤的京城最大錢莊的大印，一看就假不了。

楊寶娘瞠目結舌，問趙傳煒。「你的鑰匙裡有銀票嗎？」

趙傳煒搖頭。「我的沒有。」

楊寶娘心裡七上八下。「我不知道裡面有錢，以為只是一把鑰匙。」

趙傳煒把銀票小心塞回去，扣上鑰匙，掛回她脖子上，猶豫一下，見楊寶娘還在發呆，便飛快將鑰匙塞進她衣襟裡。

楊寶娘察覺到了，拍開他的手。「別動手動腳。」

趙傳煒也有些臉紅，雙手環住她。「別想那麼多了。我好不容易才能見妳一面，跟我說說話好不好？」

楊寶娘拉回思緒。「你讀書累不累？我見昆哥兒整日忙碌得很，有時候阿爹跟他講的功課，我聽得有些吃力。」

趙傳煒笑咪咪，沒直接回答她。「聽說妳畫功很不錯，幫我畫張小像可好？」

楊寶娘點頭。「好。」

趙傳煒靜靜地看著她，覺得內心滿足至極。

兩人就這樣你看著我、我看著你，楊寶娘害羞了，把臉扭到一邊，又被他扭過來，頭抵著頭，鼻尖對著鼻尖。

趙傳煒摟著她，不敢再使勁，見她總是護著胸口，忽然明白了，心跳得更加厲害。見到那微微的隆起，覺得有些口乾舌燥，連忙轉移目光。

時光慢慢溜走，他知道自己該走了，卻捨不得，用略帶著顫抖的聲音問：「寶娘，我什麼時候能再見到妳？」

楊寶娘被他又是抱、又是摟、又是碰頭抵鼻尖，整個人迷迷糊糊，腦子裡像漿糊一樣，只嗯了聲。「我，我也不知道。」

趙傳煒低聲問：「那以後休沐日，我都去一壺春找妳好不好？」

楊寶娘搖頭。「我不是常常去的。再說了，我出門還要帶著妹妹們呢。」

趙傳煒想了想，商議道：「快過年了，到時候我帶著姪兒們上妳家拜年，妳也可以帶著弟弟妹妹去我家呀。」

楊寶娘斜睨他。「你向我拜年，我給你壓歲錢。」

趙傳煒碰碰她的額頭，吃吃笑了。「好，我等著妳給我壓歲錢。」

這時，外面忽然傳來了敲門聲。「二娘子，咱們去看看三娘子和四娘子吧。」

喜鵲等不及了，她在樓下拉著掌櫃娘子反覆地問菜色，若非看她是楊家人，掌櫃娘子都想攆人了。

算著時辰差不多，喜鵲打賞掌櫃娘子一塊銀子，又上來了，大著膽子敲門。

小莫管事瞧見了，很是納悶。「妹妹，妳怎麼讓二娘子一個人待在裡頭？」

喜鵲瞥他一眼。「哥，你是個馬夫，二娘子的事情，不要多問。」怕小莫管事問多了露餡，乾脆出聲把他頂到一邊去。

小莫管事被親妹妹一句話頂上了南牆，連心口都疼，哼了聲，走到一旁。

如今他只是個馬夫，跟主子的貼身丫頭比起來，身分是雲泥之別啊。

另一邊，敲門聲一響，趙傳煒便皺起眉頭。

楊寶娘推開他，笑著說：「你快去吧，別耽誤了拜壽。」

趙傳煒忽然把她拉進懷中，在她額頭上親了一口，然後放開她，轉身推開窗戶，輕輕一躍，消失在包廂外。

楊寶娘連忙走到窗戶旁，伸頭一看，人已經沒影了，心裡有些失落。感受到額頭上的溫熱，又呸了一口，真是登徒子。

楊寶娘整理一下衣衫，打開了門。

喜鵲閃身進來，反手關門，從頭到腳打量她一番。

楊寶娘斜睨她。「妳看什麼？」

喜鵲嘿嘿笑了。「二娘子長得好看。」

楊寶娘坐到桌子旁邊，倒了兩杯茶。「都問過了？」

喜鵲點頭。「問過了，我還點了十幾道菜，冷熱都有。」

楊寶娘把其中一杯茶遞給喜鵲。「喝杯熱茶，咱們去一壺春。」她還帶著許多現代習性，無人的時候，吃什麼、喝什麼，都會給喜鵲一份。

喜鵲連忙接過茶，主僕兩人喝了兩口，便去一壺春了。

趙傳煒一路飛快趕往承恩公府。

原本王氏打算帶著他一起去，但他藉口有事，單獨出來，沒想到有了今天的偶遇。

他感覺自己的心還怦怦直跳，溫暖的觸覺、嬌軟的聲音、低垂的眼簾，偶爾抬眼的羞怯、散發著幽香的秀髮、微微隆起的胸口，還有最後那個讓人臉紅心跳的吻……

趙傳煒的目光有些迷離，覺得心裡暢快極了，要不是書君牽著馬，準能一頭撞上城牆。

書君看他這副呆樣子，直咧嘴。「公子，快到了！」

趙傳煒拉回思緒，咳嗽一聲。「我曉得了。」

另一邊，楊寶娘回到一壺春，兩個妹妹還在聽女先兒講故事。

楊寶娘笑了。「什麼稀罕故事，聽得這麼認真。」

楊淑娘笑得瞇起眼睛。「二姊姊回來啦。」

楊寶娘坐到她們身邊。「聽了這麼久，也差不多了，咱們出去逛逛。我找了家酒樓，中午我請妳們吃飯。」

她說完，讓喜鵲打賞女先兒，女先兒千恩萬謝地走了。

等女先兒離開，楊默娘才問：「二姊姊，咱們在外頭吃飯？」

楊寶娘點頭。「別怕，能在這地方開酒樓，都是有些背景的，一般的宵小之輩，不敢來作亂。咱們總不能因噎廢食，一輩子不出門了吧。」

楊淑娘點頭如搗蒜。「二姊姊說得對。聽說大哥他們經常在外頭吃飯，咱們又不是天天出來逛。」

楊默娘點點她的額頭。「妳是壽星，妳說了算。」說罷，姊妹三個便去酒樓了。

掌櫃娘子親自帶人上了一桌好菜，見小娘子們不喝酒，便送來一些甜酒。

小莫管事雖是馬夫，卻絲毫不敢馬虎，帶著侍衛和隨從們，兩隻眼睛都不敢眨，死死盯著包廂四周，連窗戶後都有人守著。

酒菜上來，兩個姊姊端起酒杯向楊淑娘賀壽，楊淑娘笑得一口牙都露出來。

三個姑娘吃吃喝喝，鬧了近一個時辰，才一起回去。

回到楊府，三人先去見過陳氏。

陳氏笑著看她們。「三隻猴兒，出去聽戲吃酒，比外頭男人還快活。」

楊淑娘撒嬌。「奶奶，女先兒說的故事真有意思，下回請她來家裡，說給奶奶聽。」

陳氏摸摸她的頭。「妳想聽故事，奶奶說給妳聽。以前咱們家也是普通人家，奶奶知道的事多著呢，只是想著妳們年紀小，怕帶歪妳們，才沒多說。既然妳們喜歡，以後奶奶多說給妳們聽，省得出了門上當受騙。」

陳氏懶得計較孫女們規不規矩的事，兒子願意這樣養女兒，她老了，不管那麼多。若說規矩，兒子自己就是天底下最不守規矩的人，連先帝的女人都敢碰。

楊默娘說要去向莫氏請安，陳氏笑著攔住她。「這幾日太太身子不爽利，妳們去了，她還要費神招呼，讓她歇一歇。」

莫氏好久沒出正院了，楊太傅一直禁她的足。幸好莫氏喜靜，楊玉昆每隔幾天去看望她，倒沒有鬧。

楊玉昆知道莫九郎幹的事情後，氣得額頭青筋直跳。他那個樣子，怎麼配得上楊寶娘？父母之間的恩怨，他漸漸明白了一些。為人子女，他體諒莫氏一輩子受冷落，只能遷怒於老秦姨娘，她害了阿娘一輩子，如今又想來害楊寶娘。

莫氏安靜地待在後院，院子裡的事，都是荔枝在打理。荔枝辦事情很周到，不像秦嬤嬤那樣只憑著自己的喜好。今天楊默娘過生日，荔枝就派人送禮，這是莫氏身為嫡母的責任，也是她的體面。

陳氏不讓孫女們過去，姊妹三個自然乖乖聽話，誰想去正院看人臉色呢？

兩個小兒女私會一場，以為做得秘密，孰料很快就被楊太傅和趙傳慶知道，連千里之外的晉國公夫婦都曉得了。

晉國公夫人李氏對著晉國公揚了揚手中的信。「官人，你快來看，三郎替自己找了個可心意的小媳婦！」這個時代，稱丈夫為官人。

晉國公笑了，坐到她身邊。「那還不好，省得咱們操心。」

李氏放下信。「要不，咱們還是告訴慶哥兒真相吧，省得他整日操心。」

晉國公搖頭。「再等等，還不是時候。」

李氏坐在搖椅上晃了晃。「這兩個孩子也是有緣分。」

晉國公用手指彈了彈正在看的文書。「上天的安排，咱們莫去擔心。」

李氏一邊晃躺椅、一邊哼起了小調。「十幾年沒回京城，不知如今是什麼樣子。」

晉國公放下文書，拉起她的手。「等我辭了這元帥之職，咱們也回京城去，柿子樹胡同的老宅子還在呢。」

李氏摸摸丈夫手上厚厚的繭子。「回去哪是那麼容易的，總得等一切塵埃落定才好。煒哥兒的事，還不知會鬧出什麼樣的風波，我那個皇帝外甥，說不定防著咱們呢。你辭官容易，但咱們回了京城，豈不成了砧板上的肉，大姊姊也保不住咱們。」

晉國公勸她。「別擔心，總會有法子的。快過年了，年禮都準備好了沒有？」

李氏點頭。「我讓平哥兒媳婦準備的，都妥帖了你。看看慶哥兒的信吧。」說罷，把大兒子的信遞給丈夫。

晉國公一目十行看完了，放在一邊。「姝娘，我怕是回不去了。」

李氏疑惑。「為何這樣說？」

晉國公端起茶杯，喝了口茶。「都說天家無情，為了皇位，父不父，子不子，兄弟殘殺，手足不睦，對咱們這樣的人家來說，又何嘗不是如此呢？」

李氏沈默。「平哥兒並不曾和慶哥兒相爭，煒哥兒就更不會了。」

晉國公放下茶盞。「我不是說他們兄弟之間，我是說我和慶哥兒之間。」

李氏思索片刻，有些明白了。「總不至於此。」

晉國公又寬慰李氏。「慶哥兒掌管京城快二十年，京中所有人只認世子，不知公爺。我若回去，眾人自然又會以我為尊，慶哥兒好不容易建立起來的關係跟人脈，不說土崩瓦解，也會有所影響，這讓慶哥兒如何自處？雖然孩子孝順，自會退讓，但我老了，不想再爭權奪勢。若要回去，必得先卸下所有差事，當個只會吃喝拉撒的糟老頭子再說。」

李氏笑了。「官人可別說老，我不想老呢。」

晉國公摸摸她的頭髮，上面沒有一根銀絲。「妳放心，就算我老了，走在妳前頭，下輩子，我還會再找到妳的。」

李氏連忙拉下他的手。「別胡說，你還不到五十歲，哪裡就說得上老。不說這個了，明兒咱們一起出去逛逛。」

晉國公笑著點頭。「好。」

夫妻倆相視一笑，李氏岔開話頭，打趣道：「聽說煒哥兒成天往楊家跑。」

晉國公也笑。「以前我不也老往妳家跑。」

李氏打他一下。「我家宅院小，咱們還能偷偷說話。煒哥兒多可憐，楊家高門大院，他連人家小娘子的影子都見不著。」

晉國公把玩著李氏的手。「等明年他中了秀才，我去找老楊提親。」福建的冬天沒那麼冷，屋裡沒有炭盆，李氏連手爐都沒抱。

李氏有些擔憂。「咱們家和楊大哥結親，聖上會不會不答應？」

晉國公摸摸李氏手上的戒指。「男未婚，女未嫁，小兒女互相有情，我幫兒子提親又怎麼了？平哥兒自己選的媳婦，我自然不會在意門第，但我也不能為了表忠心，就故意委屈兒子。這些年老楊替他做牛做馬，難道還不夠？而且，不是我讓煒哥兒娶個平民女子，聖上就會放心的。與其如此，我該怎麼樣，就怎麼樣。

「咱們這位聖上，和先帝極為相似。我若大大方方，別說和老楊結親，即便跟天家結親，他也不會攔著。如果我藏著掖著，他反倒要起疑心了。」

李氏聽他這麼說，提點道：「你若真答應這門親事，還是早些去。如今楊大哥在京中炙手可熱，我怕其他人惦記他女兒。」

晉國公沒有直接答應。「娶媳婦有那麼容易？得好生磨磨他。明兒妳讓老二媳婦再挑一匣子上好的珍珠，送給老楊。」

李氏一笑。「你能用珍珠砸開楊太傅家的大門，真是有本事。」

晉國公也笑。「他敢不賣我面子，我就告訴聖上：老楊惦記你親娘。」

李氏又拍他一下。「別胡說，大姊姊多不容易。要不是她，咱們能太太平平在福建做這麼多年的土皇帝？」

晉國公抓住她的手。「我開玩笑的。雖說老楊權力大，其實就是個空架子，手裡無一兵一卒。現在聖上長大了，需要的是臣子，不是太傅。如今前朝後宮穩得很，聖上權威越大，老楊的日子怕是越來越不好過了。他離不開我的支援，我也需要他偶爾幫忙說兩句話，減輕慶哥兒的負擔。」

李氏嘆口氣。「這朝堂、這天下，一刻都沒安寧過。我原以為當個小老百姓，日子就安生了。可自從莫家欺負大姊姊後，我覺得做官也不錯，至少別人不會輕易欺負我。如今看，別說做官了，就算當皇帝，也不痛快。」

兩口子在書房裡絮絮叨叨說完話，等晉國公出去後，李氏便叫來二兒媳甄氏。

甄氏進來後先行禮。「阿娘，您叫我來有什麼吩咐？」

李氏問她。「妳那裡還有沒有特等的珍珠？有的話，挑一匣子給我，次一些的，也挑幾匣子。」

甄氏點頭。「特等的還有一些，阿娘要什麼顏色的？」

李氏想了想，道：「紅色、粉色、白色和藍色各挑一些，若有淺紫色的也行，不要黑色跟深紫色，挑好後裝成一匣子，我有用處，不能挑差的來。其餘是送年例用的，妳外婆家、二姨家，還有妳娘家和妳大嫂那裡送一等的，剩下的人家都是二等。」

甄氏點頭。「我知道了，用完午膳就去吩咐。」

李氏笑了。「妳的好珍珠，都便宜了我。」

甄氏也笑。「阿娘說的哪裡話，阿娘要珍珠，還不是為了人情打點，都是為了這個家。我是這家裡的人，合該出力。」

李氏又問她。「不是說妳弟弟過十歲生日？準備賀禮沒有？」

甄氏道：「都準備好了，多謝阿娘惦記。」

李氏想了想，說：「到時候讓平哥兒跟妳一起去，帶著孩子們去賀壽。妳阿爹也不容易，總算有了個兒子。」

甄氏再次道謝，李氏便讓她去忙了。元帥府裡的家務，幾乎都是甄氏在打理，李氏只提點幾句罷了。

甄氏原是普通人家的女子，其父是個養珠人，但她於養珍珠更有造詣。趙家二公子趙傳平年少時閒著無聊，開了珍珠場，緣分使然，東家和大師傅的獨女最後做了夫妻。

當時，大家都覺得晉國公夫婦怕是傻了，這樣的小娘子，納回去做妾便罷，怎麼當起了正妻？但趙傳平喜歡，晉國公夫婦也是小戶人家出身，從不計較門第，熱熱鬧鬧地把甄氏娶進門，還漸漸讓她管家。

起初，福建官場上的太太、奶奶們都有些看不起甄氏，但晉國公掌東南水路兩軍三十萬人馬，李氏在江南一帶的地位如同土皇后，她姊姊又是當朝太后，誰敢不賣她的面子。大兒媳在京城，身邊只有二兒媳，李氏去哪裡都帶著甄氏，幫她打開官場上的交際。

趙傳平娶了甄氏，並未因她出身低而委屈她。兩口子雖然三天兩頭打鬧，但感情依舊好得很，生了兩子一女，一個妾也沒有。

趙傳平在京城中舉之後，晉國公讓他棄文從武，他一路過關斬將，二十歲出頭，就中了武進士，此後，直接進了東南軍。

晉國公並不因為趙傳平是自己的兒子就格外照顧，等甄氏生下長子後，上戰場、平叛，哪裡要人，趙傳平就往哪裡去。十年過去了，趙傳平漸漸成為東南軍中有名的青年將領，且文武兼修，世人說起來，都得說一句深肖其父。

再說甄氏，她自幼喪母，甄老爺做了十幾年鰥夫把她養大，待她嫁入元帥府當了二少奶奶，甄老爺瞬間變成福建炙手可熱的對象。

於是，晉國公親自牽線搭橋，替他續弦，對方是七品小官家的嫡女，二十出頭，幼時訂過親，卻死了兩個未婚夫，眾人都說她命硬。

甄老爺也是早早死了婆娘，說起命硬，誰也不比誰差。甄氏出嫁後，時常擔心老父一個人在家裡冷鍋冷灶，也贊同甄老爺續弦。

繼室過門後，先生女兒，又生了個兒子，兒子馬上就要十歲了。按照習俗，十歲的孩子過生日，要辦酒席的。

晉國公夫婦自然不會去，但甄氏肯定要回去。這個弟弟雖不是和她一母同胞，但甄老爺說，他年紀大了，這輩子可能只有這個兒子，等以後有了孫子，過繼一個到元配名下當嫡孫，讓元配也能受香火。

為此，甄氏更加看重這個弟弟，自會用心準備壽禮。

第二十五章　畫小像雪天再會

午後，甄氏按照婆母的吩咐，去珍珠場挑了一匣子上好的珍珠，又單獨替小姑子和女兒選了些品相一般的粉色珍珠，給她們串著玩。再按照年禮單子，也挑了好幾匣一等跟二等的珍珠。

回家之後，甄氏直奔正院。

李氏正帶著女兒和孫女玩耍。趙家二娘子趙婧娘和趙傳煒是同胞兄妹，上頭還有個姊姊，兩歲多時夭折了，可晉國公依然把大女兒的名字寫上族譜。因此，趙婧娘從沒見過姊姊，但排行還是二娘子。

甄氏的女兒還小，才五歲呢，小名叫櫻娘。

趙櫻娘見甄氏回來了，飛撲過去。「阿娘，您去哪裡了？」趙家孩子在家裡說的都是正統的京城官話，不過也要學當地的方言，出門才能交際。

甄氏拍拍她的小臉。「阿娘去幫妳和二姑挑珍珠。」說完，打開其中一個匣子給她瞧。

趙櫻娘很高興，摸了摸珍珠。「阿娘，真漂亮。」

甄氏闔上匣子，拉著女兒走到李氏身邊，先行個禮，趙婧娘也見過二嫂。

甄氏把那匣子上好珍珠交給李氏。「阿娘，您看看。另外一小匣，是我挑來給妹妹和櫻娘玩的。」

李氏打開匣子看。「真不錯。妳真是靈巧，怎麼就能養出這麼好的珍珠。」

甄氏有些不好意思。「都是阿爹阿娘支持我，才能養出來。」

李氏頭也沒抬，笑道：「我們可沒支持妳，是平哥兒。」

被婆母打趣，甄氏更是不好意思。「阿娘！」

李氏見狀，不逗她了，吩咐趙婧娘。「妳帶著櫻娘去玩珍珠吧，看著她，別讓她往嘴裡塞。也送些給妳們的小姊妹，不然光自己玩，多沒意思。」

趙婧娘應聲，牽著趙櫻娘走了，甄氏留在正院和李氏商議送年禮去京城的事。

過了兩天，幾大車年禮從福建的元帥府出發，一路往京城而去。

這個時候，京城又開始下大雪了。

早上，楊寶娘死賴著不肯起床。今日不用請安，也不用去家學，不必出門，起那麼早做什麼，冷死了！

如今這天氣，真是滴水成冰，京城已經下了兩次雪。

每次下雪，楊寶娘又開心、又難過，開心的是古代園林的雪景真美呀；難過的是，天氣實在太冷了。

這是今年的第三場雪，從昨天下午開始，天上便開始飄小雪，經過一整夜，外頭已經白茫茫一片。院子裡的樹木被大雪覆蓋，莫大管事怕房舍坍塌，一大早就把家裡所有男僕分成好幾隊，到各個院子裡掃雪。

前院還好，後院女眷多，莫大管事親自看著，若有人敢亂看一眼，立刻打板子發賣。

喜鵲來催第五次了。「二娘子，該起床了。我阿爹說，今兒中午，要派些人來咱們院子掃雪呢。」

楊寶娘捲緊被子，像隻蠶寶寶一樣滾了滾。「讓他們掃就是，難道還會有瓦片掉下來砸到我不成？」

喜鵲忍不住笑。「讓人家知道二娘子睡懶覺，怎麼嫁得出去喲。」

楊寶娘睜開一隻眼睛看她。

「不得了，喜鵲年紀到了，滿口嫁人。明兒我就幫妳找個好郎君嫁了，三年生兩個，抱過來給我玩。」

喜鵲聽了，氣得直跺腳。

劉嬤嬤進來，道：「二娘子別逗她了，快些起來吧，天都大亮了。廚房裡有規矩的，咱們遲遲不去取飯，她們也為難。院子裡的婆子和小丫頭們全等著吃早飯呢，二娘子沒吃，她們怎麼能吃呢？」

這該死的封建制度！劉嬤嬤這樣一說，楊寶娘立刻起身。讓一群阿姨和小蘿莉挨餓，她實在不忍心，飛快把棉襖穿好下床。

丫頭們魚貫而入，伺候她洗臉、漱口、梳頭。

楊寶娘洗漱完，讓喜鵲陪她吃飯，吩咐其他人先下去。「別站這裡，飯都涼了，趕緊去吃。這麼冷的天，要是吃壞肚子，可不划算。」

對這些小事，她一向寬和，院子裡的丫頭跟婆子們聽了，便安心去吃飯。

楊寶娘喝了碗粥，吃一個小花卷，便放下碗。

喜鵲問她。「二娘子中午想做什麼？」

楊寶娘想了想。「上午去院子裡玩，下午我想出門。」

喜鵲呆了呆，忽然想起，今天是官學的休沐日，也不點破，只道：「要不要叫上三娘子和四娘子？」

楊寶娘搖頭。「外頭雪天路滑，就不帶她們了。」

吃完飯，主僕倆一起去了花園。

雪還在簌簌地下，兩人穿得很厚，頭上戴了厚厚的氈帽，臉上搽了防凍的香膏。

喜鵲撐著傘，戴了手套，倒不覺得冷。楊寶娘將兩隻手攏在一起，就站在湖邊看雪景。

冬日天冷，院子裡除了梅花，再無其他景色。可惜楊寶娘不喜歡梅花，遠遠看著還好，但聞到那個味道，她就不舒服。

她在心裡自嘲，她果然是個俗人，連傲骨錚錚的梅花都跟她無緣。

喜鵲陪她靜靜地站著，後面跟著兩個小丫頭。

楊寶娘在湖邊站了很久，把整座園子的景色記在心裡。等看得差不多了，從地上抓起一團雪，扔到湖面上，再轉頭吩咐喜鵲。「準備回去吧。」

喜鵲笑。「好，站這裡喝風，要著涼了。也就二娘子這樣的雅人喜歡看，我們都覺得還是坐在屋裡烤火暖和。」

楊寶娘笑了。「等會兒讓春燕去廚房要些食材，咱們自己用爐子熬些好湯水，誰從外頭回來了，先喝一碗，省得凍著了。」

喜鵲連忙拍馬屁。「二娘子真體恤人。」

楊寶娘睨了她一眼。「年紀不大，倒是成日會拍馬屁。」

喜鵲笑得牙都露出來了。「那二娘子喜不喜歡聽？」

楊寶娘點頭。「喜歡，千穿萬穿，馬屁不穿。」

幾個丫頭都笑了起來。

一行人回了棲月閣之後，楊寶娘直接去書房。書房裡的炭盆已經點上，楊寶娘讓喜鵲把窗戶開個小縫。

屋子裡比外頭暖和多了，楊寶娘脫掉外面的大氅，只穿了貼身棉襖。這棉襖輕盈保暖，府裡只她們姊妹三個有。

楊寶娘站到書桌旁邊，鋪開了紙，開始畫畫。

大雪、花園、亭臺、湖邊、美人，景色簡略帶過，主要還是人物。

她畫的是自己，喜鵲和兩個小丫頭都被省略掉了。

楊寶娘畫得很投入，今天下午，她要去一壺春。她好久沒看見趙傳煒了，這些日子，他去過楊家兩回，但楊寶娘只派人送些吃的，並未見面。

最近一次，她讓喜鵲親自去送自己做的好湯，指點著小丫頭們幫少爺們盛，乘機塞了紙條給趙傳煒，約的就是今日。

前些日子，楊寶娘迷上畫畫，專畫人物。

她先拿院子裡的丫頭、婆子練手，劉嬤嬤是第一個。她幫劉嬤嬤畫了許多小像，坐臥起居都有，畫裡偶爾會出現她，或是丫頭們。幾十張畫記下劉嬤嬤陪伴她的點點滴滴，做成冊子，讓劉嬤嬤留著，以後就算分開，也有個念想。

劉嬤嬤收到畫冊時，雙眼有些濕潤，覺得沒白疼楊寶娘了。

然後是喜鵲和黃鶯，正臉、側臉、背影，做針線活的時候、行走途中，各種姿態都有。

前世楊寶娘學過畫，把自己的畫風和原身的融合在一起，有了意境、又能寫實。

等她練好了，便開始替趙傳煒畫小像。

第一張是在一壺春樓下，少年郎騎在馬上，抬頭往上看，窗戶開了一角，略微露出美人倩影；第二張是在衛家校場，少年郎揮鞭，姿態瀟脫；第三章是在大相國寺門口，他拾階而上，偶然抬頭見到她，雙眼露出驚喜；第四張是在莊園，梨樹下，少年郎用手撥開樹枝，旁邊的少女荊釵布裙；第五張是在酒樓裡，少年面帶笑容，少女羞澀低頭。

楊寶娘想了想，覺得自己好慘啊，談個戀愛，整日見不到男朋友的面。扳著指頭數一數，兩人總共只見過七次面，還有一次是她被流氓調戲，很是狼狽。

這五幅畫，費了楊寶娘一個多月的工夫。等她畫好了，就藏在書房中，除了喜鵲，禁止任何人進去。

喜鵲偷偷看過那五幅畫，驚嘆不已！

畫完這些，楊寶娘開始畫自己的畫像。吃飯、梳妝、讀書寫字、庭中散步，加上今日的雪景圖，也是五張。兩份加起來，一共十張畫。

楊寶娘畫好之後，自己看了看，非常滿意，心裡起了促狹之意，又提了句讀過的詩——

別來半歲音書絕，一寸離腸千萬結。

她放下筆，等墨慢慢乾掉。

等待途中，她拿出一本策論集，自己仔細研讀。這是楊太傅的手書，上面有許多他的注解。這書有兩本，楊玉昆那本是原來的，這本是楊寶娘手抄的。

抄錄的過程中，她仔細詢問楊家父子，學到許多寫策論的方法。有時候，她也寫了文章給楊太傅看。

楊寶娘不是不通俗務的大小姐，她知道民生疾苦，知道官場黑暗，知道人心險惡和世間百態，文章的構思和筆力雖不如楊玉昆，但內容豐富、角度新穎，楊太傅每每看了之後，都很滿意。

楊寶娘抄這個，一來是為了自學，二來是想送給趙傳煒。他獨自上京，雖說在最好的官學讀書，卻沒有良師單獨指點，她有些為他著急。

這本手抄書，楊寶娘已經完全記熟，還在上面加了許多注解，又特意把自己和楊太傅的注解用兩種字體分開。

這本筆記和十張畫，是楊寶娘下午要送給趙傳煒的禮物。

除了這些，還有一只荷包。

楊寶娘做荷包的時候，可開心了，月白色的面料繡上石青色的松樹，下面墜了暗紅色雞血石瓔珞。

為了掩人耳目，她幫楊太傅和兩個弟弟也各做了一個荷包。

下午，楊寶娘帶著丫頭、婆子和侍衛，去向陳氏稟報，說是要出去逛逛。

因她許久沒出門，陳氏沒為難她，只叮囑道：「去吧，多帶幾個人，逛一圈就回來。」

楊淑娘在旁邊噘嘴。「二姊姊，我也想去。」快過年了，家學放假，她整日都待在陳氏這裡。

楊寶娘摸摸她的頭。「外頭雪大，過兩天我請妳們去我院子裡玩。」

楊淑娘這才放下噘起的嘴。

到了酒樓，楊寶娘帶著喜鵲進了預訂的包廂，小莫管事守著門口，隨從和侍衛們在樓下的大廳裡喝茶。

喜鵲幫楊寶娘卸下大氅，楊寶娘坐在桌邊，等了一會兒，店小二送來茶果，喜鵲親自去接。

這包廂極大，分裡外間，用簾子隔開。楊寶娘才喝了口茶，後面簾子就被人撩起，走出一個面如冠玉的少年郎。

喜鵲抬眼看見趙傳煒，立刻衝楊寶娘眨眼睛。

楊寶娘心領神會，吩咐她。「妳去幫我買些點心回來，等等帶回去給兩位妹妹。」

喜鵲屈膝行禮，領命出去了。

到了門口，她囑咐小莫管事。「大哥，我去買些點心，二娘子沒叫，你不要進去。」

小莫管事撓撓頭。「我曉得了。妳去吧，多帶兩個人。」

喜鵲剛出門，趙傳煒走到楊寶娘身後，雙手環住她，把臉埋在她的髮間，甕聲甕氣地說：「寶娘，我想妳。」
楊寶娘眯著眼睛笑。「你不是經常去我家。」
趙傳煒有些氣悶。「我又看不到妳。每次休沐，我都來一壺春，卻一次也沒見到人。」
楊寶娘笑了。「你好生讀書，才是正理。」
趙傳煒轉到前面，先把門插上，然後坐到楊寶娘身邊，依舊頭抵著頭。
「妳想不想我？」
楊寶娘把臉扭到一邊。「不正經！」
他笑了。「哪裡不正經了，我是京城公認懂禮又正經的好孩子。」
楊寶娘抬起眼。「這些日子，你讀書累不累？」
趙傳煒輕聲回答。「讀書不累，就是夜裡睡不著。」
楊寶娘納悶。「為什麼睡不著？是不是官學的床鋪太硬？屋子太冷？我阿爹說過，年後要讓昆哥兒住到官學裡呢。」
趙傳煒沒有直接回答她，臉上多了一絲羞赧。「床鋪不硬，屋子雖然冷，但我每日堅持習武，不怕冷。」
他說完，湊到她耳邊，呢喃低語。「我夜裡想妳，睡不著。」
楊寶娘的臉頓時爆紅。「呸！不要臉！」
趙傳煒伸手把她攬進懷中，臉貼著她的額頭。「我就不要臉。」話落，低頭在她臉上啄了兩口。

不是他不要臉，是他真的控制不住自己。白天還好，讀書寫字做文章，打拳舞劍，忙得很。一到夜裡，躺上床，那溫柔的撫觸和嬌軟聲音又竄入腦海裡，讓他輾轉反側。好不容易睡著，夢裡全是她，言笑晏晏，溫柔可愛。

他想抱她，一伸手，她卻消失了。有時候能抱個滿懷，但沒來得及說兩句話，他又醒了。只有那麼兩、三次，他摟著她低聲說話，她羞得滿臉通紅要跑，他把她捉回來，上下其手，一陣搓揉。有一次，他大起膽子，問她胸口疼不疼，還輕輕用臉蹭了蹭。

這是什麼話啊？

楊寶娘傻住，她還不滿十三周歲，大姨母都沒來呢。但這是她自己的算法，在古代，連頭帶尾，說她十四了都不為過。

她紅著臉去推趙傳煒，但趙傳煒是習武之人，她雖然會耍鞭子，都是些花拳繡腿，怎麼能跟他比，推了兩下，他依然不動如山。

楊寶娘連忙岔開話頭。「你放開我，我帶了東西給你。」

趙傳煒這才放開她，雙眼發亮地問：「什麼好東西？」

楊寶娘整理一下衣裳，打開旁邊的包袱，拿出那本冊子。「這是我阿爹以前讀書的手記，我抄了一份，你拿去讀。」又把那一疊畫拿出來，對他揚了揚。「想不想看？」

趙傳煒把臉湊過來。「好寶娘，給我看看吧。」

楊寶娘把畫放下，第一張，是趙傳煒騎馬經過一壺春樓底下的樣子。

趙傳煒拿起畫仔細看了看，非常喜歡，趁著楊寶娘不注意，飛快在她臉上啄了一口。

「好寶娘，妳畫畫的本事真高，怪不得都說妳是京城閨閣裡的書畫雙絕。原以為是太傅大人捧出來的名聲，如今看來，果然名不虛傳。」

楊寶娘笑了。「什麼書畫雙絕，全是唬人的。論起讀書，我比你和昆哥兒都差多了。」

趙傳煒一邊和她說話、一邊看第二張圖，是大相國寺門口的相遇。「妳會畫畫就行了，誰還能樣樣好呢。」

兩人一張張看畫，趙傳煒一張張點評，楊寶娘畫畫用的手法，和他所學略有不同，卻更能將人像完整呈現出來，連表情都很清楚，其中又揉入潑墨手法，意境也不差。

看完畫，已然過了不少工夫。

楊寶娘拆了趙傳煒身上的荷包，換上她縫的新荷包。她去扯他的腰帶時，趙傳煒緊張得直冒汗。

換好後，楊寶娘笑著看向他。「喜不喜歡？」

趙傳煒高興地環住她。「喜歡！我也有東西給妳。」

楊寶娘眼裡生出一絲雀躍。「什麼好東西？」

趙傳煒笑了。「妳等著。」

他說完，起身進了裡間，拿出一只小匣子。一打開，只見裡面是各種顏色的珍珠，顆顆粒大飽滿，色澤光滑。

小娘子們，誰不喜歡這個呢？趙傳煒看楊寶娘欣喜的樣子，心裡更高興了。

「這是前幾日我阿娘送回來給我的。」

楊寶娘納悶。「你阿娘為什麼要送珍珠給你？」

趙傳煒忽然紅了臉，他也不知道阿娘的意思，只說給他玩，或隨意送人都行。

趙傳煒得了珍珠，本想分一些給兩個姪女，可晉國公夫人自然也送了孫女們，這一小匣子，就是單獨給他的。

於是，趙傳煒默不吭聲地留下珍珠，想著找機會給楊寶娘。可楊寶娘不出門，就算他有再多主意都沒用。

他像和尚撞鐘一樣，有空便去一壺春報到，不想楊寶娘主動約他今日來見。他高興地揣上那一匣子珍珠，準備送給心愛的她。

更讓他沒想到的是，他還沒送出手呢，楊寶娘就為他準備了這麼多東西。

他越想越高興，那一幅幅畫，一看就是花了心思的。他以為只有自己苦苦思念，沒想到在他想楊寶娘的時候，楊寶娘在替他做荷包、畫畫、抄書，心裡高興極了，越看越覺得楊寶娘溫柔可愛，忍不住想把她揣進兜裡，不給任何人看，這是他一個人的小娘子。

楊寶娘正看得高興呢，見他把匣子放到一邊，愣住了，旋即感到上面有一片陰影襲來，頓時驚得心要跳出胸口。

她伸手去推趙傳煒，卻被他死死摟住。趙傳煒也什麼都不懂，憑著本能索取，感覺自己找到了世上最甜蜜的地方，恨不得把楊寶娘吃進肚子裡。

楊寶娘感覺自己的力氣越來越小，手腳漸漸發軟，連下巴都在打顫……

第二十六章　學管家珍珠小事

不知過了多久，趙傳煒放開了楊寶娘，用額頭抵住她的額頭。

「寶娘，妳是我的人了。再過一陣子，我一定去提親。」

楊寶娘的腦子裡正像漿糊一樣糊成一團，第一次和男孩子這樣親密接觸，從驚恐害羞到綿軟無力，這會兒身子軟得像棉花一樣，要不是趙傳煒抱著她，就要摔到地上去了。

但聽見他說她是他的人了，她又覺得好笑。這個傻孩子，可能覺得抱過了、親過了，就是最親密的人吧，心裡又柔軟下來。

「你好生讀書，別為我分了心。」

趙傳煒覺得兩人已經可以做夫妻了，把她摟進懷裡。「放心吧，我一定好生讀書，以後讓妳鳳冠霞帔、誥命加身。」

楊寶娘低頭笑。「好。」

趙傳煒聞了聞她的頭髮。「寶娘，我真高興，沒想到過年前還能看到妳。」

楊寶娘低低嗯了聲。「我也高興。」

他放開她，兩人四目相對，楊寶娘被他火熱的目光看得垂下了眼簾。

趙傳煒摸摸她的頭髮。「天冷，年前就別出來了。妳們小娘子怕冷，屋裡要放炭盆，窗子開個縫，別中了炭毒。每日也別總是坐在屋子裡，中午不冷的時候，到院子裡走一走。妳不是會耍鞭子？多練練鞭法也不錯的。」

楊寶娘抬眼看他。「你不用擔心我，我整日在家裡吃了睡，睡了吃。你讀書也要注意身體，莫要太過勞累。我聽阿爹說，科舉難得很，非一朝一夕之功，若是急功近利，反而不得要領。」

趙傳煒輕笑。「但行好事，莫問前程，我阿爹和太傅大人都跟我說過。」

楊寶娘抿嘴笑。「時辰不早，喜鵲該回來了。」

趙傳煒戀戀不捨地說：「過年我去妳家找妳。」

還沒等楊寶娘回答，外面傳來敲門聲。「二娘子，我回來了。」

楊寶娘去推趙傳煒，趙傳煒再捨不得，也只能鬆開她。

楊寶娘起身開門，趙傳煒去了裡間。

門一開，喜鵲就閃身進來，立刻反手把門關上。

「二娘子，剛做好的糕點，您嚐一嚐。」

喜鵲說完，把糕點擺到桌上的盤子裡，發現裡間有人，便看了楊寶娘一眼。

楊寶娘端起盤子，去了裡間。

趙傳煒正臨窗而立，楊寶娘用盤子碰碰他，笑著示意他吃。

趙傳煒也笑，伸手拿了塊點心，先餵楊寶娘吃一口，然後就著剩下的半塊吃了。小時候他經常看見阿爹這樣做，覺得有些肉麻，但那是自己的阿爹阿娘，只能假裝看不見。現在想想，根本是他不懂。

喜鵲看得隱隱擔憂，要是這婚事成不了，自家主子會有多傷心啊。她可是看著楊寶娘整日拿著筆寫寫畫畫，紙丟了一張又一張，經常熬到深夜。

楊寶娘畫畫時，整個人像是被佛祖開了光一樣，渾身有一股讓她感覺難以形容的氣質，感覺如果打擾了楊寶娘畫畫，就成了十惡不赦的人。

喜鵲靜靜地站在一邊，裡間的兩個人也默默吃著糕點。因為有喜鵲在場，楊寶娘放鬆了些，不用擔心趙傳煒再動手動腳。

吃完一盤點心，楊寶娘對趙傳煒笑了笑。「我先走了。」

趙傳煒點頭。「雪天路滑，當心一些。」

他說完，還不等喜鵲動手，便先幫楊寶娘披上毛皮大氅，接著戴上帷帽，喜鵲看得目瞪口呆。

楊寶娘瞥喜鵲一眼。「走了。」一邁開輕盈的步子出門，喜鵲連忙跟上了。

等她們主僕走遠，趙傳煒才悄悄出門跟書君會合，冒著風雪，一起回家去。

楊寶娘和喜鵲坐在車裡，雪越下越大。楊寶娘掀開簾子向外看，大街上人不少，各家店鋪門口都掛上了厚厚的簾子。

快過年了，再冷的天氣，也阻擋不了百姓們辦年貨的腳步。

到家之後，楊寶娘直接去了陳氏的院子，送一些糕點給她，又分給兩位姨娘。

見天還沒黑，楊寶娘帶著喜鵲去了廚房。她守著小爐子，靜靜地熬了一鍋鹹粥，裡面加了瘦肉和其他佐料，東西都是她讓管事娘子提前準備好的。

冬日天冷，她守在爐子旁邊正好，手裡還拿著本書看。喜鵲坐在一邊，有想來套近乎的人，看到她，立刻縮回去。

等天黑透，粥也熬好了，楊寶娘讓人找個帶蓋子的湯盆，把粥盛進湯盆裡，用托盤端去了前院。

楊太傅還沒回來，楊寶娘坐在他的書房裡候著，命人把粥放在爐子旁邊，省得涼了。

外面的雪越下越大，都快掩沒到膝蓋。等楊寶娘看完七、八頁書，楊太傅終於進門，她連忙迎接上去。

「阿爹回來了。」她接下他的黑色毛皮大氅。

楊太傅抖了抖身上的雪。「寶兒等多久了？」

楊寶娘用帕子把楊太傅頭上的雪輕輕撣了撣。「我還以為阿爹今兒晚上不回來了呢。」

要過年了，朝廷裡的事千頭萬緒。各地官員考評忙得熱火朝天，楊太傅一邊要當智囊陪著景仁帝、一邊還要處理吏部的事。瑣碎的小事情，自然不用他管，但一部之重，他得心裡有數。

官員考評牽扯到升遷，在這個問題上，楊太傅特別執拗。那些沒才幹的豆腐袋子，誰想瞞著他給上等評語，就得掂量掂量自己的官帽子了。

楊太傅當過御史中丞，後來做了幾年御前侍講，又轉回御史臺任左都御史，平時不開口，看著一本正經，但修理起人來，能讓人羞愧得恨不得鑽回娘胎裡再生一回。

吏部那群人，平日楊太傅不怎麼抓，到了年底，卻盯得死緊。前些年他當左都御史時，御史臺那幫小御史們整日跟打了雞血一樣，逮誰說誰，百官們看到他就煩，恨不得他早日升官或倒臺，就是別幹御史了，給大家留條活路吧。

後來，景仁帝整頓吏治，楊太傅離開御史臺，大家還沒來得及高興呢，他又去吏部當了侍郎。

好嘛，這下子更厲害，他不罵人了，他查人。當時的吏部尚書年級大了，見景仁帝把自己的心腹調過來，心裡清楚，新帝是想培養自己的人馬了。

楊太傅去了吏部，百官考核方法沒變，就是執行起來更嚴格。以前能含糊的事情，現在丁是丁、卯是卯，老尚書睜隻眼、閉隻眼，凡他上報的事情，一概准了。

幾年工夫下來，吏治漸佳，不說百官清明，至少堂而皇之送禮請吃飯的事少多了。等吏部尚書一告老，楊太傅順利接任。

這會兒，到了年底，仍舊有人不死心想給楊太傅送禮，都被莫大管事一一請回去。

楊太傅站著讓女兒服侍自己，等楊寶娘收拾妥當，才坐在桌邊。「天冷，以後寶兒不要來等阿爹，阿爹忙起來，可能不回家。」

楊寶娘點頭。「我知道了，要不要叫昆哥兒過來？」

楊太傅搖頭。「不用了，妳陪阿爹吃飯，吃過了飯，妳自己回去，阿爹要看文書。」

楊寶娘點頭，帶著下人擺飯菜，親自幫他盛粥。「阿爹才回來，喝了一肚子涼風，先喝兩口熱粥，這是我下午去廚房熬的。」

楊太傅接過碗，悄無聲息地喝粥。「今天寶兒出去了？」

楊寶娘愣了一下，旋即大大方方地回答。「是，我出去了一趟。這雪下得真大，女兒想看看大街上的雪景。」

楊太傅點點頭。「快過年了，跟著妳奶奶一起辦年貨，學學管家的規矩，以後去了婆家，也能幫忙婆母。」

楊寶娘有些害羞。「阿爹！」

楊太傅笑了。「這是人之常情，我兒不用怕羞。」

他說完，替楊寶娘夾了一筷子菜，父女倆沒再說話，靜靜吃完晚飯。

楊寶娘放下碗，準備回後院，楊太傅又叫住她，從旁邊書桌底下的抽屜裡，拿出一只匣子遞給她。

「拿去和妳妹妹們分一分。」

楊寶娘接過匣子，打開一看，吃了一驚，裡面滿滿全是珍珠，和下午趙傳煒送給她的品相不相上下。

「阿爹，這是哪裡來的？」

楊太傅見下人們都不在，也不瞞女兒。「是趙家送來的。」

楊寶娘轉了轉眼珠子。「難道趙家也要給阿爹送禮？」

楊太傅笑了。「趙家不用給我送禮，他們家有福建最大的珍珠場，每年都會送些上等珍珠到京城，阿爹這裡得的更好些，妳們拿去分。」

楊寶娘接過匣子，屈了屈膝，回了棲月閣。

隔天上午，楊寶娘去向陳氏請安後，陳氏沒留她，她卻自己留下來。

「奶奶，阿爹說快要過年了，近日家裡備年貨、送年禮忙碌得很，我雖無用，也想幫奶奶的忙。」

陳氏一聽，知道是兒子授意，點頭答應。「也好，把妳三妹妹叫來一起幫忙。一年大一年，該學學管家了。」說完，讓人去請楊默娘。

楊淑娘不用人叫，每天都會來請安的。

陳氏留三個孫女吃早飯，吃過了飯，招來家裡採買的人，問各樣年貨買得怎麼樣了？什麼價錢、在哪裡買的，讓她們說個一清二楚。

眾人見兩位小娘子都在，知道老太太這是要教導孫女，把看家本事拿出來，仔細回話。

楊寶娘拿了紙筆，坐在一邊，記下下人們的回話，還插話問了許多問題，比如店鋪在哪裡，裡面都賣些什麼，價格在京城算什麼檔次。

她問得非常仔細，許多人一邊回答、一邊額頭冒冷汗，一個未出閣的小娘子，怎麼知道得這麼多，簡直是追根究柢了。雖然楊家治家嚴，卻也不是清清白白，尤其是採買，陳氏和楊太傅都知道，水至清則無魚。

楊寶娘問了價錢，還問這價錢持續多久，是漲了還是跌了？婆子們不敢撒謊，若說錯了，她打發人去問，和自己說的不一樣，就等著被數落吧。

問完採買的事情後，陳氏把下人們都打發走了，笑咪咪地看著兩個孫女。

「寶娘這樣做得對，妳們頭一回過問家事，得仔細些，讓她們知道，主子雖然不管那麼細，但心裡有譜，誰也別想糊弄人。默娘，多跟妳姊姊學一學。」

楊默娘急忙點頭。「奶奶放心，我會跟二姊姊多學的。」

楊寶娘笑著謙虛。「我是怕自己記性不好，問過就忘了，才寫下來，沒想到反而嚇著她們了。」

陳氏笑起來。「不管記不記得住，讓她們警戒些，總是沒錯的。」

隨後，陳氏又開始講起各家送年禮的事。楊家親戚不多，姑太太跟著姑老爺在外地做官，每年會打發人送來許多外地的禮物，陳氏也會派人回送京城裡的好東西。

給女兒的年禮已經送走了，陳氏便讓兩個孫女看禮單。「這些是送給妳們姑媽的，先看一看，明年就交給妳們去辦。」

楊寶娘見上頭只寫了禮物名稱，卻沒有數量，又一一問過，手抄兩份，給楊默娘一份。

除了姑太太，再來是楊太傅的京中同僚。楊太傅身居高位，自然不用送禮給低等官員，但六部尚書和侍郎家，以及御史臺、京兆衙門、大理寺等各衙門裡品階較高的官員家中，都要互相送禮，這是基本的人情往來。

一般來說，低等官員先送，高等官員再回禮，前者厚一些，後者薄一些。但楊太傅不一樣，人家送他多少禮，他回多少禮，不占人家便宜。

到了年底，光送禮這一項，開銷就不小。若是貧寒人家，相互轉送收到的禮物，像張家送給李家，李家再送給王家，也是常理。但楊家如今是體面人家，不能再做那樣的事。

陳氏給兩個孫女仔細講了家裡的大致人情往來，然後就不再多說。

「一口吃不成胖子，管家的事也不是一天兩天能學會的，今兒就說這麼多吧。妳們回去理一理，明兒再來，跟我一起分東西。」

陳氏年紀大了，說了這半天，也有些累，楊寶娘和楊默娘幫她倒茶，又替她捶腿揉肩，楊淑娘在一邊嘰嘰喳喳說話。

有三個孫女相陪，陳氏立時高興了許多。

別人家都是兒媳婦或孫媳婦管家，她兒媳婦是個聾子，只會吃白飯；孫子又小，還不到娶媳婦的年紀。她一把老骨頭了還管著家，經常累得連飯都不想吃。

如今兩個孫女大了，確實能派上用場，陳氏決定把家裡的事情分一分，讓兩個孫女多擔點責任。早些磨練好了，以後去了婆家，省得人家說嘴，說楊太傅娶個聾子，就是個擺設，女兒們教得一塌糊塗。

陳氏瞇著眼睛享受完孫女們的服侍，笑著對她們說：「好了，都回去吧。」

楊寶娘聽了，與陳氏商議。「奶奶，昨晚阿爹給了我一匣子上好珍珠，預備分給妹妹們。奶奶看，要不要用這些替妹妹們打幾件首飾？」

陳氏睜開眼。「妳讓人拿過來，我們一起瞧瞧。」

楊寶娘命喜鵲把珍珠取來，當著陳氏的面，打開了匣子。

陳氏伸頭一看，頓時瞇起眼睛，伸手摸了摸。「這珍珠品相真好，顏色這樣鮮豔，也就妳們小娘子能戴一戴了。正好過年了，幫妳們各打兩支珠釵，淑娘還小，打珠花吧。」

姊妹三個湊在一起，商議用什麼樣的花式、珍珠顏色怎麼搭配，聊著聊著，一個上午就過去了，陳氏乾脆又留她們一起吃午飯。

吃完飯，楊寶娘回棲月閣去，珍珠便留在陳氏那裡了。

進了房間，楊寶娘偷偷拿出趙傳煒給的那一小匣珍珠。

她把珍珠放在手裡把玩，想了想，叫來喜鵲。

喜鵲小聲問：「二娘子，有什麼吩咐？」

楊寶娘看看外面，確定沒人，便問她。「妳大哥靠得住嗎？」

喜鵲想了想。「除了老爺和我阿爹，別人都支使不動他。」

楊寶娘從匣子裡挑了些珍珠，配好顏色，交給喜鵲。「讓妳大哥去我們常去的那家銀樓，請人把這些珍珠打上孔。」

喜鵲接過珍珠。「二娘子放心，定會辦得妥當。」

楊寶娘笑了。「妳自己開箱子拿些銀子給他，多給些，除了工錢，剩下的賞給你們。」

喜鵲笑咪咪。「多謝二娘子。」這些日子以來，她得的賞錢比以前多了呢。

拿好錢，她便帶著珍珠，悄悄去找小莫管事了。

小莫管事已經不是管事，只是馬夫，楊寶娘不出門，他也沒事幹，在前院跟人閒磕牙。有人來喊他。「莫大哥，喜鵲姊姊叫你呢。」

莫大管事一共有四個孩子，兩男兩女，小莫管事最大，已經娶妻生子，老二是個女兒，已經嫁人，楊玉昆身邊的小廝是老三，喜鵲是老四。

小莫管事聽見小妹喊他，跑到二門口，開玩笑地問：「喜鵲姊姊，叫我有什麼吩咐？」

喜鵲是楊寶娘的貼身丫頭，在府裡很有體面，如今府裡小廝和丫頭們，見到她都叫一聲姊姊，小莫管事是馬夫，按規矩，也該喊聲姊姊。

喜鵲嗔他。「大哥別貧嘴，我找你有事。」

小莫管事收了笑容。「妹妹有什麼事？」

喜鵲看看四周，眾人知道他們兄妹要說話，都離得遠遠地。

喜鵲見狀，把小莫管事拉到門裡，從袖中掏出一只大荷包，遞給他。

「這裡頭有許多珍珠，數量和顏色都寫在紙上，你去我們常去的那家銀樓，讓人在珍珠上穿孔。錢放在裡面了，用了多少，回來和我說，不許欺瞞謊報。」

小莫管事接下荷包。「妹妹放心，定然辦妥了。」如今他就指望伺候好了楊寶娘，再回去當管事呢，楊寶娘第一次打發他幹私活，二話不說就接下了。

喜鵲一再叮囑他。「悄悄地去，莫要驚動任何人，阿爹阿娘那裡也不要說。」

小莫管事點頭。「我曉得了，二娘子的事，誰來問，我都不會說的。」

喜鵲點頭。「這才對，大哥去吧，我回去服侍二娘子了。可要仔細，這是南邊的上等珍珠，丟了一顆，十年的月錢都不夠賠呢。」

小莫管事嚇得咋舌。「妹妹放心，幹活的時候，我盯著他們，保證一顆都不會少。」

喜鵲這才放心地回了後院。

趙家那邊，趙傳煒得了楊寶娘的禮物，當作寶貝一樣捧回了家。

至於荷包，他一路戴回去，再也沒摘下來過。

王氏眼尖，一眼就發現小叔子身上那個不同尋常的荷包。婆母把小叔子託付給她，小叔子穿的衣裳都經過她的手，忽然多了個她沒見過的荷包，且看那針腳、料子和下面配的玉，都不是凡品，心裡起疑，卻沒多問。

等夜裡趙傳慶回來，王氏才提了一句。

趙傳慶瞇起眼睛。「這件事，妳莫管，他自己心裡有譜。」

王氏有些擔心。「官人，我怕三叔在外頭遇到不好的人。」

趙傳慶安慰她。「不會的，咱們家的孩子，從來不會去那些不乾淨的地方。」

王氏笑了。「那是我白操心了。」

趙傳慶拉著她的手。「怎麼會是白操心，這一大家子，整日需要妳操勞。快過年了，妳幫自己打幾件首飾，做兩身新衣裳，別光顧著燕娘和婉娘。」

王氏有些羞。「官人整日忙於朝政，還記得這些小事情。」

趙傳慶坐到床邊。「這不是小事情，讀書做官為了什麼呢，一是想替百姓做好事，二是想讓家裡人過得好一些。若做官做到最後，忘了自己的家人，那還不如不做。」

兩口子在房裡絮絮叨叨說話，此後王氏便不再過問荷包的事了。

與此同時，趙傳煒正獨自躲在書房，仔細看楊寶娘的畫。

他把畫自己的放到一邊，只看她的畫像。吃飯、梳妝、讀書、寫字，一顰一笑在他眼裡，都覺得異常可愛。

看到最後一張，他發現上面的兩句詩，讀了一遍，心裡甜蜜蜜的。想到今日一壺春相會做的那些事，頓覺渾身燥熱起來，暗罵自己不守規矩，卻實在控制不住。

他長長出了一口氣，明年，一定要在科舉上有所斬獲。

他一邊看畫、一邊傻笑，天黑透了才停下來。

他挑了湖邊賞雪的畫像，摺疊起來，藏在荷包裡貼身帶著，其餘畫像藏在小匣子裡，一起收進櫃子，勒令書君不許翻看。

書君點頭如搗蒜。「公子放心，不光我不看，我也不讓別人看。」

至於那本手記，趙傳煒帶去了官學，認真研讀，裡面確實有獨到的見解。上面有兩種字體，一種老辣，一種娟秀，趙傳煒明白了，後一種是楊寶娘自己加上去的。

他再仔細讀，發現楊寶娘有些見解比年少時的楊太傅還獨到，心裡忍不住高興，他的小娘子，竟然這樣有才華呢。

第二十七章　查消息除夕夜宴

過了幾日，小莫管事找到機會，把穿好孔的珍珠交給喜鵲。他仔細報帳，花了多少，還剩多少錢，說得清清楚楚。其實他還貼了車馬錢和別的花銷，但為了表功，只略微提起，並未從裡面扣。

喜鵲心裡明白，先看珍珠，見那孔打得極好，邊緣光滑，並未損傷珍珠，點點頭，從剩下的銀錢裡，拿出一些給他。

「辛苦大哥了，這些讓你拿去打壺酒喝。這回差事辦得好，但二娘子心裡有數，大哥別到處嚷嚷。」

小莫管事有了譜，知道這是二娘子的私事，不能多說，接下銀子後，連連點頭保證，也絕不告訴莫大管事。

喜鵲很滿意，抱著珍珠回了棲月閣。

接下來，主僕倆把人都攆走，拆開荷包，找了盤子，把珍珠倒進去。

楊寶娘一顆顆查看，居然沒有一顆損傷。打孔可不容易，一個不小心，珍珠就碎了。

楊寶娘高興地問喜鵲。「這是誰家的手藝？真不錯！妳大哥用心了，有沒有打賞他？」

喜鵲笑著回答。「就是我們常去的那家。錢都給了，他還貼些小錢，我補給他了。」

楊寶娘點頭。「妳做得對，豈能讓他貼錢幫我辦事。找些繩子來，我想串兩條手鍊。」

喜鵲找來韌性好的繩子，繩子裡還加了鹿筋，有些彈性，串手鍊正好。

主僕倆一起動手，串了一條彩色的、一條純色的，純色那條全是粉色珍珠。

楊寶娘正值花一樣的年紀，戴彩色的珍珠手鍊流光四溢，戴粉色的則是嬌俏可人。她雙手各戴一條，袖子一蓋，誰也看不見。

若是不小心被人瞧見，就說是楊太傅給的珍珠做的。

楊寶娘用心上人送的珍珠偷偷做了兩條手鍊，像小孩子偷到糖吃一樣，高興極了。

過了兩天，陳氏讓人做的東西送來了。

楊寶娘和楊默娘大些，打了珠釵，楊淑娘是兩朵珠花。除了這個，姊妹三個還各得一條項鍊、一條手鍊。

楊寶娘拿到陳氏給的手鍊，派人送給嘉和縣主，自己仍舊戴趙傳煒送的珍珠。

嘉和縣主收到禮物，回贈一支玉釵。

朱翌軒瞧見楊寶娘送禮物給嘉和縣主，又去纏磨南平郡王替他求親。

南平郡王被兒子纏得不行，只好敷衍他。「過年的時候我問問楊太傅，總要問過人家父母，若是兩家都同意，你皇伯父才能賜婚。」

朱翌軒高興得險些沒飛起來。

楊太傅一日比一日忙碌，經常不回家。楊寶娘一邊向陳氏學管家、一邊讀書寫字，偶爾去廚房跟廚娘們學廚藝。

楊家一片太平，宮裡的風聲卻漸漸緊了起來。

李太后讓人傳了閒話，這閒話像長了翅膀似的，飛遍滿宮。宮牆外，消息稍微靈通些的人家都知道了。

李太后自己卻跟沒事人似的，該吃就吃，該喝就喝，還帶著幾個太妃在壽康宮玩樂。

流言雖然傳了出去，但事關李太后清譽，誰也沒有真憑實據，自然不敢到景仁帝耳邊嚼舌根。

皇帝的娘和皇帝的老師有染，這話說出去了，不死也得去半條命啊。

故而大家都聽說了，景仁帝卻跟個聾子似的，一向聞風而奏的御史們也閉上嘴。要是說李太后奢侈或縱容娘家為非作歹，御史們必定擼起袖子就上。可這件事太玄了，感覺就像有人在故意散播流言一樣。

百官們沒人敢提，可景仁帝私底下也養了一幫專門打探消息的人，自是聽到了風聲，連忙去打探，卻毫無結果。

最終，首領俞大人硬著頭皮，進了御書房。

俞大人很少主動進御書房，去了就是有要事。

他先行了大禮。「微臣見過聖上。」

景仁帝正在看摺子。「平身。」

俞大人沒起來，咚咚磕了兩個頭。「聖上，微臣無能。」

景仁帝聽他說的話不對勁，抬起了頭。「何事？」

話到嘴邊，俞大人又害怕了，再磕了兩個頭。

「聖上，外頭有人傳謠言，但臣只能查到是從宮裡傳出去，卻查不出是誰傳的。」

景仁帝表情凝重。「什麼謠言？」

「事關太后娘娘清譽，請聖上息怒。」

景仁帝立刻放下筆。「說！」

俞大人把心一橫，道：「有人造謠，說太后娘娘與太傅大人有私情。」

景仁帝的眼神忽然變得深邃無比，臉上一點表情都沒有，靜靜地看著俞大人。

俞大人沒抬頭，卻能感覺到景仁帝的目光，額頭上開始冒冷汗，帝王陡然增加的殺氣，讓他的膝蓋又軟了三分。

過了半晌，景仁帝道：「繼續查，傳得厲害的人，割掉他們舌頭，莫要驚動母后。」

俞大人立刻磕頭。「微臣領旨。」

景仁帝繼續批閱奏摺。「你下去吧。」

俞大人走後，景仁帝問身邊大太監張內侍。「你是不是也聽說了？」

張內侍跪下磕頭。「聖上，奴才只聽說一句，立刻把傳話的人痛打一頓。」

景仁帝一腳踢翻他。「狗東西，你既聽說，為什麼不早點來告訴朕？母后被人這樣造謠，朕豈不成了不孝子！」

張內侍咚咚磕了幾個頭。「聖上息怒，奴才已派可靠的人去查，卻只能查到後宮，後面的，奴才不能大張旗鼓去問。」

景仁帝聽了，坐回去繼續批奏摺，不說話了。

午飯時，景仁帝直接去了壽康宮。

李太后正在做針線活，她安靜地坐在暖閣裡，神情溫和、衣著簡單、氣質可親。

景仁帝的思緒有些縹緲。小時候，他和皇兄們一起讀書，有時候受了氣，每次回來看見母后這樣安靜淡然的樣子，都能平復心情。

後來，他當了皇帝，年少登基，朝中老臣、重臣和功臣一大堆，他小心翼翼、如履薄冰。他知道，滿天下的人都想從他這裡獲得權勢利益，唯有母后，已經無欲無求。母后說她不用爭寵、不用提攜娘家，沒有什麼事能讓她操心。唯一憂慮的，就是他的皇位不穩。

當時景仁帝很感動，為母后辦壽宴，把明盛園整理得乾乾淨淨，讓她去住，一來是想表孝心，二來是想讓母后能活得暢快些，不要整日如古井無波般。

母后從來不向他要任何東西，唯一所求，就是每年派人出宮一次，替生母上墳。

有時候他累了、倦了，便去壽康宮坐坐。后妃們那裡，並不能讓他完全放鬆，她們都想讓他更看重她們的兒子，多寵愛她們，連笑容都帶了討好的意味。

小時候，他從沒見過母后去父皇面前獻殷勤，所有的妃子們，今天這個熬湯、明天那個做點心，一窩蜂似的去討好父皇，唯有母后，始終不動如山。

景仁帝站在暖閣門口看了許久，李太后似有所感，一抬頭，發現了兒子。

「皇兒來了。」

景仁帝笑著走過去，坐到李太后身邊。「天冷了，這兩日母后好不好？宮裡送來的炭，分例夠不夠？若是不夠，兒臣那裡多，給母后送一些。」

李太后微笑。「皇兒不用擔心，皇后孝順，哀家這裡的東西，都是最好的。皇兒國事繁忙，不必為哀家這點小事操心。」

景仁帝看看屋裡的裝飾，簡單素淨，確實像寡居婦人住的地方。

「兒臣陪母后一起用午膳吧。」

李太后點頭。「好。」叫來瓊枝姑姑，讓她吩咐人擺飯。

母子倆的分例太多，桌子擺不下了。

李太后對景仁帝說：「皇兒，我一個人吃不了多少，以後讓宮裡把分例減一減吧。一粥一飯，來得不容易，如今我不做事，白用這麼多東西，增添百姓負擔。」私下和兒子在一起，她的自稱並不是那麼講究。

景仁帝搖頭。「母后，兒臣雖說富有四海，也沒能以天下供養母后，若連這幾道菜都減了，兒臣如何安心？」

李太后聽了，也不勉強。「皇兒孝順，母后很高興。」

景仁帝夾了一筷子菜，放進李太后碗裡。「母后整日在宮中，不免無聊，明兒讓兩位皇姊進宮陪母后說話。」

李太后笑嗔。「胡鬧，你姊姊們孩子一大群，天這麼冷，進宮規矩又多，讓她們待在家吧。快過年了，到時候宮裡就熱鬧起來了。」

吃過飯，景仁帝就要走，李太后叫住他，從臥房裡取出一身外衣，交給張內侍。「這是我閒來無事做的衣裳，皇兒拿去家常穿。」

景仁帝謝過李太后，帶著張內侍走了。

李太后站在門口，目送兒子出了二門。

景仁帝到了二門時，回頭一看，見李太后還站在那裡，對著她微微一笑，然後走了。

接下來的日子裡，景仁帝手起刀落，砍了幾個傳謠言的腦袋，宮裡頓時肅靜，宮外的蜚語也少多了。

俞大人有了景仁帝的命令，放開膽子查，最後查到了壽康宮。

景仁帝接到消息後，一個人在書房靜坐許久，轉動著手裡的茶盞，慢慢思索。

這些日子，他已經知道李太后和楊太傅訂過親，卻被莫家橫插一槓的事。李太后小時候的遭遇，他也知道，幸虧那妓子死得早，不然他早把她碎屍萬段。至於文家人，景仁帝和李太后一樣，不聞不問。

這樣的生父，不如沒有。比起文老太爺，景仁帝更願意認承恩公當外公。承恩公忠厚正直，是景仁帝最喜歡的長輩。

先帝在時，李太后從不爭寵，是因為懼怕龐皇后和平貴妃，還是不想爭寵？後來她當了皇后，對先帝還是淡淡的，是因為楊太傅嗎？

景仁帝最不願意相信的，是李太后對楊太傅餘情未了。

景仁帝低頭，看見桌上還沒批的奏摺，第一封就是楊太傅寫的，是關於今年的吏治。

楊太傅辦差，盡心盡責，對他也是忠心耿耿。

之前他很納悶，酒色財氣，楊太傅一樣不沾，整個人像和尚似的，到底圖什麼呢？如今也不寵家裡妻妾，一個人獨居外院。

景仁帝手裡的茶盞越轉越快。為什麼查到了壽康宮？是誰在攪渾水？他的后妃？還是楊太傅的政敵……

年前，宮裡一切照舊，日子一下就到了大年三十。

這幾日雪停了，也化完了，地還不太乾，但好歹能走。

這一天，楊寶娘起得很早。今天宮裡賜宴，景仁帝要帶著諸位重臣一起慶賀。

楊太傅一大早就去了宮裡，下午就會回來。

他不在家，陳氏帶著孩子們準備過年。

要過年了，到處都熱熱鬧鬧的，棲月閣自然不例外。

楊寶娘讓人剪了許多紅窗花貼在院子裡。早上起來時，楊太傅親自放了一掛鞭炮，才進宮去。

楊寶娘早上去陳氏和莫氏那裡坐了坐，陳氏叮囑她吃完飯就過去，莫氏什麼都沒說，打發她們走了。

楊寶娘帶著丫頭們吃早飯，今天的早飯和往常有些區別，一人只有一碗肉絲麵。這是陳氏照著以前的規矩準備的，楊家發跡不久，每到逢年過節，便照著以前普通人家的日子準備一餐，意在告誡家中子女，不要貪圖享受。

楊寶娘看到那碗肉絲麵，立時開始流口水。

麵條細細的，一點都沒爛。骨頭湯顏色清亮，裡頭有許多肉絲，混著幾片青菜，上頭撒了些蔥花，看著就讓人食指大動。

除了麵，還有幾碟鹹菜、蘿蔔乾、醃辣椒、醃白菜，想吃什麼自己添。

楊寶娘喝了口湯，感覺渾身都暖和了，再吃一筷子麵，幸福感滿滿。

喜鵲把自己碗裡的肉絲挑出來給楊寶娘吃，楊寶娘笑話她。「自己腰細細的，就想把我餵成胖子。」

劉嬤嬤笑了。「喜鵲，妳自己吃，二娘子知道妳的好意。」

喜鵲繼續飛快地挑肉絲。「二娘子近來瘦了，得趁著過年多長些肉。不然等天氣暖和了，棉襖一脫，渾身都是骨頭，那多難看。」

楊寶娘笑道：「妳也吃。晚上的肉多著呢，不怕沒得吃。」

喜鵲這才停下筷子。「二娘子快些吃，別放冷了。」

一群人一起吃麵，因為沒有外人，楊寶娘也不客氣，吃得吸溜直響。吃麵沒聲音，要麼是太難吃，要麼是窮講究。

吃完早飯，姊妹三個去了陳氏的院子，楊玉昆兄弟也來了。

陳氏笑咪咪地吩咐他們。「妳們三個，今天一起看著廚房，年夜飯就交給妳們，中午不拘弄點什麼，隨意吃兩口就行。你們兄弟去把夜裡要用的紙錢準備好。昆哥兒不小了，這些都該學了。」

替列祖列宗燒紙上香，陳氏堅持讓家裡兒孫自己動手，顯得心誠。

孩子們得了吩咐，各自去忙碌。楊玉昆領著弟弟去前院，楊寶娘帶兩個妹妹回棲月閣。

姊妹三個拿出年夜飯的菜單，一起去廚房。

楊寶娘照著菜單，一樣樣檢查準備的材料，又問了菜的做法，心中大概有了數。

楊默娘問楊寶娘。「二姊姊，中午阿爹不在家，咱們吃什麼呢？」

楊寶娘想了想，吩咐廚房的管事娘子。「隨意弄些簡單的，和早上一樣，一個院子送一點，有一、兩道菜就夠了。」

她說完，又看向楊默娘。「三妹妹還有什麼要說的沒有？」

楊默娘搖頭。「二姊姊說得很好。」

楊淑娘還小，就是跟著看一看，心裡有個譜。

交代完，姊妹三個又回了棲月閣，說起明兒要穿的衣裳。

大年初一，百官和命婦們要進宮拜年。

楊淑娘摸摸楊寶娘的裙子。「明日二姊姊又要進宮了呀？」

楊寶娘摸摸她的頭。「要是娘娘們給賞賜，我帶回來給妳吃。」

楊默娘笑著開口。「阿爹不是常帶宮裡的東西回來，妳怎麼還這麼嘴饞，像沒見過世面似的。」

楊淑娘笑。「東西是從宮裡出來的，聽著就不一樣。」

時間過得很快，天快黑的時候，楊太傅從宮裡回來了，帶回許多賞賜。

年夜飯已經準備好了，他燒過紙、敬過祖宗之後，直接上桌。

一大家子都在，莫氏也來了。

楊太傅先開口。「這一年又過去了，阿娘辛苦了。」

陳氏客氣道：「我不過是操心一日三餐，你在外頭更辛苦。」

楊太傅笑。「那兒子不和阿娘客氣了。來，咱們一起喝一杯。」

所有人端起了酒杯。

喝了酒，楊太傅按照長幼，跟每個孩子們說了話，熱鬧得很，唯有莫氏一個人安安靜靜，偶爾幫楊玉昆夾菜。

夜裡，一家人一起守夜，楊太傅想著明兒還要進宮，便讓楊寶娘和陳氏先去歇息，讓兩個兒子看著香火，自己也去了前院。

第二天早上，楊寶娘起得更早了，換上全套紅色新衣裙，吃了兩口點心，就跟著陳氏一起進宮。

到了宮裡才發現，今兒來的大部分是命婦，如楊寶娘這樣的小娘子極少，只有宗室嫡女和重臣家的女兒。

她悄悄跟嘉和縣主打了招呼，亦步亦趨地跟在陳氏身後，向嚴皇后磕頭行禮，聽嚴皇后說話。今日是大年初一的朝賀，皇后是一國之母，她才是主角。

朝賀完，嚴皇后又帶著內外命婦們去向李太后拜年。

壽康宮裡早準備好茶果點心，所有人先磕頭，李太后受禮，然後眾人起身，各自落坐。

大過年的，自然都是滿口吉祥話。

許多人瞧見了楊寶娘，其中不乏消息靈通的人，年前已經聽到流言，悄悄打量楊寶娘和李太后。

果然有些像，難不成是真的？但誰也沒敢說出口，場面依舊熱熱鬧鬧。

劉貴嬪也注意到楊寶娘了，她隱隱約約聽說，嚴皇后想充實內宮。若是楊寶娘進宮，怕是就有高位，豈不是勁敵。

於是，劉貴嬪拉著楊寶娘的手，一通誇讚。「小娘子長得真好看，聽說又讀書識字，可把我比下去了。」

謝賢妃打趣她。「妳可別嚇著人家，以為人家都跟妳一樣厚臉皮。」

劉貴嬪也開玩笑。「我見到這樣好的小娘子，多說兩句又怎麼了？難道娘娘不喜歡？」

謝賢妃的目光閃了閃。「既然喜歡，多賜些好東西才是正理。」

劉貴嬪放開楊寶娘的手。「娘娘太抬舉我了，我能有什麼好東西？我的東西都是聖上給的，我可是個窮鬼。」

眾人都笑了起來。

第二十八章 局勢亂新年對弈

大家笑了一陣，嚴皇后對楊寶娘招手，仔細問她幾歲了、讀了什麼書、平日在家裡都做什麼？

楊寶娘一一認真回答。

嚴皇后問完，把楊寶娘拉到李太后身邊。

「母后看看，楊二娘子多體面。」

楊寶娘微微抬起眼簾，向李太后行禮。李太后溫和地問了幾句話，便打發她到一邊去。

想看熱鬧的人頓時偃旗息鼓。

拜完年，眾人該走了。臨行前，楊寶娘偷偷往上看了一眼，正好和李太后四目相對。李太后對著她微微一笑，楊寶娘也笑，還微微屈膝行禮。

等眾人走了，李太后坐在原處喝茶。

「瓊枝，那孩子怕是知道了。」

瓊枝姑姑點頭。「倒是個懂事的好孩子，沒有露餡。」

李太后撫摸茶盞。「是個可憐的孩子。」

瓊枝姑姑問道：「娘娘，後面要怎麼辦？」

李太后繼續摸茶盞。「該急的也不是我們。」

景仁帝查到壽康宮之後，收了手，轉頭去查宮裡的后妃，頭一個就是嚴皇后，然後是謝賢妃和張淑妃。

嚴家知道的內情多，又有皇長子，景仁帝第一個起疑。

這些日子，景仁帝時常招幾個低等嬪妃去侍寢，高位嬪妃們都失寵了。

年前，景仁帝還發落了一批官員，多少跟幾個有兒子的后妃有關係。

他明晃晃地告訴眾人，他對后妃們的不滿意。尤其是嚴皇后，宮裡流言那麼厲害，她是後宮之主，一個失職之罪跑不了。

嚴皇后有些急了，她還沒來得及動手腳呢，孰料謠言就滿天飛了。她甚至懷疑，是宮裡哪個妃子知道了什麼，快她一步，栽贓到她頭上。

如今太子未立，景仁帝卻厭棄了她，該怎麼辦才好？

嚴皇后更急了，她當了十幾年皇后，心裡清楚得很，歷來做皇后的，沒有幾個能平安熬到頭。

於是，嚴皇后穩住陣腳，立刻往娘家傳信。嚴侯爺給了一個建議，請立楊氏女為貴妃。

嚴侯爺也不確定楊寶娘到底是不是李太后所生，若是，楊鎮第一個就坐不住了；若不是，不管楊寶娘能不能當貴妃，只要楊太傅和李太后都答應她進宮，謠言自然不攻而破。

不得不說，嚴侯爺不愧是先帝心腹，老謀深算。

宮裡多年未進新人，貴妃之位空懸。與其讓生了皇子的妃嬪上位，不如讓乳臭未乾的楊寶娘來填坑。

嚴皇后不太滿意這個建議，原是打算把楊寶娘當成大皇子妃的備選。她最看重的是晉國公世子的嫡長女趙燕娘，透過姊姊承恩公世子夫人多次拋出橄欖枝，可趙家根本不搭理她。大皇子馬上就要選妃，趙家人無意，嚴皇后也不敢勉強。

沒有趙家，嚴皇后還想著楊家呢。可嚴侯爺這主意，瞬間就把楊家變成了她的勁敵。楊寶娘進宮，起點就是貴妃，兩、三年後生了兒子，便能立即威脅她。

可嚴皇后沒有辦法了，破當前的局最重要。

大皇子聽說後，也覺得可惜，那日在御花園瞧見楊寶娘，長得真美，楊太傅又寶愛她，若是能當他的正妃，他又是嫡長子，太子之位是跑不掉的。

如今聽外公這樣一說，大皇子也覺得只能這樣，便安慰嚴皇后。

「母后，楊家女不能當兒臣的正妃，弟弟們也一樣沒了指望。就算她進宮，父皇也不一定會寵愛她。就算受寵，有了兒子，能不能長大還不一定。而且，她有了兒子，父皇就不一定會像現在這樣信任太傅大人了。」

嚴皇后想想也是。

「是母后想偏了，倒讓皇兒來勸慰母后。」

大皇子笑。「母后為了兒臣操勞，都是兒臣該做的。」

一家子拿定主意，嚴皇后決定年後請景仁帝批准，宮裡添人。

於是，今天嚴皇后拉著楊寶娘的手說個不停，就是想表露一些意思，看李太后是什麼反應，孰料李太后依舊不吭聲。

楊寶娘回家後把兩個妹妹叫過來，姊妹三個一起在棲月閣玩耍。楊家親朋少，宗族離得遠，都在外城，楊太傅打發兩個兒子回去拜年，女眷們都沒去。

過年聚在一起，無非就是吃吃喝喝，三姊妹才說了幾句話，陳氏那邊便打發人來叫，說二房的人來拜年了。

二老太太汪氏帶著兩個兒媳婦、四個孫媳婦和一群孫女來了，陳氏喊丫頭們替二房的人搬凳子、倒茶、端果子，然後坐在那裡瞇著眼睛笑，聽二房女眷拍馬屁。

汪氏一邊拍陳氏馬屁、一邊妒忌兼羨慕，當年大伯楊運達死了，這娘兒三個跟小可憐似的，要不是李家幫忙，連喪事辦得都困難。

那時，汪氏跟著親婆母黃氏住在大房的宅子裡，想奪取家業和大伯衙門裡的差事。後來莫家出了聲，楊太傅大方，把親爹的差事給了二叔，將二房打發走。

但汪氏無論如何也想不到，當初那個文弱的姪子，如今會有這麼大的出息。要是知道他有這麼大的本事，當年就算給她十個膽子，也不敢在楊運達的喪禮上揩油。

陳氏看著二房的人，心裡也忍不住羨慕。楊老二廢物一個，後人卻多。

她只得一個兒子，楊太傅三十多歲時才有了楊玉昆，又過幾年，楊玉闌才出生。楊玉闌出生時，二房孫子都快成親了。如今她兩個孫子還沒成親，二房又有一堆重孫，這一步遲，步步遲，都是命。

陳氏正在心裡感嘆，忽然外頭來報，三個孫女來了。

楊寶娘帶著兩個妹妹，進來後先向陳氏行禮，又向二房女眷行禮。

汪氏和兩個兒媳受了禮，楊玉橋的屋裡人和幾個妯娌、小娘子們也還禮。

行過禮後，雙方分賓主坐下，一群小娘子說著閒話。

汪氏看了幾個姪孫女一眼，又移開了目光。她倒是眼饞，但她和兒媳、孫媳的娘家子弟，沒一個出色的，她也不敢想。

沒多久，又來人報，說楊太傅回來了。

汪氏聽說後，跟鬼攆她似的，忙不迭地帶著家裡女眷走了。當初虧心事做多了，如今見到楊太傅就害怕。

楊太傅和二房的兄弟姪子們說幾句話，就打發他們走了，命人把楊寶娘請到外書房。

楊寶娘還沒來得及回棲月閣，便跟來人過去了。

楊太傅親自泡了一壺茶，上等的碧螺春，沖了兩遍，倒出來的茶水清亮、乾淨。

楊寶娘來了，進門先向楊太傅行禮。「女兒恭祝阿爹新春大吉。」

楊太傅笑咪咪。「寶兒過來，陪阿爹一起喝茶。」說完，從袖子裡掏出紅包，塞給楊寶娘。「既然這麼正經的拜年，總不能沒有壓歲錢。」

楊寶娘接過紅包，高興地塞進袖子裡，陪楊太傅坐下喝茶。

楊太傅品了兩口茶，忽然問：「今兒去宮裡，妳阿娘有給妳賞賜嗎？」

楊寶娘搖頭。「沒有，阿娘當著眾人的面，跟我說了幾句場面話。不過，臨走的時候，阿娘對我笑了。」

楊鎮轉動手裡的茶盞。「宮裡人心叵測，寶兒小心謹慎是對的。過了年，寶兒就不要出門了。」

楊寶娘有些納悶。「阿爹，發生了什麼事嗎？」

楊太傅沒有明說。「為安全起見，就在家裡玩吧。」

楊寶娘點頭，心裡有些遺憾。去年她初來乍到，出去得少，還想著今年多出去逛逛呢。不過見楊太傅認真的樣子，也不敢有異議，怕是外頭真出了什麼事。

楊太傅抬眸看她一眼。「一壺春那邊，也不要送消息過去了。」

楊寶娘頓時大窘。「阿爹！」

楊太傅笑。「等趙家小子來拜年，阿爹讓你們見一見。我知道老趙的臭脾氣，不等煒哥兒考上功名，是不會來提親的。」

媽呀，偷偷談戀愛被父母發現了。楊寶娘有些羞，低下了頭。

「是女兒不對，請阿爹責罰。」

父女倆坐得很近，楊太傅摸摸她頭上的珠釵。

「妳知道趙家為什麼送珍珠來嗎？」

楊寶娘搖頭。楊太傅輕笑。「老趙無事求我，卻送厚禮，是在告訴我，別把女兒許了人，給他兒子留著。」

楊寶娘又紅了臉。「說不定人家是想請阿爹在聖上面前美言幾句呢。」

楊太傅哈哈大笑。「妳不知道，如今老趙最怕和我們這些天子近臣打交道。再說了，阿爹雖然是太傅，但一切榮寵都來自聖上，可老趙不一樣，他誰都不靠。聖上在他眼裡，只是個佛爺。他不造反，是為天下黎民百姓考慮，不是因為他忠君。」

楊寶娘的心怦怦直跳，想到了趙家莊園裡的嫁接水果。聽說趙家有秘密武器，看來晉國公骨子裡並不是個奴性重的古代人，難道和她一樣是穿來的？還是趙家祖先裡有穿越者？

楊寶娘不敢多問，她知道楊太傅是貨真價實的古人，她的來歷太過離經叛道，以他對楊寶娘的疼愛，說不定要抓她去做法，但她並沒有故意奪人家的身子啊。

楊寶娘又歇了心思，不再說話。

楊太傅晃晃女兒珠釵下的珠子，笑了笑。

「咱們一起去妳奶奶院裡吧。」

下午，趙傳煒獨自上門來拜年了。
楊太傅正在前院書房看書，今日楊家兄弟沒有功課，都聚在楊玉昆的院子裡。
楊太傅讓人請趙傳煒進外書房，把所有人都打發走了。
趙傳煒照著規矩，向楊太傅行禮拜年。
楊太傅擺手，讓他坐下。
趙傳煒見楊太傅一聲不吭，只低頭看書，心裡有些打鼓，勉強找話說。「大爺近來身子骨好不好？」
楊太傅嗯了聲。「你去報縣試了沒？」
趙傳煒連忙點頭。「都準備妥當了，是大哥大嫂幫我安排的。」
楊太傅仍舊沒有抬頭，過了一會兒後，起身從書架上抽出一疊紙，遞給趙傳煒。「這是我寫給你的東西，回去之後好生看，有不懂的來問我。」
趙傳煒立刻起身，雙手接下。「多謝伯父。」
楊太傅摸摸鬍鬚。「好生考試，不許再去一壺春！」
趙傳煒的額頭立時冒出冷汗，彎腰到底。「姪兒知道了，多謝伯父教誨。」
楊太傅又坐下了，示意他也坐下。「明日你是不是要去承恩公府？」
趙傳煒點頭。「阿爹阿娘囑咐，讓我初二去向外公外婆拜年。」

楊太傅輕聲問：「兩老身體還好嗎？」

趙傳煒據實回答。「外公還好，外婆略微差些，好在舅舅跟舅母照顧得仔細。」

楊太傅又嗯了聲。「你去找昆哥兒玩吧。今天回去之後，務必好生讀書。」

趙傳煒起身，躬身行禮出了書房，便有人帶他去楊玉昆的院子。

楊寶娘在後院聽說趙傳煒來了，有些心動，在屋裡轉了幾圈，決定去找楊太傅。

楊太傅見女兒來了，指了指椅子。「坐。」

楊寶娘聽話地坐下，乖巧地陪著他，靜靜看著楊太傅一頁一頁地翻書。

等了一會兒後，楊太傅仍舊一句話也不說，楊寶娘便從書架上拿了本書，也看了起來。

她看著看著，入了迷，楊太傅抬頭，幫自己和女兒續了杯茶，繼續看書。

過了一會兒，楊太傅招手，示意隨從去把幾個哥兒叫過來。

因為他只打了個手勢，楊寶娘完全沒察覺，直到聽見外頭腳步聲響起，才抬起頭。

趙傳煒和楊家兄弟來了，沒想到一進門就看到楊寶娘，眼底迸發出喜色，楊寶娘也有些意外。

眾人見過禮後，三個男孩子坐到一邊，楊寶娘正好和趙傳煒面對面，低垂著眼簾，一句話都沒說。

楊太傅吩咐楊寶娘。「把我的棋盤拿出來，我教你們下棋。」

楊寶娘立刻起身，在書架的格子裡找到棋盤，小心翼翼抱過去。

楊玉昆已經擺好小桌子，楊寶娘把東西放好，退到了一邊。

楊太傅笑問三個男孩子。「你們誰先來？」

楊玉昆謙讓。「趙三哥是客，你先來。」趙傳煒和他是同一天生日，據說時辰早了些，楊玉昆就稱他為兄長。

趙傳煒也不客氣，坐了下來。楊家兄弟圍在他身邊，楊寶娘坐在楊太傅身旁。

觀棋不語真君子，楊寶娘不懂這個，原身水準也一般。雖說這些日子沒少下功夫，但水準仍舊一般，更是不輕易開口，只幫他們續茶水。

趙傳煒自然比不過楊太傅，楊太傅的棋藝是在翰林院時和那幫翰林學子們磨出來的，後來經常陪景仁帝下棋，每一步都要精心算計，不管贏了還是輸了，都必須在三子之內。

起初，趙傳煒意氣風發，接著表情漸漸凝重，最後眉頭皺了起來。

楊寶娘看看棋盤，發現對面的黑子快被困死了，也跟著皺起眉頭。

楊太傅摸摸鬍鬚，開始放水。

趙傳煒感覺自己好像找到了一線生機，剛才看起來像死局一樣的棋盤，頓時活了起來。

兩邊旗鼓相當，最後，趙傳煒輸了五子。

他起身拱手。「多謝伯父手下留情。」

楊太傅笑了。「你這個年紀，能有這個水準，就不錯了。」心裡嘀咕，要不是為了女兒，定殺他個片甲不留。

趙傳煒擦了擦汗，坐到一邊，楊玉昆接著上。

這回楊太傅就沒怎麼留情了，楊玉昆時常給親爹餵招，已經輸得臉皮奇厚無比。他的目標是慢慢進步，不要輸得那麼慘。

剛才楊太傅放水，楊玉昆感覺出來了，連趙傳煒自己也發現，才說了手下留情四個字。

楊家父子專心下棋，趙傳煒悄悄抬頭，看了楊寶娘一眼。

正好，楊寶娘也抬頭看他，兩個人相視一笑。

楊寶娘伸手去端茶杯，露出手腕上的珠鍊，趙傳煒頓時明白了，眼底笑意更深。

這時，楊太傅忽然抬頭掃向趙傳煒，他嚇了一跳，馬上收回目光，對楊太傅燦然一笑。

楊太傅低頭，繼續下棋，殺氣更甚，楊玉昆叫苦不迭。「阿爹，放兒子一馬吧！」

楊太傅笑了。「在外頭，誰會放你一馬呢？」

楊玉昆硬著頭皮下完棋，輸得一敗塗地，撓了撓頭，也不在意，伸手把弟弟按上去。

「你也來試試。」

剛剛楊玉闌還幸災樂禍，忽然被按到椅子上，驚得就要跳起來。

楊太傅示意他坐下。

「闌哥兒莫怕，讓你姊姊跟你下。」說完，把椅子往一邊挪了挪。

楊玉闌這才放心，楊寶娘棋藝平平，他不怕。

楊寶娘笑。「阿爹真是的，大過年的讓我丟人。」

楊玉闌催促。「二姊姊快來，讓我也嚐嚐贏了的滋味。」

楊玉昆敲他的頭。「別自大，說不定二姊姊就贏了你。我可是知道的，二姊姊這陣子經常看棋譜。」

姊弟兩個擺開陣勢，開始廝殺。

楊太傅在旁邊摸著鬍鬚觀戰，兩個孩子棋藝都不出色，但楊玉闌實戰多一些，楊寶娘讀的棋譜多，倒是旗鼓相當。

楊寶娘畢竟年紀大些，且心智是成年人，苦苦思索平日背的棋譜，慢慢運用，漸漸占了上風。

楊玉昆見弟弟步步失守，中間提點他幾句，楊玉闌頓時又漲了氣勢。楊寶娘以一敵二，很快又落了下風。

關鍵時，她舉棋不定，趙傳煒指了一個地方。「二娘子不如在這裡填一子。」

楊寶娘抬頭看他一眼，趙傳煒笑著看向她，也不多解釋。她想了想，好像有些道理，按下一子，局勢頓時又微妙起來。

漸漸地，變成趙傳煒和楊玉昆對峙，楊寶娘和楊玉闌成了傀儡。

雙方膠著，越戰越混亂，楊太傅喝了口茶，道：「你們兩個歇歇，讓他們自己下。」

趙傳煒和楊玉昆聽見吩咐，立刻停手，楊寶娘繼續和楊玉闌廝殺，最後險勝。

楊玉闌拱手。「多謝二姊姊手下留情。」

楊寶娘笑咪咪。「我可沒有。」

眾人都笑了起來。

第二十九章 丟荷包訛上門來

外頭，天漸漸黑了，趙傳煒準備告辭。

楊太傅叫住他，從抽屜裡拿出紅包。「來給我拜年，飯都沒吃一口，且拿著這個吧。」

趙傳煒有些欣喜，雙手接下。「多謝伯父。」

楊太傅點點頭。「時辰不早了，早些回去吧，替我問候你們家老太爺安好。」

趙傳煒高興地走了，走前看了楊寶娘一眼，楊寶娘對著他微微點頭。

楊玉昆忽然感覺出一絲不對勁，瞇起眼打量他們，仔細想了想，又去看楊太傅，自家阿爹一向明察秋毫，難道沒有看出來？

等趙傳煒走了，楊太傅讓楊寶娘帶著楊玉闌回後院去，又叫楊玉昆坐下。

「明年，你也去考縣試吧。」

楊玉昆應下。「兒子聽阿爹的。」

楊太傅又囑咐他。「你姊姊的事情，你莫要管。」

楊玉昆登時心裡打鼓，試探地問：「阿爹，趙三哥……」

楊太傅嗯了聲。「你說得沒錯，他是我替你二姊姊相看的人，你覺得怎麼樣？」

楊玉昆聽見這話，感覺像平空打了道雷。「阿爹，趙家父母不在京城，怎麼就說得上相看了？」

楊太傅抬眼看兒子。「這世間的事，有些該守規矩，有些規矩就是擺著好看的。」

楊玉昆一愣，半晌後道：「趙三哥人品不錯，家世也好，長得不差，配得上二姊姊。」

楊太傅一粒粒地收起棋子。「近日，有沒有人在你面前說三道四？」

楊玉昆猶豫片刻。「說三道四倒沒有，就是有些人鬼鬼祟祟的。」

楊太傅手下動作不停。「莫要理他們，你好生讀書，帶好弟弟。既然覺得趙家小子不錯，以後在學堂裡多來往。」

楊玉昆點頭。「兒子聽阿爹的。」

父子倆的對話有些無趣，說了幾句後，楊太傅也把楊玉昆打發走了。

隔天是大年初二，莫氏要回娘家，楊太傅也一起去。

夫妻倆坐在同一輛車中，相顧無言。楊玉昆兄弟騎馬跟著，楊寶娘姊妹坐另一輛車。

莫氏閉著眼睛，楊太傅也垂著眼簾。

一會兒後，莫氏抬頭看楊太傅，見他一副旁若無人的樣子，有些生氣，又閉上了眼睛。

到了莫家，楊太傅先下車，直接進去，楊玉昆便去扶莫氏。

二老太爺沒想到這個女婿還照常來拜年，心裡百感交集，沒提莫九郎的事，只讓大兒子父子好生招待女婿和外孫。至於楊寶娘姊妹，都被大房的表姊叫走了。

二老太太囑咐孫女用心招待表妹們，並將老秦姨娘派來的人打發回去。老秦姨娘已經從莊子回來，但二老太太嚴防死守，莫氏願意去，她不攔著，可幾個外孫女絕不能去二房。楊寶娘姊妹在莫家安安靜靜待著，吃完午飯，楊太傅立刻帶著家人回去，莫氏連二房婆媳的面都沒見著。

趙家那邊，一大早，趙傳慶也帶著妻兒回王家，趙傳煒騎馬去承恩公府。承恩公夫人也早早就把兒子媳婦跟孫子孫媳都打發走了，家裡只剩下老倆口。

趙傳煒到的時候，老倆口正在屋裡說閒話。

聽說外孫來了，肖氏連忙起身出去。

趙傳煒進來後，先向兩老行禮拜年，轉達父母兄長的問候。

肖氏一把拉起他。「怎麼來得這麼早，吃了早飯沒有？」

趙傳煒笑。「吃過了，飽得很。外公外婆近來身子骨怎麼樣？阿爹阿娘多次來信，讓我時常來看望，可外孫不孝，總是來得少。」

肖氏愛憐地摸摸他的手。「你小孩子家，正在長身體，每日讀書習武多累，不必為了我們操心。你心裡有外公外婆，我們都曉得。你舅舅舅媽和表兄們都不在，中午陪我們吃頓飯。等會兒，你二姨母也要來呢。」

她話音剛落，外頭來傳，二姑太太和二姑老爺回來了。

肖氏忙讓人請，過了一會兒，一位四十多歲的中年婦人進來，身旁是一位身強力壯的中年漢子，後面跟著青年男子和他的妻兒們。

一家子先向承恩公夫婦拜年，說了吉祥話，互相見過。

方太太笑了。「煒哥兒來得這樣早。」又拉著他的手問讀書怎麼樣，平時在家裡做什麼，阿爹阿娘好不好？

趙傳煒仔細回答，還很貼心地加了幾句。「阿娘常說，小時候兩位姨母照顧她最多，有好吃的都先讓著她。如今離得遠，不能日日相見，還請姨母保重身體，等她回來了，要帶著姨母一起進宮找太后姨母，姊妹三個一起吃酒聽戲。」

方太太笑得瞇起了眼睛，對肖氏說：「阿娘，三妹妹都四十多了，還是這樣天真爛漫的性子。」

肖氏也笑。「姝娘在小事情上灑脫得很，大事卻不糊塗。」

方太太打趣道：「我就是小事清楚，大事糊塗。」

肖氏嗔她。「胡說，妳們各有各的好。」

承恩公笑咪咪地坐在一邊，問女婿方二郎。「當差累不累？」

方二郎抱拳。「多謝阿爹關心，尚能應付。」

年輕時，承恩公是個古板性子，如今老了，越發和善，不再整日說正事，兒孫們來了，就帶著他們玩耍。聽老妻和女兒說了幾句閒話後，就拉著女婿和外孫去他書房，看他新得的一方硯臺。

方二郎雖然是武將，但父母俱不在了，也願意陪老岳父玩耍，還順帶把趙傳煒拉去。

方家長子的年紀和晉國公趙傳慶差不多，趙傳煒對這個表兄敬重多於親近，兩個表姪和他差不多大，倒是能玩在一起。

承恩公拿出硯臺，可方二郎哪裡懂啊，便讓兒孫們陪著老頭子嘰嘰喳喳。

後院裡，肖氏和女兒、外孫媳婦和重外孫女喝茶說話。

方太太有一子一女，女兒嫁到外地，唯一的兒子生了二子一女，家裡人丁不是很興旺，卻很和睦。

方太太感嘆。「不知道三妹妹什麼時候能回來，我好多年沒見到她，怪想念的。」

肖氏拍拍女兒的手。「誰不想呢，但妳妹夫跟平哥兒一大家子都在那裡，她走不開。」

方太太笑。「我就是說兩句，沒道理讓三妹妹為了我回京，她回來一趟可不容易。什麼時候讓三妹夫把官人調去南邊打水匪，我就能和三妹妹團聚。」

肖氏從旁邊的茶盤裡抓了一把果子塞進女兒手裡，又幫外孫媳婦和重外孫女抓。「別光說話，吃東西。」

方太太打趣道：「阿娘還把我當小孩子。」

肖氏放下茶盤。「妳小的時候，咱們家窮，妳懂事，有好吃的總讓著弟弟妹妹。等家裡好過些，妳已經長大了，阿娘總覺得虧欠了妳。」

方太太兒孫滿堂，知道老母親的心，接下果子吃了一口，岔開話。「阿娘，煒哥兒的婚事，妹妹怎麼安排的？」

肖氏笑道：「妳要是有合適的人，就寫信給妳妹妹，我不好在中間多問。煒哥兒有父母、有兄長，有人幫他操心。」

方太太吃了顆甜甜的果子，眯起眼睛。「我哪裡有合適的人選，我的意思是，妹妹要是有安排，她不在京中，若慶哥兒媳婦忙不過來，我可以幫幫忙。」

肖氏點頭。「妳做姨母的慈愛，妳妹妹都知道，年前不是給妳送了厚厚的年禮？」

方太太笑起來，繼續吃果子。「可不是，每年占了妹妹多少好東西呢。」

母女倆在後院絮絮叨叨說個沒完，前院裡，承恩公帶著一群男丁，也聊得起勁。

這時，承恩公世子夫婦回來了。

承恩公納悶。「不是讓你在你丈人家吃午飯嗎？」

承恩公世子先跟大家見過，笑著回答老父。「妹妹、妹夫和外甥們都來了，家裡只有阿爹阿娘，我如何能放心？是岳父、岳母主動打發我們回來的，我把孩子們留在王家陪他們。」

承恩公點頭。「那也好，過來一起坐吧。」

世子夫人嚴氏便去了後院，見過婆母和小姑子，陪她們說話。

吃午飯時，嚴氏讓人準備兩桌酒席，就擺在公婆的院子裡，男女分桌，連屏風都沒用。正吃著飯，長房的大老爺來了。長房老太太鄭氏去世後，大老爺時常過來看望叔父和嬸嬸，猜想今天堂妹會回門，就過來看看。

承恩公問他。「聽說瑞娘年後要回來？」瑞娘是大老爺的女兒。

大老爺點頭。「女婿年後要回京，瑞娘自然要回來了。」

承恩公點頭。「好，我老頭子過一天算一天，多看後人幾眼，以後見了你阿爹阿娘，我也能交代了。」

大老爺連忙舉杯。「二叔身子骨康健，至少能活一百歲呢。」

其餘兒孫們也連忙相勸，互相敬酒，把氣氛越炒越熱鬧。

剛吃完飯，承恩公世子長子一家從嚴家回來了。長子媳婦的娘家在外地，今天跟著承恩公世子夫婦去嚴家。次子媳婦是先帝的三公主，住在公主府，已經進宮向李太后和景仁帝拜年了。

兩口子從嚴家回來，嚴家的小郎君與小娘子跟著他們過來玩。嚴家小郎君們跟著李家男丁去前院，小娘子們被嚴氏帶到後院。

趙傳煒在李家逗留許久，天快黑了，才準備回去。

承恩公笑著囑咐他。「去跟你外婆說一聲。聽說你年後要考縣試，好生考，考好了，外公給你獎賞。」

趙傳煒也笑。「好，我一定要拿到外公的獎賞。」

祖孫倆說笑幾句，趙傳煒就去了後院。

趙傳煒一入正院的垂花門，一陣香風忽然迎面襲來，他憑著本能，躲到了一邊。有個小娘子摔在地上，可能扭到腳，哭了起來。

趙傳煒一看，不是旁人，正是趙婉娘讓他躲著的嚴露娘。

「這位娘子無事吧？」

嚴露娘真扭到了腳，疼得一邊哭、一邊冒冷汗。「三公子，我的腳好疼。」

趙傳煒不敢靠近她，想了想，吩咐旁邊的人。「你在這裡看著，我去喊人。」說完，轉身跑了。

嚴露娘看他跑得飛快，頓時氣結。

趙傳煒去了肖氏的正院，進門就揚聲喊：「外婆，垂花門那裡有人摔倒了，我讓人在那裡看著。」

嚴氏一驚，立刻起身。「阿娘，我去看看。」

肖氏點頭。「妳快去，大過年的，別受傷了。」

趙傳煒坐下和肖氏說話。「外婆，過一陣子我要去考縣試，會有一段時間來不了。外婆保養身子，等我的好消息。」

肖氏愛憐地看著最小的外孫。「好，外婆等你的好消息。你莫要太逼著自己，盡心就好。你是個好孩子，外婆知道。」

她拉著趙傳煒的手，絮絮叨叨囑他許多事情。

與此同時，嚴氏趕到垂花門一看，見姪女正坐在那裡哭，立刻命人把她抬到自己的院子裡，讓人請大夫過來。

大夫看完，說養幾天就好了，嚴氏便放了心。

趙傳煒向肖氏告辭後，帶著書君回去。

到家後，趙傳煒先去向趙老太爺請安，然後回了自己的院子。

書君伺候他換衣裳，忽然叫起來。「公子，您的荷包呢？」

趙傳煒一驚，低頭一看。中午吃飯時，他還摸了摸，現在荷包怎麼不見了？

他立刻把衣裳全脫掉，抖了抖，什麼也沒有。那荷包是楊寶娘送給他的，裡頭有一張他的畫像。

平日他去官學或待在家裡時，沒人敢翻他的東西，荷包裡裝的是楊寶娘的畫像。今日去李家見長輩，他就換成自己的。

但好端端的，荷包怎麼會丟了？

趙傳煒穿著單衣站著，皺起眉頭，問書君。「你想一想，會丟在哪裡？」

主僕倆仔細回想今天去過的地方、在哪裡換衣裳、在哪裡逗留。

趙傳煒覺得，可能是落在了李家。

書君怕他凍著，先幫他穿上衣裳。「公子，早上到李家的時候，我還看了一眼呢。吃飯時也在，可能是剛才丟的。」

他說完，表情有些猶豫。

趙傳煒看著他。「有話就說！」

書君撓頭。「公子，我總覺得今日那小娘子摔得蹊蹺。」

趙傳煒瞇起眼睛。「你想說什麼？」

書君湊近了他，悄悄道：「公子，這京中的小娘子們，手段花樣百出。公子家世好、長得好、讀書好，多少小娘子覬覦。」

趙傳煒嗯了聲，算是贊同他的話。「不要在外頭這樣說，惹人笑話。」

書君點頭。「公子，咱們要怎麼辦？」

趙傳煒想了想，那些婦人的手段，他不是不知道，不管是不是嚴露娘拿了他的荷包，他都不能被人握住把柄。不說那是楊寶娘送的荷包，裡頭的小像，也不適合流落到外頭。

趙傳煒決定，第二天去承恩公府見肖氏，把這件事說開，讓她派人悄悄找一找，就說丟了荷包，誰撿到了，若是下人便打賞；若是親朋主子，也有酬謝。

於是，他先按下此事不提，夜裡照常讀書了。

孰料，還沒等他去李家，嚴家人已經先有了盤算。

嚴侯爺共有兩女三子，都是嫡出，長女是承恩公世子夫人，長子是世子，次子是嚴露娘的親爹，三子在外做官，嚴皇后是最小的一個，自幼有些嬌寵。

以前嚴侯爺是先帝的心腹，手握實權，重修身養性，家中子弟教導得不錯。後來女兒當了皇后，便有些放鬆了。

嚴侯爺深諳帝王心思，除了長子還領個實缺，其餘子弟要麼讀書、要麼領閒差。而且，隨著三個兒子長大，家裡門第又高，兒孫們開始納妾，子子孫孫一大堆，不成器的孩子越來越多。

嚴二爺當著閒差，生了一群庶出子女。嚴露娘長得好看，被他當作寶貝，奇貨可居。

他本想把女兒送給皇子外甥做妾，但嚴皇后不答應。依嚴皇后的意思，娘家的姪女們都是可利用的，在外頭多結兩門親事，她兒子就多兩份助力，嫁給自己人太浪費。嚴皇后把兒子的後宮看得很重，非大臣家的女兒，還不想要呢。

嚴露娘是庶女，她的親事高不成、低不就。正經的嫡出子弟看不上她，庶出的，她又看不上。而且她自負美貌，眼光更高，說了這麼久的親事，也沒說成合心意的。

昨兒那一跤，她真是不小心摔的。風馳電掣之間，順手摘下了趙傳煒的荷包。她手巧，摘的時候悄沒聲息。因為騰出手去摘荷包，來不及支撐自己，就這樣硬生生摔到地上，扭了腳。

嚴氏讓她在李家歇一晚，嚴露娘非說自己大過年受了傷，要請大夫，留在姑媽家裡不合適，趕緊回去。

一到家，她關起房門，仔細翻看那只荷包，發現裡面的小像，頓時笑得牙都露出來了。

真好啊，有了這個，我看你還往哪裡跑！

嚴露娘盤算好，立刻叫來自己的姨娘，委委屈屈說她和趙傳煒兩情相悅，可如今他卻不想認帳了。

她姨娘是寵妾，一向跋扈，聽完後立刻道：「那混帳欺負妳了？」

嚴露娘哭了兩聲，拿出那只荷包……

晚上，寵妾把這件事告訴嚴二爺。

嚴二爺一聽，登時覺得喜從天降。好啊，他女兒太有本事了，居然釣到了這個金龜婿！

他把那荷包拿過來，反覆瞧了瞧，高興地眯起眼。

「哼，趙家小子想不認帳？那也得看我答不答應，我們嚴家也不是吃素的。當初趙家算個屁，和李家一起跟在阿爹後頭當跟班，如今倒翹起尾巴來了。讓他家孫女做外甥媳婦，還不願意，如今就叫他兒子當我女婿吧！」

寵妾問他。「要不要先去找大姑太太？那畢竟是李家的外孫。」

嚴二爺想了想，搖搖頭。「算了，大姊姊一向不摻和皇宮裡的事。她家裡有太后、有公主，早澇保收，但咱們不一樣，都綁到妹妹的船上了。」

第三十章 仙人跳太傅許親

第二天早上，嚴二爺連飯都沒吃，一大早便來了趙家。

趙傳慶接待了嚴二爺。

嚴二爺先問過趙家老太爺好，又和趙傳慶寒暄半天。

嚴二爺是長輩，親舅媽的親弟弟，趙傳慶不敢怠慢，一直陪著他說話。

嚴二爺和趙傳慶說了半天，突然話鋒一轉。「貴府三公子可在？」

趙傳慶納悶。「今天三弟要去外婆家，不過這會兒還早，想來還在後院呢。他每日早起習武，我去叫他來見過舅父。」他隨了李家表兄的稱呼，也叫嚴二爺舅父。

嚴二爺笑著摸了摸鬍鬚。「無妨無妨，習武讀書，是個好孩子。不過，有些事情，還是守規矩好些，不然外人知道了，難免議論。」

趙傳慶詫異。「不知嚴二舅說的是何事？」

嚴二爺拿出荷包。「為人父母，總有操不完的心。我這個女兒，給她說了多少人家，她都不答應，原來是惦記著三公子，我也是沒臉，教出來的女兒不守規矩。不過，貴府三公子也太不小心，這種東西，怎麼能私底下給她，要是被人瞧見，豈不是丟了兩家的體面。」

趙傳慶拿過荷包一看，有些眼熟，打開發現裡頭有一幅弟弟的畫像，頓時臉色鐵青，轉頭吩咐旁邊的心腹。

「去請三爺過來。」

心腹應下，去找正準備出門的趙傳煒了。

趙傳煒一進外院書房，發現一名約莫四十歲左右的陌生男子，正面含微笑地看著他，有些疑惑，望向趙傳慶。

「大哥，您叫我有什麼吩咐？」

趙傳慶直接把荷包摔進他懷裡。「這是你的東西吧？」

趙傳煒大喜。「大哥在哪裡找到的？昨天我去外婆家，不知丟到哪裡去了，打算今日過去找呢。」

嚴二爺開口道：「三公子，收好吧，以後別丟了。」

趙傳煒問趙傳慶。「大哥，這是哪位長輩？」

趙傳慶面無表情。「嚴家二舅。」

趙傳煒聽了，前後一想，立時明白，原來是問罪來了。

他把荷包繫好，笑著對嚴二爺抱拳行禮。「多謝二舅送回荷包。」

嚴二爺似笑非笑。「三公子忘性大，這是昨晚小女給我的，說是三公子送她之物。」

趙傳煒抬頭，也似笑非笑。「二舅，這話可不能隨意說，我和貴府小娘子並無來往。」

嚴二爺收起笑容。「那三公子的荷包怎麼到了小女手中？三公子年紀不大，難道要當陳世美不成？」

趙傳煒也斂了笑。「二舅，我也想知道，我的荷包怎麼到了貴府小娘子的手裡？哦，昨天外婆的院子門口，有個小娘子在我面前摔了一跤，聽說是貴府小娘子，不知道可有受傷？」

嚴二爺聽了，揚起笑容。「你們這些小孩子就是臉皮薄，既然關心露娘，說出來又無妨，還拐著彎。好了，事情都說開了，我先回去。」又對趙傳慶說：「這件事，你做不了主，讓你阿爹來我家提親吧，我女兒可不是隨便能辜負的。」

趙傳慶聽趙傳煒說完，登時明白了，是嚴家小娘子玩仙人跳，以有心算無心，遂冷哼了一聲。

「二舅未免太武斷，這事還沒弄明白呢。我弟弟一向老實，平白揹了個陳世美的名聲，我可不答應。」

嚴二爺放下茶盞。「外甥這是想賴帳了？」

趙傳煒看向嚴二爺。「二舅……」

他還沒說完，趙傳慶便喝斥他。「三弟，你去忙你的。」

趙傳煒看趙傳慶一眼，轉身出去。

趙傳慶不想跟嚴二爺多說，也起了身。「來人，送客。」

嚴二爺氣得鬍子直翹，一揮袖子走了。

等嚴二爺走了，趙傳慶立刻去找趙傳煒。

「東西怎麼到了嚴家人手裡？」

趙傳煒急忙解釋。「大哥，昨天嚴家娘子摔在我面前，想是她偷拿的。」

趙傳慶又問：「那又為何在荷包裡裝了畫像！」

趙傳煒頓時啞口無言。

趙傳慶察覺自己口氣有些嚴厲，立刻放緩了聲音。

「你把實情全告訴我，我才好解決這件事。你不知道，嚴家人一直想讓燕娘當大皇子妃，我和阿爹都不答應。如今他們得了你的東西，好不容易能纏上來，豈會輕易甘休。你大姊姊因為皇位之爭夭折了，咱們家，再不會摻和到裡頭去。這不是一只荷包的事，是咱們一家子的存亡。」

趙傳煒聽得心往下沈。「我說了，大哥能替我保密嗎？」

趙傳慶點頭。「你說，我不會告訴旁人。」

趙傳煒定定看著他。「大哥，那是楊家二娘子畫給我的。」

趙傳慶一聽就明白了，這對小兒女怕是有了私情，情分還不淺。

他在屋子裡踱步一會兒，然後吩咐趙傳煒。「你去換身衣裳，跟我去楊家。」

趙傳煒點頭，立刻回房準備，跟著趙傳慶出門了。

楊太傅正好在家裡，聽說他們兄弟一起過來，心裡稀奇，讓人迎了進來。

趙傳慶極少來楊家，帶著弟弟進屋後，先向楊太傅行禮。「晚輩見過太傅大人。」

楊太傅和藹地讓他們兄弟坐下。「你們老太爺可好？」

趙傳慶微微俯身。「多謝太傅大人關心，爺爺的身子骨一向硬朗，還能跑馬呢。」

楊太傅讓下人給兄弟二人上茶點。「硬朗就好。老太爺年輕時吃了苦，如今好了，滿京城誰不羡慕他呢，兒孫都有出息。」

趙傳慶連忙謙虛。「太傅大人過譽了。」

楊太傅繼續跟趙傳慶說閒話，見趙傳煒默默坐在一邊，心裡明白，這兄弟倆必定有大事，不然不會大年初三連袂而來。

楊太傅老奸巨猾，趙傳慶也不逞多讓，一老一少你來我往打了許久的太極。

等差不多了，趙傳慶才說明來意。「此次貿然登門，實是有事相求。」

楊太傅捋捋鬍鬚。「我和你父親也算故交，你有事就直說，不用繞彎子。」

趙傳慶抱拳。「晚輩實在不知如何處理，才來請教太傅大人，若是做得不妥當，還請大人指教。」說完，看了看書房門口的下人。

楊太傅見狀，使個眼色，莫大管事立刻帶他們下去了。

等腳步聲遠了，趙傳慶才從袖子裡掏出荷包，遞給楊太傅。

「太傅大人，此事說來是三弟的錯，因他粗心，才讓人有機可乘。」

楊太傅瞇起眼睛，打開荷包一看，裡面是一幅畫。再仔細看看，心裡有了不好的預感。他放下荷包，沈聲問：「這荷包是哪裡來的？有什麼名堂？」

趙傳慶正要張口解釋，趙傳煒忽然站起來，躬身到底。「伯父，都是我的錯。這是寶娘送我的荷包，裡頭的畫像也是她畫給我的。昨日我遭人暗算，荷包落到旁人手裡，如今他們拿著荷包來要脅我。」

楊太傅面無表情看著趙傳煒。「人家知道荷包是寶娘的嗎？」

趙傳煒搖頭。「不知。」

楊太傅笑了。「那你們來找我做什麼，不是應該去處理麻煩？」

趙傳慶知道，此事關乎楊寶娘清譽，楊太傅自然不會輕易鬆口，也跟著站起來，然後喝斥一聲——

「三弟，跪下！」

趙傳煒毫不猶豫地跪了。

趙傳慶再次抱拳。「大爺，阿爹阿娘不在京城，三弟由我照顧，出了這樣的紕漏，都是晚輩的錯，還請伯父看在阿爹阿娘的分上，饒恕我們這一回。」

楊太傅看看跪在地上的趙傳煒，問趙傳慶。「是誰家訛人？」

趙傳慶低聲道：「嚴家二爺想把他的庶女配給三弟。」

楊太傅哼了聲，瞥向趙傳煒。「荷包怎麼到了嚴家人手裡？」

趙傳煒解釋。「昨天我去向外公外婆拜年，要離開時，嚴家小娘子摔在我面前，想是那個時候摘了我的荷包。」

楊太傅聽了，瞇起眼，不鹹不淡地回了一句。「那你們來找我有什麼用呢？嚴家人又不聽我的話。」

趙傳慶有些啞然，趙傳煒忽然砰砰磕了兩個頭。

「伯父，姪兒懇請您把寶娘許給我，我定會一生一世疼愛她，若有違誓言，天打雷劈，不得好死！」

趙傳慶張了張嘴，正想求楊太傅幫著解釋那畫的來處，孰料趙傳煒忽然提了這個要求，頓時感覺有些棘手。

三弟這樣私自求婚，不知阿爹阿娘會怎麼想。但到了這個時候，不替三弟說親，嚴家定然不依不饒。嚴侯爺看著像個識大體的好人，但趙傳慶心裡清楚，他最擅長利用可利用的，對他來說，唯有勝利才是最終目的，中間的過程中，什麼都是可以犧牲的。

三弟和楊寶娘有了私情，自然不能辜負人家。他原本盤算的是，等三弟考中秀才，再讓阿爹親自提親，顯得鄭重，亦顧全兩家的體面，孰料如今出了這個意外。

罷了，讓三弟自己求吧，再助他一臂之力便是。

於是，趙傳慶也抱拳躬身。「大爺，阿爹曾說，三弟的事情，由我全權做主。如今父母不在，三弟傾慕二娘子，晚輩斗膽，也請大爺把二娘子許給三弟。大爺放心，我們趙家的男人，從不會有二心，若三弟敢辜負二娘子，我先打斷他的腿！」

楊太傅側頭打量他們兄弟，轉過身，將雙手負在身後。「父母不在，豈可私自做主！」

趙傳慶仍舊彎著腰。「大爺，姪兒以頭上的世子之位做擔保，定不妄言。」

楊太傅感覺有些憋屈，他還想等著趙家小子有了功名，讓晉國公親自來提親呢。不是這麼多年都對他愛理不理的，就讓晉國公來求他一回。

孰料出了這岔子，他不答應，以後女兒如何自處；若答應了，這親事結得未免太草率。

楊太傅沈默不語，趙傳煒繼續磕頭，每次額頭觸及地面，都傳來了砰砰聲。

趙傳煒繼續求道：「伯父，懇請您把寶娘許給我為妻。一生一世，定不相負。」

楊太傅忽然有些不忍心，見趙傳煒又要磕頭，嘆口氣。「罷了，你起來吧。」

趙傳煒有些迷惑，楊太傅低低的聲音傳來。「你是個好孩子，我答應你。寶娘是我的掌珠，你若負她，天涯海角，我也要追殺你！」

趙傳慶聽了，額頭跳了一下。三弟真是可憐，丈人這樣凶狠！

趙傳煒沒起來，又磕兩個頭。「多謝伯父。」然後才起身，高興地站到一邊。

楊太傅轉身，去喊莫大管事，讓他去請楊寶娘來。

莫大管事領命去了，派人到內院傳話。

楊寶娘聽說楊太傅叫她，整理一下衣衫就去了前院。今兒她穿了一身新棉襖，頭上的首飾也是新的，看起來頗為氣派。

莫大管事低低叫了一聲二娘子，楊寶娘問他。「莫大叔，阿爹叫我有什麼事？」

莫大管事低頭回答。「趙家世子爺和三公子一起來了。」

楊寶娘聽了，有些緊張起來，又不好追問。莫大管事能提醒這句，已經做得很不錯了。上輩子，她就不是個性格外露之人，除了讀書工作，平日不怎麼跟外人打交道，要不然也不會二十六歲了，還沒談過戀愛。她舌戰群婦，是被氣壞了，還因此穿越。

兩輩子加起來頭一次談戀愛，今天男方兄長來了，楊寶娘隱隱覺得有大事發生，收拾一下忐忑的心情，面帶微笑進了楊太傅的書房。

一進去，只見楊太傅坐在主位，旁邊坐了個頭戴金冠、穿著得體的青年人，身上的服飾一看就是有爵位在身。青年人旁邊正是趙傳煒，瞧見她，雙眼露出喜色。

趙傳慶只用眼角餘光瞥了一下，見是個姿容上乘的少女，想到這是未來的弟媳婦，遂挪開了眼。

楊寶娘走上前，先向楊太傅屈膝行禮。「女兒見過阿爹。」

楊太傅道：「這位是晉國公府世子。」

楊寶娘略微側身，面向趙傳慶，行了標準的屈膝禮。「見過世子爺。」

趙傳慶連忙起身，抱拳回禮。「二娘子客氣了。」

楊寶娘看看趙傳煒，趙傳煒立刻跳起來，先抱拳行禮，鞠躬到底。「見過二娘子。」

楊寶娘愣了一下，微笑回禮。「三公子安好。」

趙傳慶覺得這兩人之間的氣氛肉麻得很，撇開了眼。

楊太傅揮手。「寶兒過來，坐阿爹身邊。」

楊寶娘走過去坐下，楊太傅看著她道：「煒哥兒遇到麻煩了，需要妳幫他解圍。」

楊寶娘納悶。「阿爹，發生了何事？」

楊太傅把荷包拿過來，楊寶娘一看，頓時紅了臉，假裝不認識，仍舊老神在在地坐著。

楊太傅從荷包裡掏出一幅畫。「寶兒，這是妳畫的？」

楊寶娘尷尬，羞愧地低下頭。「阿爹，都是女兒的錯，請阿爹責罰。」

趙傳慶聽了，看弟弟一下，趙傳煒心領神會，立刻起身，對著楊太傅彎腰。

「伯父，都是我的錯。寶娘年幼，是聽了我的哄騙才畫的，還請伯父不要責罰她。」

楊太傅瞥他一眼。「我和我女兒說話，你莫要插嘴。」

趙傳煒被這句話頂到了南牆上，看向趙傳慶，趙傳慶微微搖頭，只好退到一邊。

楊太傅抖開那幅畫。「我兒畫畫的功底倒是越來越好了，又有意境、又傳神。這畫法是妳自創的？看起來倒是比阿爹教妳的還好些。」

楊寶娘低著頭，吶吶道：「是我胡亂畫的，上不得檯面。」

楊太傅見女兒羞愧成這樣子，心裡不忍，放下畫。「阿爹沒有責怪妳的意思，這畫和荷包，落到了別人手裡，人家要拿個庶女打發煒哥兒，我兒要不要救這個沒用的傢伙？」

楊寶娘抬起頭，思緒轉了轉，明白了事情的緣由，看向楊太傅。「女兒聽阿爹的。」

楊太傅嚴肅地說：「妳可要想好了，一旦替他出頭，便沒有回頭路了。你們送荷包也罷、畫畫也罷，都是私底下的事，誰也不知道。若是傳出去，妳就得嫁給這小子了。」

楊寶娘被他的嚴厲聲音問得又忐忑起來。「要是這件事傳出去，會不會連累阿爹？」

楊太傅見女兒這時候還記得維護他，心裡柔軟下來，溫聲安慰她。「阿爹這裡無妨，但這是我兒的終生大事，阿爹不想隨意替妳做主。妳年紀不大，卻一向懂事，先不要管阿爹，也不要管這小子，就問問自己的心，願不願意？」

楊寶娘見楊太傅這樣問，心裡有些羞怯、有些感動。羞的是楊太傅當著趙家兄弟的面問她，感動的是楊太傅一個封建士大夫，居然能這樣照顧女兒的心意。

楊寶娘想了想，要是能把事情擺到明面上，她跟趙傳煒是不是以後就不用偷偷摸摸？好像挺不錯的。

她心裡多了一份雀躍和欣喜，又不好意思巴巴地說願意，只能低下頭。「女兒聽阿爹的吩咐。」

楊太傅摸摸鬍鬚。「那阿爹做主了，讓煒哥兒自己去想辦法吧，想不出辦法，就娶那個庶女。」

楊寶娘駭然抬頭。「阿爹！」

楊太傅笑了。「這才對，我兒心裡想要什麼，就跟阿爹說，不用怕羞。」說完看向趙家兄弟，不言語。

趙傳慶立刻起身。「多謝大人。」

趙傳煒跟著彎腰行禮。「多謝伯父。」

楊太傅仍舊看著他不說話。

趙傳煒有些發愣，趙傳慶對他擠擠眼。

趙傳煒福至心靈，再次鞠躬。「多謝岳父大人！」

第三十一章　祖孫樂舅父相幫

楊太傅聽見這稱呼，頓時感到一陣氣悶，定了定神，擺擺手。「都坐。」

楊寶娘起身，紅著臉幫大家續了茶水。

趙傳煒兩隻眼睛都要黏到她身上去了，滿心歡喜。

楊寶娘偷偷瞥他一眼，立刻扭開了臉。

趙傳慶對楊太傅道：「今日來得匆忙，什麼禮都沒備，都是晚輩失禮，還請大人見諒。」

楊太傅問趙傳慶。「此事不提，你預備如何處理這件事？」

趙傳慶低聲回答。「大人，咱們兩家既然訂了親，晚輩斗膽，請二妹妹跟我們去嚴家一趟。晚輩雖不如大人通詩書，但仔細看過二妹妹的畫，畫法與常人不同，讓二妹妹當場畫一幅，誰也說不出二話。一則回絕嚴家，二則把親事傳出去，以後三弟和二妹妹也能安生。」

楊太傅知道趙傳慶的意思，京城裡，也有不少人在打楊寶娘的主意。趙楊兩家一旦訂親，那真是強強聯手，別說嚴家了，皇子們也不敢來搶。

趙傳慶這不光是提醒，也是在給楊太傅保證，意思是只管放心，楊寶娘成了他們家的兒媳婦，再也沒人敢打她的主意。

兩隻老狐狸說話，都是說一半留一半。

楊太傅點頭。「去嚴家可以，莫要讓寶兒受委屈。」

趙傳慶抱拳。「大人放心，明天我請舅父和舅媽一起去嚴家，省得惹眼。」

楊太傅用蓋子刮了刮茶盞。「嗯，那你們先回去。」

趙傳慶回答。「那晚輩先告辭，多謝大人體諒。」

楊太傅沒抬頭，也沒有說話。

趙傳慶知道，趙傳煒的親事求得太突兀，也有些失禮。若非楊太傅心疼女兒，斷然不會答應。遂再次行禮，帶著弟弟走了。

趙傳煒三步一回頭，戀戀不捨地跟著他回去。

兄弟倆是坐車來的，馬車普通，任誰也看不出這是晉國公府的馬車。但訂了親事，兩家就分不開了，趙傳慶便棄了馬車，直接騎馬。

兩人大大方方地從楊家大門口上馬，讓人牽著，慢慢回了晉國公府。

一路上，不少人家瞧見了，驚奇不已。那些消息靈通的，嗅到不一樣的氣息，頓時興奮起來。

到家之後，趙傳慶帶著弟弟，直接去了趙老太爺的院子。

趙老太爺正在搖椅上晃著，和兩個老姨娘說閒話。

見兩個孫子進來，趙老太爺擺擺手，兩個老姨娘便行禮下去了。

趙老太爺讓兩個孫子坐，兄弟倆向他問安後，分別坐在兩邊。

趙傳慶笑著對趙老太爺說：「爺爺，孫兒是來請罪的。」

趙老太爺也笑。「猴兒，大過年的來打趣你爺爺，家裡的事情都是你做主，還要給爺爺請罪？」

趙傳慶收起笑容。「爺爺，今天孫兒沒經過阿爹阿娘同意，給三弟訂了門親事。」

趙老太爺斂起笑，半晌後問道：「是誰家？」

趙傳慶正色回答。「楊太傅家的嫡次女。」

趙老太爺哦了聲。「是不是在莊園裡見過的那個小娘子？」

趙傳慶點頭。「正是楊二娘子。」

趙老太爺笑了。「訂了就訂了吧，兩個孩子要好，難道你要棒打鴛鴦不成。」

趙傳慶也跟著笑。「爺爺睿智，孫兒佩服。」

趙老太爺看了看小孫子，道：「小兒女的事情，你情我願，咱們就別管那麼多了。至於你阿爹那裡，他要是有話，讓他來問我。我還想跟他算帳呢，當年給老子惹禍，當街唐突你阿娘，老子就差沒給他老丈人磕頭賠罪。呸，都是報應，讓他坑老子。」

兄弟倆聽了，都笑了起來。

趙老太爺笑咪咪。「你阿爹不在京城，你是長兄，既然兩家訂親，一應禮節上的事情，不能馬虎，好生替三郎操持。等過完十五，你找個媒人正式上門提親，三媒六聘，一樣都不能少。」

趙傳慶點頭。「爺爺放心，我預備請二姨和二姨夫當媒人。」

趙老太爺哈哈大笑。「你這個促狹小子！」

因為過去的恩怨，方二郎每次見到楊太傅，就拿鼻孔對著他，楊太傅雖然不在意，但既然成了親戚，若能和解，自然最好不過。

趙傳煒在一旁聽得喜孜孜的，好像明兒就訂親，後天便成親了一樣。

趙老太爺看著小孫子滿臉喜色，忽然問他。「既然要訂親了，爺爺問你，男子漢大丈夫，可知道自己肩頭的責任？」

趙傳煒立刻坐正身子，回答道：「爺爺，孫兒知道。光宗耀祖，煊赫門楣，敬老愛幼，忠君愛國。」

趙老太爺聽了，扭臉對趙傳慶說：「提親的事，還是緩一緩吧，你看他提到了天下人，就是忘了自己的媳婦，可見還沒開竅。不急，再等一等，反正他還小呢。」

趙傳煒愣住。「爺爺！」

趙傳慶笑起來。「爺爺，您別逗他了。」

趙老太爺失笑。「真是個蠢小子，又不是殿前，說那麼冠冕堂皇幹什麼？你可不如你阿爹，你阿爹就曉得說孝順父母、疼愛妻兒！」

趙傳煒不好意思地撓撓頭。「爺爺，孫兒知道，就是不好意思說。」

祖孫三人哈哈大笑。

趙家兄弟走後，楊太傅打發楊寶娘回了棲月閣，自己去見陳氏。

陳氏正跟陳姨娘母女說閒話，見兒子來了，很高興，讓陳姨娘給楊太傅搬張凳子，坐在她身邊。

楊太傅看看陳姨娘，陳姨娘紅了紅臉，低下頭。

楊太傅吩咐陳姨娘。「妳先帶著淑娘回去，我有話跟老太太說。」

陳姨娘有些失望，但還是聽話地帶著楊淑娘回了自己的院子。

等陳姨娘母女走了，陳氏問楊太傅。「有什麼事情，說吧。」

楊太傅聲音很平靜，彷彿在說今天早飯吃了什麼一樣。「阿娘，我幫寶兒訂了親事。」

陳氏驚得差點摔掉手裡的茶盞，定了定神，立刻反問道：「是誰家的孩子？」

楊太傅用火鉗撥了撥盆裡的炭火。「阿娘還記得李家的姝娘妹妹嗎？」說的是晉國公夫人李氏。

陳氏陷入了回憶。「記得，李家姊妹三個裡，數她最機靈。」

楊太傅繼續撥著紅彤彤的炭火。「我給寶兒訂的，就是她的小兒子。」

陳氏吃了一驚。「趙家？」

楊太傅點頭。「是的，是趙家嫡出三子。」

陳氏感覺自己心跳得有些快。「這件事，她答應嗎？」

楊太傅倏地抬頭。「阿娘，寶兒自己願意就好。」說完又低下頭。「她不會反對的，親上加親，豈不是更好。」

陳氏點頭。「那就好。我雖沒見過那孩子，但聽昆哥兒說過兩回，讀書不錯，也算一門好姻緣。」

楊太傅放下火鉗。「今天我與趙家長子口頭訂了親，阿娘知道就好，暫時不用說出去，等趙家正式上門提親再說。」

陳氏平復心情。「我曉得了，往後我多教寶娘一些管家之道。寶娘訂了親，默娘也該預備了，她們姊妹只差一個月。」

楊太傅嗯了聲。「阿娘不用擔心，我替默娘留意了兩個會讀書的孩子，等今春縣試過了再說。」

陳氏嘆口氣。「你是她們親爹，你做主就好。我老了，管不了那麼多。」

隔天，趙傳慶帶著妻兒和弟弟去承恩公府，承恩公一家子都在。

承恩公世子李承業帶著外甥們去了外書房，承恩公帶著趙雲陽和幾個重孫一起玩耍，肖氏和兒媳、孫媳們陪著王氏等人說閒話。

進了外書房，李承業和趙傳慶說了些朝堂上的事，說著說著，不免就說到黨爭。後宮前朝，從來都是分不開的，他們這些臣子，在波譎雲詭的局勢中，需要有敏銳的判斷，不然一個不小心，身敗名裂是小事，全家的性命都要賠上。

話說到了這裡，趙傳慶不再遮掩。「大舅，外甥有件事，想請您幫忙。」

李承業有些納悶，這個外甥年紀雖小，但在京城裡，說話比他還有分量，能有什麼事情來求他？

「有什麼事，你只管說。」

趙傳慶抱拳。「大舅，之前三弟來向外公外婆拜年，被嚴家小娘子偷偷摘了荷包。如今嚴家二舅拿著荷包上門，非說三弟做了陳世美，要把女兒許給三弟。」

李承業臉上的笑漸漸沒了，思索趙傳慶說的話。他和兩邊都連著親，想處理好這件事，絲毫不能馬虎。

他沒有直接回答趙傳慶，讓人去請嚴氏。

一會兒後，嚴氏進了外書房。「官人叫我有何事？」

李承業讓嚴氏坐下，問她。「昨天是誰讓露娘過來的？」

嚴氏覺得有事，謹慎回答。「我聽老大媳婦說，是她自己要來的。」

李承業點頭。「她把煒哥兒的荷包摘走了，妳二弟要把露娘許給煒哥兒。」

嚴氏心裡一驚，想了想道：「煒哥兒，荷包真是露娘私自拿走的？」

趙傳煒起身，正色回答。「舅媽，昨天吃午飯的時候，荷包還在呢。我去向外婆告辭的路上，在垂花門遇見嚴家娘子，她一頭撲過來，我躲得快，她便摔到地上去了，但還是在我身上蹭了一下。當時我身邊有好幾個人，舅媽不信，可以傳他們來問一問。」

嚴氏有些尷尬，她也知道嚴二爺想替女兒說個好人家，嚴皇后不答應嚴露娘進宮，嚴二爺就瞄上京城其他貴族子弟。但嚴露娘只是一個庶女，配個庶子也罷了，像外甥這樣鼎盛人家的嫡子，自然配不上。

但小兒女的事，嚴氏不敢一口斷定，試探地問：「煒哥兒，你與露娘可有來往？」

她問得委婉，但趙傳煒聽懂了。

「回舅媽的話，我第一次見嚴家娘子，是在衛家校場，楊二娘子和嚴公子賽馬，嚴娘子手裡的石頭不小心掉到楊二娘子馬前，險些驚了馬，我用鞭子把石頭捲走了。第二次見嚴娘子，是姨母過壽，嚴娘子摔倒，我和雲陽躲得快，才沒有碰到她。第三次就是前天在外婆院子的門口。除了這三次，我再沒見過嚴娘子，請舅媽明察。」

嚴氏有些不好意思，好像在拷問外甥一樣，立刻笑著對趙傳煒說：「煒哥兒，你坐下。舅媽知道你是個好孩子，不過一個荷包罷了，就算真的丟了，被露娘撿去，我讓她還給你就是了，扯到親事上頭，未免有些小題大作了。」

這下換趙傳煒不好意思了。「舅媽，荷包裡，有我的一幅近身畫像。」

嚴氏愣住，小郎君的畫像到了小娘子手裡，還是裝在貼身的荷包中，若是無事就罷了，萬一有一方鬧起來，那長了一百張嘴也說不清了。

趙傳煒見嚴氏發愣，急忙解釋。「舅媽，那畫像是別人幫我畫的，我一直貼身帶著。」

嚴氏又嚴肅起來。「既如此，就算真是露娘私自拿了你的荷包，也說不清楚了。」

趙傳慶在旁邊解圍。「大舅，舅媽，不瞞兩位長輩，那畫像是煒哥兒的媳婦畫的，荷包也是他媳婦做的。」

李承業瞪大了眼睛。「煒哥兒何時訂了親事？我怎麼不知道。」

趙傳慶笑。「昨天才訂的，今日稟報諸位長輩也不遲。」

嚴氏問：「是哪家小娘子？」

趙傳慶回答。「楊太傅家的嫡次女。」

嚴氏一聽，徹底歇了心思。要是趙傳煒沒有訂親，又真和嚴露娘有些牽扯不清，把嚴露娘記到嫡母名下，好生教導一番，她也樂意成人之美。但外甥無意，她不想勉強，如今又訂了楊家的女兒，她就更沒心思了。

楊家嫡次女是誰，她心裡一清二楚。滿京城的流言，承恩公府自然知道，但李家悄無聲息，沒有人說一句話。

肖氏私底下對大兒子夫婦說過：「你大姊姊以前受了不少委屈，她若真做了什麼，咱們只能替她描補，不能和外頭的人一樣責怪她。再者，旁人不知道，咱們還能不知道，鎮哥兒一輩子也苦，當年退親，他哭得多可憐，只恨他那個勢利眼的親娘，活活拆散一對佳偶。」

李承業夫婦默默認下此事，如今聽說楊寶娘許給了趙傳煒，李承業心裡還有些高興。大姊姊的女兒，給三妹妹做了兒媳婦呢。

「好，這門親事訂得好。」

趙傳慶笑著接話。「還要請大舅和大舅媽出面，帶著我們兄弟去嚴家，把話說開。」

李承業點頭。「自然要說開，都是親戚，有了誤會也不好。」

嚴露娘是嚴氏的親姪女，李承業為了維護嚴氏的臉面，自然不好說嚴露娘不好。但他也對嚴二爺這種做法有些反感，煒哥兒是他的親外甥，嚴二爺這樣做，根本沒把承恩公府放在眼裡。

趙家兄弟在李家逗留半天，便一起回去了。

承恩公夫婦知道這件事之後，並沒有沒說什麼。

嚴氏嫁入李家多年，孝順公婆、相夫教子，對小叔子跟小姑子們非常好，是出了名的好媳婦。不能因為媳婦娘家姪女不爭氣，就委屈自家媳婦。

肖氏只吩咐兒子。「把誤會說開就行了，露娘小孩子家，見到好看的少年郎，心生歡喜也是正常。不過煒哥兒已經訂親，自然不能再和嚴家結親，以後再幫露娘找個好婆家吧。」

嚴氏有些羞愧，嚴二爺這樣做，確實亂來，至少應該先和自家阿爹通個氣。這回定是他私底下拿著荷包去了趙家，自家阿爹才不會幹這麼不體面的事。

嚴氏說得沒錯，嚴二爺根本沒告訴嚴侯爺，只想著先把事情辦妥，等跟趙家成了親家，不管是阿爹和妹妹，誰還能不誇讚他一聲能幹？

東南三十萬軍隊啊，要是成了大皇子的助力，其他妃嬪的娘家，都不在話下了。

第三十二章 解難題當場作畫

初五早上，天還沒亮，趙傳慶就把趙傳煒叫醒。

兄弟倆趕了府裡最好的馬車，裡面備妥熱茶和點心，帶著王氏與趙燕娘，去了楊家。

天剛亮的時候，眾人便到了。

因是過年，楊家人聚在一起吃早飯。聽說趙家兄弟過來，莫氏瞇起眼睛，陳氏連忙讓人去迎接。

楊太傅吩咐兩個兒子。「吃好了就去迎客。」

楊家兄弟起身，但趙家來的還有女眷，莫氏是個擺設，陳氏年紀大了，總不好去迎接小輩，楊寶娘便帶兩個妹妹過去。

趙傳慶先向楊太傅請安。「大人安好，晚輩來得不是時候，打擾貴府用早飯了。」

楊太傅笑著問：「可吃過飯了？」

趙傳慶也笑。「還沒呢，就想來大人家裡吃頓早飯的。」

楊太傅帶著趙家兄弟走在前頭，楊寶娘帶著妹妹們陪著王氏母女跟在後面，一起到了陳氏的院子。

眾人互相見過禮，陳氏聽說趙家人連早飯都沒吃就過來，立刻讓人重新上飯菜，分了男女兩桌，一起用飯。

吃過了飯，王氏和陳氏妳來我往地說著客氣話，陳氏見到這樣伶俐能幹的小媳婦，眼饞得不得了，她要是能有個這樣四角俱全的孫媳婦就好了。

莫氏不說話，猜測趙家來的意圖，隱隱有了判斷。不管楊寶娘是誰生的，明面上都是楊玉昆的親姊姊，姊弟倆並沒有因為莫氏而疏遠，若楊寶娘嫁得好，莫氏也樂見其成。

自從秦嬤嬤離開後，莫氏再覺得荔枝沒用，還是要倚重她。荔枝一遍遍勸導莫氏，楊寶娘一向孝順長輩，和楊玉昆關係又好，人家都說打虎親兄弟，上陣父子兵，家裡只有兩個少爺，兄弟少了，姊夫跟妹夫就是助力。莫氏漸漸聽進去了，為了兒子，也希望幾個女兒能嫁得好一些。

為此，莫氏雖然口不能言，仍舊對趙燕娘招了招手。

趙燕娘是王氏手把手教導出來的，王氏是先帝王老太師的嫡孫女，交際功夫一流，趙燕娘是晉國公嫡長孫女，底氣更足，除了在皇宮裡遇見公主們，需退一射之地，其餘不管在哪裡，她都是閨秀中的頭號人物，從沒怯場過。

趙燕娘走到莫氏面前，大大方方地行禮，喊了她一聲。

莫氏微笑著看趙燕娘，從頭上拔下一根金簪，插在趙燕娘頭上，表示是給她的見面禮，趙燕娘再次行禮道謝。

除了趙燕娘，莫氏又從手腕上退下一只玉鐲，塞到王氏手中。

王氏連忙起身，謝過莫氏。

陳氏覺得稀罕，這個像佛爺一樣的兒媳婦，居然也有開竅的時候。

連莫氏都表示了，陳氏自然更不會小氣，也給了母女倆見面禮。王氏也給了楊家三個小娘子禮物。

說了幾句閒話後，趙傳慶悄悄對楊太傅道明來意，想請楊寶娘一同先去李家，再跟著承恩公世子夫妻去嚴家，當著眾人的面畫一幅畫，嚴二爺看了，自然不好再說什麼，也省得吵起來太難看。

楊太傅答應了，他和嚴家也有往來，紅白喜事會互相送禮。大過年的，孩子們聚在一起玩，自然說得過去。

嚴侯爺看著笑咪咪的，卻不是個好纏的角色，楊太傅並不想與他為敵。能用這種溫和的法子化解爭執，楊太傅不反對。

嚴家無禮在先，想把趙家拉到自己船上，如今趙家和楊家結親，張家和謝家也沒了指望，想來嚴家也不會硬要撕破臉。

楊太傅猜得出來，嚴侯爺可能還不知道這件事，不然不會用這麼拙劣的手段。但就要趁著嚴侯爺還不知道，把這事了結，萬一讓他知道，局勢就更不好控制。

楊太傅對楊寶娘招手，楊寶娘連忙過去。

楊太傅溫聲吩咐她。「妳帶著兩個妹妹回去換身新衣裳，跟著妳趙家哥哥、嫂子們一起去拜年。去了之後，聽哥哥和嫂子的話。」

楊寶娘行禮。「女兒知道了。」

一會兒後，楊寶娘帶著兩個妹妹換上喜慶的衣裳，跟著趙家人走了。

王氏的馬車非常大，帶著四個小娘子也坐得下。

楊默娘察覺到不尋常的氣息，老老實實坐在一邊；楊淑娘本來還想問趙婉娘怎麼沒來，見三個姊姊規規矩矩的，便安靜了。

王氏見楊家三個女兒都不怎麼說話，先開了口，楊寶娘識趣，和趙燕娘一起敲邊鼓，車裡的氣氛立刻熱鬧起來。

到了李家，一行人悄悄去了承恩公的正院。

肖氏一見到楊寶娘，就有些呆了。

半天後，她拉過楊寶娘的手，輕輕撫摸她的頭髮。「好孩子，到外婆這裡來，別怕。」

王氏和嚴氏等人自然知道肖氏的意思，楊默娘想起豐姨娘的話，心裡一驚，默默站到了一邊。

肖氏眼裡有些濕潤，怕自己露餡，立刻又拉著楊默娘姊妹說話，瞧見楊默娘的容貌，知道她是家裡姨娘生的，心裡又嘆了口氣，臉上仍舊笑咪咪的。

說了幾句客氣話後，肖氏和嚴氏各自送了三個姊妹見面禮。

時辰不早了，嚴氏起身道：「阿娘，我帶著孩子們先出門了。」

肖氏點頭。「好生看著她們姊妹，莫要吵鬧起來。」

嚴氏點頭。「阿娘放心。」帶著姑娘們去了嚴家。

嚴侯爺聽說大女兒夫婦帶著趙家兄弟來了，有些驚訝。

自從小女兒當了皇后，趙家小子完全忘了當初一條船上共穿一條褲子的情誼，立刻翻臉，除了明面上的走禮，極少往來。

嚴世子不在家，嚴侯爺帶著嚴二爺親自接待女婿、外孫和趙家兄弟，嚴夫人便在後院招呼女兒和王氏等人。

莫氏不出門，以前楊寶娘姊妹幾個都是跟著陳氏出門，今兒居然隨趙家的世子夫人過來，嚴夫人也有些納悶。

女眷們在後院說閒話，前院裡的男人們，也互相打著太極。

嚴二爺大喜，以為趙家來提親，還請了李家作媒，再好不過。

趙傳慶不想傷了兩家情面，主動開口。「侯爺，前幾天我弟弟去舅舅家拜年，不慎丟了荷包，被貴府小娘子撿去，嚴二舅親自送還，晚輩感激不盡。今日我讓內人備了些東西，算是給嚴妹妹的謝禮。」

嚴二爺聽到後，愣住了，立刻冷笑一聲。「趙世子別忒欺負人，我女兒就該被人始亂終棄不成?!」

李承業立刻大聲喝斥他。「二弟不可胡言！」

嚴二爺看李承業。「大姊夫，那是你外甥，你維護他是常理。露娘不是你的骨肉，你偏心，我也能理解。」

嚴侯爺見狀，瞥兒子一眼，嚴二爺立刻閉嘴。

嚴侯爺對趙傳慶說：「慶哥兒，此事我並不知情，聽起來，是你弟弟和露娘有什麼牽扯不成？」

趙傳慶自然不能認。「侯爺，並無牽扯，都是誤會，嚴二舅言重了。」

嚴侯爺沒說話，嚴二爺又開口。「趙世子，你弟弟的荷包在露娘手裡，裡面還有你弟弟的小像。前幾日露娘哭得可憐，她是我的親骨肉，無論如何，我都得替她做主。」

這下，嚴侯爺徹底明白來龍去脈，喝了口茶。「慶哥兒，你弟弟的荷包，怎麼到了露娘手裡？」

趙傳慶笑。「三弟去外婆家，不知怎的就丟了，恰巧被貴府小娘子撿到了。」

嚴侯爺放下茶盞。「慶哥兒，露娘是我孫女，你也是我看著長大的。我不知裡面有沒有誤會，你們一個說是撿的，一個說是送的，我該相信誰的話才好？」

趙傳慶嘆氣。「侯爺，既然這樣，晚輩只能替弟弟自證清白了。」說完，低聲吩咐身邊人幾句，讓他去辦。

後院中，王氏一直在等著丈夫，聽見外面來人請她，立刻留下女兒讓嚴氏照顧，帶楊寶娘去了前院。

走到二門，兩人戴上幃帽，喜鵲抱了箱子跟著，箱子裡都是楊寶娘作畫用的工具。主僕幾個進了前院，嚴家人搞不清楚，趙家這是在幹什麼？

王氏帶著楊寶娘向嚴侯爺行禮，然後退到一邊。

楊寶娘沒說話，眾人雖然看不清她的容貌，但看這氣度，隱隱知道是大家小姐。

趙傳慶吩咐趙傳煒。「三弟，你坐在那裡別動。」

趙傳煒乖乖坐到一邊，趙傳慶起身，幫楊寶娘搬桌子，配了圈椅，做個請的動作。

楊寶娘坐下，背對嚴家男丁，掀起了帷帽一角。

趙傳煒看著她笑了。

楊寶娘也笑。喜鵲已經準備好畫筆和紙，她再看看趙傳煒，低頭開始畫畫。

所有人安靜下來。

早上楊寶娘來的時候，嚴侯爺並沒有留意女眷那邊的情況，這會兒也不好去問。但他身邊的人機靈，立刻去打聽清楚，悄悄告訴他。

嚴侯爺心裡明白，這件事應該是自己孫女使的手段，雖然有些拙劣，但誰也沒想到，那畫居然是楊寶娘畫的。

楊寶娘畫得很快，嚴侯爺剛知道她的身分，她就畫好了。
楊寶娘擱下筆，放下幃帽的面紗，轉身對著眾人行禮，退到王氏身邊。
王氏起身，也行個禮，帶著楊寶娘走了。
趙傳慶走到桌子旁邊，拿起那幅畫，輕輕吹了吹，放在嚴侯爺旁邊的小茶几上。又掏出荷包，把裡面的畫拿出來。
兩幅畫放在一起，明眼人一看就知道，這是同一個人畫的。這畫法非常奇特，嚴侯爺從沒見過誰能把一個人的表情畫得這麼傳神。
荷包裡的畫，少年郎雙眼發亮；今天這幅畫，少年郎雙眼含情。嚴侯爺頓時什麼都明白了，趙楊兩家，怕是已經上了同一艘船。
嚴侯爺很有風度，笑著稱讚。「還是楊太傅會養女兒！」
趙傳慶自然不會失了禮節，接道：「侯爺好眼光，楊二娘子的書畫功底，連我也要甘拜下風。」
嚴侯爺打趣。「說起處理差事，你還算個中翹楚。至於讀書習武，你可差遠了。」
趙傳慶哈哈大笑。「侯爺何苦這樣揭晚輩的短！我文不如三弟，武不如二弟，真是給阿爹丟臉。」
嚴侯爺也笑。「你有你的好。」這是他的真心話，趙傳慶從九歲開始混跡宮牆之內，十幾歲便掌管晉國公府京城內所有人脈和金錢往來，跟一堆老人精打交道，從來沒吃過虧。他要是有個這麼能幹的孫子，作夢都能笑醒了。

學成文武藝，貨與帝王家，趙傳慶已經不需要文武功名加身。就拿這件事來說，本來趙家遇到麻煩，結果不光解決嚴家這邊的威逼，順道還和楊家結了親事。

嚴二爺還想說話，嚴侯爺一眼掃過去，他立刻閉嘴。

嚴侯爺心裡清楚，自家孫女棋差一著。他並不覺得孫女這樣做有什麼不對，混朝堂的人，都是心肝黑透的，為了贏，使些手段又如何。

不說他們這些臣子，就是坐在龍位上的人，哪一個不是爭來的？

罷了，爭不來就算了。

嚴侯爺不再提此事，像個和善的老太爺一樣，和晚輩們一起說笑，還吩咐心腹。「告訴夫人，中午多準備幾道好菜，我們爺兒幾個好生喝兩杯。」

另一邊，王氏帶著楊寶娘去了前院後，嚴氏便把事情全告訴嚴夫人。

嚴夫人打探了王氏和楊寶娘在前院的所作所為，立時明白了前因後果。

等王氏和楊寶娘回來後，嚴夫人拉著楊寶娘說了許多話，又給了厚厚的壓歲錢。

「仔細論起來，都是至交，以後妳們姊妹常來。我老婆子看到鮮花一樣的小娘子，心裡就忍不住歡喜。」

楊寶娘大大方方地回答嚴夫人的話。

嚴二太太是個怕男人的，本來說好今天要讓趙家應下親事，她還沒開口，見婆母一個凌厲的眼神掃過來，便嚇得閉了嘴。

在嚴家吃過午飯之後，李承業夫婦帶著晚輩告辭，再把楊家姊妹送回去。

王氏帶著三姊妹去後院，和陳氏寒暄一番之後，便與丈夫、女兒回家了。

陳氏問了問今日的情況，楊寶娘略過畫畫的事，其餘都照實說了。

陳氏點點頭。「妳們也累了，回去歇著吧。」

楊寶娘回棲月閣，兩個妹妹也各自去找自己的姨娘。

陳姨娘見楊淑娘今天得了這麼多見面禮，很是高興，一樣樣幫女兒收好。

「太太不能出門，妳們姊妹交際少，從小到大，少收了多少見面禮。咱們家只出不進，虧死了。」

楊淑娘皺眉。「姨娘，這話可不能到外頭去說。」

陳姨娘笑。「放心吧，我還會不知道。」說完，用手指點了點女兒的額頭。「年紀不大，卻整日老氣橫秋的。」

楊默娘回去後，豐姨娘大致問了今日的行程。豐姨娘比陳姨娘知道得多，心裡隱隱有了猜測。

楊默娘把下人打發走，悄悄對豐姨娘說：「姨娘，我見到承恩公夫人了，她拉著二姊姊的手，自稱外婆。」

豐姨娘抬眼，又低下了頭。「原該這麼叫的。」

楊默娘低聲問：「姨娘，二姊姊是要說親了嗎？」

豐姨娘笑。「妳也看出來了？」

楊默娘點頭。「是，不然趙家世子爺怎麼會親自過來。帶我們去李家，我還能理解，就是不知道為什麼帶我們去嚴家，中途二姊姊還跟著趙家世子夫人出去。」

豐姨娘表情有些凝重，半晌後，叮囑楊默娘。「不管是什麼原因，二娘子能說門好親事，也不壞。別管那麼多，二娘子的事情定了，就換妳了。」

楊默娘沒想到豐姨娘忽然說到她頭上，頓時有些羞。「姨娘！」

豐姨娘又笑。「我雖不是正頭夫人，卻也知道，沒成親前要仔細挑，等成親了，就睜隻眼、閉隻眼。這世上多的是蠢人，結親的時候被兩句好話糊弄，隨隨便便答應親事，成了親，又開始斤斤計較。」

楊默娘笑。「姨娘知道的道理真多。」

豐姨娘微笑著看女兒。「姨娘希望妳以後得個上進的好夫婿，只要能一心一意對妳好，哪怕陪著他從年少時一起吃苦，總能盼來好日子。」

楊默娘不再害羞，淺笑著點頭。「好。」

話說嚴家那頭，嚴侯爺等客人一走，立刻目光犀利地看向二兒子。

起初嚴二爺還有些氣憤，在嚴侯爺的逼視下，漸漸低下了頭。「阿爹。」

嚴侯爺沈默半晌，只說了兩個字。「蠢材！」便起身走了。

後院中，嚴露娘聽說後，恨得牙根癢癢。

「姓楊的，我又沒挖妳家祖墳，為何處處跟我作對！」

她好不容易有個能訛人的把柄，楊寶娘卻輕鬆化解他們父女的謀劃，還搶走她唯一能訛上的貴婿！

嚴露娘都想好了，若親事能成，便求阿爹把她記到嫡母名下，也不是配不上趙三公子。等成了親，憑她的手段，還能拿不下他？

這話不假，嚴露娘的親娘於風月之事上頗有手段，伺候男人的本事一流。自從嚴露娘來了月事，就開始教導她這些本事。

她說了多少人家，哪個也沒有趙傳煒好，卻被楊寶娘截胡了。

嚴露娘氣得直捶床板。

此時，楊寶娘正躺在棲月閣書房裡的躺椅上。

旁邊的炭盆燒得正旺，只有喜鵲一個人在旁邊陪著。

楊寶娘有些累了，但這會兒時辰不早，不敢去睡，怕一睡就起不來，晚上便睡不著了。她瞇著眼睛假寐，喜鵲拿著火鉗在火盆裡翻來翻去。

見楊寶娘沒動靜，喜鵲小聲喊了一句。「二娘子？」

楊寶娘嗯了一聲。

喜鵲笑著跟她說話。「二娘子可不能睡著了，雖然這裡有炭盆，但這樣睡在躺椅上，八成要著涼。」

楊寶娘懶懶地回她。「早上起得太早了，睏。」

喜鵲點頭。「可不是，我也有些想睡。今天二娘子跟這麼多人打交道，還要畫畫，比我更費精神。您別睡了，要不要叫三娘子和四娘子來玩？」

楊寶娘想了想，雖然她是姊姊，也不能總是叫兩個妹妹來她這裡。

「咱們去三妹妹那裡吧，闌哥兒也在，一起玩也熱鬧些。」

喜鵲立刻拍手。「我去幫二娘子拿衣裳。」

楊寶娘起來，先打開窗戶，讓屋裡涼下來，不然乍然出去，一熱一冷，會很難受。

喜鵲很快拿來楊寶娘的大氅，楊寶娘披上，帶著喜鵲去找楊默娘，囑咐黃鶯看好院子。

第三十三章 南邊信高中案首

主僕幾個到了豐姨娘的院子，立刻有人去稟報。楊寶娘主僕未多做停留，直接進去。

豐姨娘母女正在廂房裡做針線，楊玉闌到前院找楊玉昆去了。

豐姨娘母女出來迎接，正要行禮，楊寶娘立刻攔住她們。「外頭冷，進去再說。」

三人進去，一起圍著火盆坐下。

楊寶娘先開口。「也沒送個信就來了，沒有打擾到姨娘和三妹妹吧？」

楊默娘親自幫楊寶娘端了杯熱茶。「沒有，我也閒著呢，還以為二姊姊在歇息，就沒去棲月閣，沒想到二姊姊自己過來了。」

楊寶娘接過茶。「我一個人坐在屋裡，坐得想睡覺，就來妳這裡走走。」

豐姨娘看著楊寶娘。「二娘子能來，我們很高興呢。」

楊寶娘笑咪咪地回視豐姨娘。「姨娘氣色不錯。」

豐姨娘笑。「成日有吃有喝，又不用幹活，若是氣色還不好，那就是不知好歹了。」

楊寶娘心裡真佩服豐姨娘，受寵十幾年，忽然間失寵，居然毫無異色，該怎麼過日子，就怎麼過日子，跟沒事人似的。

豐姨娘看得開，楊寶娘也為她高興。高門大院中，最怕的是自己把自己的心困住，就算大羅神仙來了，都救不了你。

楊寶娘又看看炭盆，裡面的炭和她用的是一樣的，便問豐姨娘。「姨娘這裡的炭火夠不夠用？」

豐姨娘回答道：「多謝二娘子關心，這裡炭火夠。三娘子和二少爺的分例比我多，合在一起，炭盆一天都沒斷過。」

楊寶娘點頭。「這幾天又冷了，看樣子又要下雪。如果一直動彈，沒炭盆也罷了。我看姨娘喜靜，沒有炭盆，怕是坐不住呢。」

三個人在屋裡說著閒話，天色很快就黑了。

楊寶娘乾脆讓人把她的晚飯送過來，和豐姨娘母女一起吃。

趙家那邊，趙傳煒回去後，立刻被趙傳慶打發去了書房。

「二月初就要縣試，考個好名次。我去給阿爹寫信，看看什麼時候去楊家提親。剩下的事情，你就別管了，好好讀書。」

趙傳煒向趙傳慶行禮。「多謝大哥替我操勞。」

趙傳慶拍拍他的肩膀。「都是我該做的。以後去了外面，瞧見陌生的小娘子，定要離她遠些。」

趙傳煒應下。「都是我的錯，給大哥添麻煩了。」

趙傳慶笑了。「好了，莫要囉嗦。你這小子是因禍得福，算起來，嚴家娘子可是你的媒人呢。」

趙傳煒不好意思地摸摸頭。「我去看書了。」

趙傳慶點頭，讓他出去後，立即飛快寫信，寄往福建。

幾日後，晉國公接到信，跟李氏一起一目十行看完了。

李氏笑。「還真是因禍得福，訂下親事，煒哥兒不用再隔著牆苦相思。」

晉國公也笑。「我不用去求老楊了。」

李氏把信放到一邊。「雖說楊大哥已經許了親事，咱們也不能失禮。依我的意思，等煒哥兒過了縣試，再去提親不遲。到時候你親自寫信去，顯得咱們心誠。」

晉國公開玩笑。「萬一考不中，真讓他打光棍？」

李氏拍他一下。「胡說，煒哥兒不可能不中的。」

晉國公點頭。「好，等過了縣試，我寫信給老楊，讓慶哥兒去操辦。」

李氏又看看信。「時間真快啊，一眨眼，十三年過去了。我還記得煒哥兒剛出生時，只有小小一團，大家都擔心養不活他。」

晉國公回到書桌前。「姝娘有什麼想說的，我給慶哥兒回信。」

李氏想了想，道：「讓慶哥兒照顧好自己的身子，如今他是京城一大家子的頂梁柱。」

晉國公嗯了聲，下筆如飛，寫完讓人立刻送往京城。

除此之外，晉國公還走官道給嚴侯爺寫了封信，口稱晚輩，信裡內容卻頗為刁鑽。若嚴露娘說不到合適的人家，他軍中有許多青年才俊，都是守衛國門的棟梁，可堪婚配。

四天後，趙傳慶收到信，看著母親的囑咐，心中流過些許暖意。

九歲開始，他以質子身分回到京城，從此遠離父母。那時候他還是個孩子，一下子被推進宮牆內，和五皇子同吃同住，等五皇子登基，便開始做官。這麼多年了，他已經習慣遇到問題自己解決，唯有大事，才會寄信去福建。

父母完全信任他，把京城所有產業和人脈放到他手裡，他也沒讓父母失望。東南三十萬大軍的軍餉，一直靠他多方斡旋，朝廷才能勉強給個七七八八。父親在外掌軍，他在京城是晉國公府的頂樑柱，同齡人中，除了景仁帝，怕是沒幾個人有他權大。

還沒成親時，滿朝文武提起晉國公世子，都要豎起大拇指，說他是個好後生，唯有李氏記得，他還是個孩子。

直到現在，他的長女都可以說親了，李氏來信，仍舊只關心他的身體。

離開父母多年，阿娘的來信，是他為數不多的精神慰藉之一。

趙傳慶看完信後，仔細撫摸一會兒，記下每個字，便把信件丟進火盆裡，燒個乾淨。他們這樣的人家，私底下的書信，不能多留。

嚴侯爺也收到信了，把嚴二爺叫去臭罵一頓，第二天就把嚴露娘送回老家，先避一陣子再說。

嚴露娘哭得兩隻眼睛都腫了，這回去了鄉下，不知道什麼時候才能回來，難道要把她許給鄉下農夫不成！

趙家和楊家平靜了，皇宮裡，又開始騷動起來。

大年初一那天，命婦們出宮時，景仁帝正好碰上了。所有人跪下行禮，景仁帝叫起，根據命婦們的年紀和位置，一眼看到陳氏，然後瞧見她身邊的孫女。

景仁帝不動聲色，捏緊手上的扳指，心像被燒了一盆火，又潑了一盆冰水，盯著楊寶娘打量一會兒後，笑著讓內侍送命婦們出宮。

等命婦們都走了，景仁帝斂起笑容，仍舊去了壽康宮。

李太后像沒事人似的，招呼兒子吃茶點。兩位長公主也在，景仁帝笑著陪李太后和兩位姊姊說話。

景仁帝繼續冷落嚴皇后，不管流言是真是假，那是他的母后，不能任人毀謗。李太后為了他，年輕時百般隱忍；兩個姊姊為了他的皇位，自願嫁給豪門子弟，替他拉來更多人脈，穩固他的位置。

景仁帝知道，嚴皇后急了，就亂了陣腳。宮裡這麼多流言，嚴皇后置之不理，未嘗沒有自己的小心思。李太后雖居高位，卻從不與嚴皇后爭權，安安靜靜在壽康宮過日子。嚴皇后明知外人嚼舌根，卻毫無動作。諸妃知道了，也是看笑話。

可他們看的不是嚴皇后的笑話，而是他的笑話。他不允許任何人這樣傷及他的母后。

景仁帝開始不進後宮，把御前侍女提為貴人，整日陪在他身邊。此外，他不再召見幾個皇子，只讓他們每日送功課過去，稍有馬虎的，必定嚴加斥責。

過了幾日，嚴皇后忽然上奏，請求選各家賢良貴女充實內宮，為皇家開枝散葉。

這一奏，如同往熱油鍋裡倒了一盆水。

諸妃都亂了，這些日子，景仁帝已然冷落她們，若是再進新人，哪裡還有好日子過？為首的三位妃嬪暗地裡咒罵嚴皇后，嚴皇后置之不理。除了向景仁帝上奏，還去壽康宮回稟李太后。

李太后寡居多年，後宮由嚴皇后主持。十幾年過去，嚴皇后漸漸忘了她是景仁帝的生母。很多事情，她能做主的，便忽略了李太后。

這回景仁帝給了她一記悶棍，她立刻清醒過來。不敬婆母，在普通人家都要被休，別說天家。她是一國之母，要做天下婦人的表率。

嚴皇后開始日日去壽康宮請安，李太后一再說不用，嚴皇后仍舊每天去，有時候還會親自服侍李太后。

妃嬪們聽說後，暗罵嚴皇后奸詐，一窩蜂跑去壽康宮。平日都是太妃們陪著李太后，這些日子以來，壽康宮裡整日鶯鶯燕燕不斷。

李太后做了多少年太后，頭一回被一群兒媳婦們這樣孝敬。她知道后妃們害怕了，索性不多說，留著她們便是。

這日，李太后在正殿，太妃們和后妃們陪著她說話。

大家正聊著呢，景仁帝忽然來了。

所有人起身行禮，妃嬪們含羞帶怯，悄悄去看景仁帝。景仁帝只揮手讓大家坐，向李太后問安後，坐在李太后身邊。

「母后這幾日好不好？前朝開印便攢了好多奏摺，兒臣看了好幾天才看完。」

李太后拉住他的手。「皇兒要注意身體。你是天下之主，主安則萬民安。」

景仁帝安撫李太后。「母后放心，兒臣把小事交給底下人處理，大事才呈上來。」

李太后笑了。「母后不懂朝政，但曉得知人善用。先帝在時，朝中諸位老大人們可真得力。皇兒莫要一個人把事情全攬了，累壞身子，我們這些婦孺白心疼，也沒辦法幫忙。」

景仁帝溫和地看著李太后，覺得李太后這副淡然的樣子，才是他心中母后該有的模樣。

太妃們起身告辭，景仁帝將后妃們全打發走，自己陪李太后用膳。

妃子們被打發也就罷了，連嚴皇后也得出去，讓她臉上有些掛不住，感覺身後的嬪妃都在笑話她。

她必須盡快破這個困局，哪怕有些自損，也不能讓屎盆子一直扣在自己頭上。她雖失責，流言卻不是她散布的。

內侍上了午膳，李太后幫景仁帝夾了一筷子菜。「皇兒，皇后與哀家商議，說是要選秀，充實內廷。」

景仁帝不置可否。「母后做主便是，宮裡人也不少了。兒臣雖比不得父皇，但也不想落個沈迷享樂的名聲。」

李太后笑起來。「皇兒多慮了，宮裡多少年沒選秀呢。這些年，除了劉貴嬪，這些妃子們都是皇后進宮時帶來的，也該進些新人了。」

景仁帝看李太后一眼。「母后，人多了，兒臣的心只有那麼大，哪能裝得下。」

李太后也看兒子。「心裡裝不下，裝在眼裡也行。若眼裡也裝不下，掛在嘴上便罷。」

景仁帝問李太后。「母后，這些后妃們，是不是只想被朕掛在嘴上，並不在意朕有沒有把她們裝在心裡？」

李太后微笑。「皇兒，這話不能問。人世間有許多事情，只可意會，不可言傳。如果說穿了，反倒沒意思。」

景仁帝點頭。「母后說得對，母后把兒臣放在心裡，兒臣還有什麼不滿意的。」

李太后心細如髮，見兒子一會兒自稱朕、一會兒自稱兒臣，並不像個帝王一樣穩重，反倒像是爭糖果吃的小孩子般，知道他心中有事，也不點破。

她又動手幫景仁帝盛了碗湯。「皇兒，天氣多變，要聽內侍的話，及時增添衣物，別讓哀家擔憂。」

景仁帝笑了。「好，兒臣多謝母后。」

母子倆吃過飯，景仁帝走了。李太后仍舊站在門口送兒子，等兒子的身影不見了，才轉身回宮。

今天李太后高興，笑著跟瓊枝姑姑說話。「瓊枝，皇兒還跟個小孩子似的。」

瓊枝姑姑也笑。「娘娘，人不管長多大，都希望父母把自己當成寶。」

李太后神情溫和。「真是個傻孩子，他是哀家的長子，如今哀家一身榮寵都靠著他，怎麼可能不疼愛他。哀家為了他，什麼事沒做過。」

瓊枝姑姑眨眨眼。「大概是娘娘內斂，聖上感受不到娘娘的疼愛，這才在意起來。」

李太后想了想。「明天開始，咱們小廚房每日給皇兒送些吃的，不拘點心也好、湯水也罷，哀家親自去看著。」

瓊枝姑姑應下。「是，有娘娘親自看著，聖上更高興呢。」

隔日，李太后果然開始幫兒子做些吃的，景仁帝欣然接受。一干后妃們咬手帕跺腳，她們還沒來得及行動呢，婆婆搶先了。

宮外，今年的縣試開始了。

王氏是先帝王老太師的孫女，王家有三個兒子、七個孫子，個個都有功名。考科舉在王氏眼裡，跟吃飯一樣平常。

小叔要去參加縣試，趙傳慶都沒管，王氏輕輕鬆鬆便準備好了。什麼人幹什麼事情、怎麼接送最快、哪條路不堵，她心裡一清二楚。

她把這些說給趙老太爺聽，趙老太爺直擺手。「我大字不認得幾個，跟我說這個幹什麼，妳看著安排就好。」

從去年下半年開始，趙傳煒雖然惦記心上人，功課卻絲毫沒放鬆。平日，他經常去拜訪張侍郎和楊太傅，兩人一個是探花、一個是狀元，真正才高八斗，對他多有指點。他結交的少年郎，也都是京城裡比較上進的子弟。

物以類聚、人以群分，趙傳煒自三歲開始，晉國公親自啟蒙，又請了福建有名的先生教導。他還經常跟著東籬先生出去遊歷，一邊玩、一邊告訴他許多道理，增加許多高門大院中看不到的見識。

人情練達即文章，走萬里路，比讀萬卷書讓人成長得更快。

十年下來，趙傳煒的功課紮實、視野開闊，寫的文章新穎出色、內容豐富。一般的少年郎，因囿於見識，就算功底好，寫起文章來花團錦簇，卻是華而不實。功底差的，內容就有些乾澀了。

家裡什麼都準備好了，只等著趙傳煒放手一搏。

考試當天，趙家大管事親自送趙傳煒去考場，然後每日派人在外面看著。

趙傳煒在考場奮筆疾書，楊寶娘在家裡坐臥不安。考科舉對一個讀書人來說太重要了，可她什麼忙也幫不上。

楊寶娘有些沮喪，要是她也能去考科舉，一起讀書、一起考試多好。

想到這裡，她忍不住詛咒幾句這個男權社會，呸！

楊寶娘無奈，只能窩在書房裡看書寫字，寫著寫著，覺得有些煩，便去了花園。

二月初的天氣還冷得很，花園還是光禿禿的，楊寶娘在亭子裡坐了一會兒，趴在欄杆上看水裡的小魚。

一個冬天過去了，魚兒們都沒凍死。湖面上結冰時，莫大管事讓人在冰面上鑿洞，還往裡頭撒魚食，以免魚兒餓肚子。

很快地，天氣會暖和起來。楊寶娘想到草長鶯飛的春天即將來臨，心裡又有些雀躍。

她回頭吩咐喜鵲。「幫我準備紙筆，我想畫畫。」

喜鵲立刻讓人搬來桌子，鋪上紙張和畫筆。楊寶娘拿起筆，在紙上刷刷畫了幾條魚兒。

畫完之後，覺得太單調，加了兩枝荷葉，旁邊還有一朵含苞待放的荷花。

畫完後，楊寶娘把畫交給喜鵲。「拿去做花樣子吧。」

喜鵲高興地接過畫。「二娘子，春天要來了，到時候您多畫幾幅。如今我們都搶著用二娘子的畫當花樣子呢。」

楊寶娘斜睨她一眼。「使喚我幹活，有什麼好處？」

丫頭們都笑了，喜鵲悄悄道：「我替二娘子多跑腿！」

楊寶娘聽懂她的意思，有些臉紅，呸她一口，跑回了棲月閣。

到了屋裡，楊寶娘翻出針線笸，裡頭有兩件外衫，一件是天青色，要給楊太傅的；一件是淺藍色，看樣子是年輕人穿的。

喜鵲跟回來，進屋就把門關上。「好娘子，都是我的錯，原諒我吧。」

楊寶娘頭也不抬。「過來替我分線。」

喜鵲連忙上前，幫著分線了。

過了幾日，趙家來人傳信，說趙傳煒中了案首！

來的不是旁人，正是書君。因兩家的親事還沒傳開，趙家不好大張旗鼓報喜，趙傳煒便派書君來悄悄說一聲。

楊家男丁都不在，陳氏傳書君去回話。

書君向陳氏磕了兩個頭。「回老太太，我們三爺中了縣試案首。」

陳氏喜得臉上笑出了褶子。「好，真是個爭氣的好孩子！」想了想，讓身邊的心腹去棲月閣，悄悄把楊寶娘請來。

楊寶娘聽說趙家來人，匆匆趕來。等聽到書君的報喜，也高興地笑了。

陳氏打賞書君，讓他先回去。

等書君走了，陳氏拉著楊寶娘的手，道：「還是妳阿爹有眼光，這孩子真爭氣，以後妳有福了。」

楊寶娘有些害羞。「奶奶。」

陳氏不再打趣她。「回去休息吧。」

楊寶娘便回了棲月閣。

書君剛走出楊家大門，忽然聽見有人在後頭喊：「你等一等！」

書君回頭，發現是喜鵲。

喜鵲跑得上氣不接下氣，到了書君面前，一邊喘氣、一邊把一個小包袱塞進書君手裡，什麼都沒說，轉身走了。

書君會意，立刻把東西收起來。

回到趙家，書君悄悄把包袱拿給趙傳煒。「公子，這是二娘子的丫頭給我的。」

趙傳煒嗯了聲，把書君打發走。

屋裡沒了人，他悄悄拆開包袱一看，裡頭是一件外衫，立刻欣喜換上，在屋裡美美地走來走去。

他抬起袖子聞，感覺上頭還有佳人手上的香味，心裡甜滋滋的，撲到床上滾了滾。

賓娘，妳等著，我很快就去提親了。

第三十四章　送信物變故突生

趙傳煒中了縣試案首，趙家沒特地宣揚，趙老太爺勉勵趙傳煒幾句，讓他再接再厲。

王氏倒是誇讚了趙傳煒兩句。「三叔小小年紀，能中案首，實在了不得。」

趙傳慶更簡單了，一腳把他踢進官學。「好生讀書。之後又要考府試，別栽跟頭了。」

趙傳煒圍著他哥轉。「大哥，你答應我的事情，別忘了。」

趙傳慶笑。「不會忘，快去吧，別沒出息。」

趙傳煒高興地滾回學堂，穿著那身衣裳，好幾天都捨不得換。換下來之後，還親自洗，曬乾之後又穿上身。

不知道的人暗嘆，晉國公府是鼎盛豪門之家，嫡出兒子居然這樣簡樸，難怪趙家越來越發達。

趙傳慶寫信去福建報喜，請晉國公修書去楊家提親。

收到信後，李氏非常高興。

「官人，果然誰的孩子像誰，煒哥兒真會讀書。你看他一邊追求小娘子，還能一邊考上案首呢。」

晉國公笑。「這多省心，前程有了，媳婦也有了。」

李氏催促他。「你快寫信給楊大哥，送個什麼值錢信物之類的。」

晉國公打趣道：「能送什麼信物？老楊也不是窮人，他整日跟著聖上，什麼好東西沒見過。除了我的元帥大印，其餘我有的，他都有。」

李氏放下信。「莫要囉嗦，趕緊寫。煒哥兒腳踮得老高，別吊著他了。」

晉國公哈哈大笑。「好好，我寫，娘子來教我怎麼寫！」

夫妻倆坐在書桌邊，李氏口述，晉國公執筆，一起寫了封信，塞進信封裡。

為表鄭重，晉國公把一塊戴了好多年的玉珮放進去；李氏回房，挑了一件年幼時的玩具，那是楊太傅送給她和弟弟的。

兩件信物隨著信，飛快往京城。

京城裡，趙傳慶開始忙碌了。

幫自家弟弟娶媳婦可不是小事，得先正式提親。

提親要有媒人，趙傳慶帶著王氏，攜了厚禮去方家。

方太太親熱地招待小倆口。方二郎父子不在家，只有方太太跟孩子們在。

都是至親，趙傳慶也不避諱，直接帶王氏去了方太太的正屋。

方太太見小倆口帶了厚禮，打趣道：「這不年不節的，怎麼給我送這麼厚的禮？難道你們犯了錯，想讓我去向你阿爹阿娘求情不成？」
趙傳慶哈哈大笑。「要是我犯了錯，先請二姨打我一頓，阿娘就什麼話都沒有了。」
王氏笑著接話。「我們來，不為別的，是有事想請二姨和姨父幫忙。」
方太太納悶。「什麼事情？」
王氏看趙傳慶一眼，趙傳慶微微點頭，便繼續說道：「三弟要說親了，想請兩位長輩當媒人。」
方太太沒回答，先反問她。「我聽說，對象是楊家小娘子？」
王氏點頭。「是楊家二妹妹。」
方太太嘆口氣。「真是門好親事。」
趙傳慶問：「不知姨父可會答應當這個媒人？」
方太太笑起來。「你們只管放心，這頭老強驢，我拿鞭子抽，也要把他抽過去。」
趙傳慶笑了，出聲解釋。「不是我想為難二姨夫，阿爹阿娘不在，總要有長輩出面。我伯父雖然對我們好，但官職上差了些。舅舅也可以，但我想著，二姨夫和太傅大人總是這樣有疙瘩也不好，不如藉著這門親事，把誤會解開。」
方太太笑著點頭。「好孩子，我知道你的意思。你姨父一把年紀了，倒讓你來替他操心。我說過他多少回了，太傅大人不和他計較，他就蹬鼻子上臉。你們放心，這關係到煒哥兒的終身大事，你姨父雖是牛脾氣，也不會不識大體。」

趙傳慶謝過方太太，又說了一會兒話，便帶著王氏回去了。

夜裡，方二郎回來，等吃過飯，兒孫們告退了，方太太就和方二郎商議趙傳煒的事。

「我這裡有一罈媒人酒，官人想不想喝？」

方二郎看向方太太。「哦？誰家有喜事了，請娘子當媒人？」

方太太笑。「今兒慶哥兒和他媳婦來了，想請咱們作媒，替煒哥兒提親。」

方二郎問：「訂的是誰家小娘子？」

方太太似笑非笑地回答他。「楊太傅家的嫡次女。」

方二郎一聽，險些把手裡的衣裳扔了。「怎麼訂了他家女兒？他是個兩面三刀的小人，豈能做親家！」

方太太年輕時極為溫柔，後來被婆母和妯娌磋磨得也有了些脾氣，眼睛一瞪。「閉上你的臭嘴，這是我妹妹跟妹夫決定的，要你來多嘴多舌！慶哥兒來請你，是看得起你！」

方二郎頓時偃旗息鼓。「好娘子，我沒有別的意思，我跟楊鎮不睦，又不是一天兩天的事情。」

方太太表情緩和了些。「你別成日胡說，楊大哥也不容易。我見過楊家二娘子，是個好孩子，煒哥兒也是好孩子，兩個孩子要好，和父母有什麼關係？」

方二郎聽著，忽然賊眉鼠眼地靠過來。「娘子，前陣子，京中的流言是不是真的？」

方太太睇起眼睛看他。「甭管真的假的，你就當自己是個聾子。」

方二郎嘖嘖兩聲。「老楊膽子真大，也不怕被殺頭！」

方太太拍他一下。「不管流言真的還是假的，以後都是親戚，把你的牛脾氣收一收，見到楊大哥客氣點。莫說這些，媒人的事，你幹不幹？要是不幹，我明天就回絕慶哥兒。」

方二郎連忙接話。「我去！我去還不行嗎？我還想著以後去福建跟著趙兄弟快活呢，他兒子娶媳婦，我是親姨丈，豈能不出力！」

方太太笑。「你個夯貨，什麼時候能像楊大哥和妹夫一樣有成算？」

方二郎把方太太摟進懷裡。「我是個傻大個子，沒成親之前，妳不就知道了？老楊和趙兄弟一個個都賊精，我在他們面前，就是個傻子。既然如此，我也不裝聰明了。我是托了我阿爹的福，不然怎麼能娶到妳這麼好的娘子。」

方太太嗔他。「一把年紀了，別胡說八道。」

方二郎咧嘴笑。「哪裡是胡說八道，我說的都是真的。」說完，便抱起方太太，往床上去了。

過了幾日，福建的信到了。

趙傳慶拆開一看，裡面有兩封信，一封是給他們兄弟的。另一封，信封外面寫了三個大字：楊兄啟。

趙傳慶知道，那是父親寫給楊太傅的信。

他拆了自己的信，父親囑咐他多關注京中各家動靜，及朝中勢力消長，也要孝順祖父，關愛幼弟，保重身體。

李氏也寫了幾行字，一如既往，讓兒子照顧好自己，信裡還夾了一張銀票，是晉國公府半年的開銷。

因人際關係複雜，經營起來頗費銀錢，以前晉國公每年都要送大量真金白銀回京。

那時候，景仁帝還是皇子，晉國公守著東南沿海，每年跑私船能掙不少銀子，大多都花到景仁帝頭上去了。

如今景仁帝登基，晉國公把私船停得七七八八，每年就掙個開銷。至於軍費，他兩手朝上，向朝廷要。景仁帝知道他如今不常跑私船了，便不去追究他掙的那些錢。

這幾年，趙傳慶自己也弄了許多產業，能養活京城一大家子。但父母仍舊每年送錢回來，他也不拒絕，都留在手裡。

接到父親的信後，趙傳慶連吉日都挑好了，準備去楊家提親。

但，變故來得猝不及防。

嚴皇后上奏選秀，李太后答應了，景仁帝也沒反對，嚴皇后便命禮部開始準備。

隔了幾日，嚴皇后再次提起，宮中貴妃之位空懸，可特選出身煊赫的貴女入宮。一來為了攪渾水，二來提醒景仁帝如何破謠言，嚴皇后提到京中和外地各豪門世家貴族家的女子時，自然少不了楊寶娘。

景仁帝不置可否，讓禮部按照嚴皇后的意思去辦，卻要求選上來的人不能超過一百個。他要幫宗室子弟賜婚，兒子們那裡，也該預備起來了。至於他自己，有幾個做做樣子就行。

不得不說，景仁帝於這上頭，是個明君。他從不沈迷享受，他的祖父和父親受黨爭之苦，國運一直不太興盛。他登基後，唯一的目的，就是把大景朝治理得更好，朝綱穩固，百姓安居樂業，邊疆固若金湯。

京中七品以上官員家中的未婚女兒，只要過了十歲，都要參選。趙家幫趙婧娘和趙燕娘報了免選，禮部便勾掉趙家的名單。

這種事情，大家都心知肚明。景仁帝知道趙家中立，也不反對。

楊太傅也幫楊寶娘和楊默娘報了免選，禮部也勾去了名單。

另一邊，御前侍衛統領俞大人查了多日，終於得到許多要緊消息，卻讓他膽戰心驚。他哆嗦著進了御書房，跪在景仁帝面前。「聖上，十四年前，楊太傅曾孤身前往明盛園，半夜才出來。」

景仁帝目光如刀地看著他。「要是說錯了一個字，朕砍了你的頭，掛到城門口去！」

俞大人砰砰磕了兩個頭。「臣不敢，臣找到了明盛園的舊人，想盡辦法才掏出幾句實話。太傅大人是跟著送米糧的車進去，然後跟著收糞的馬車出來的。」

景仁帝額頭青筋直跳，半晌後問：「還有呢？」

俞大人再次磕頭，道：「太傅大人只去了一次，據傳，後來瓊枝姑姑送了個孩子給太傅大人，是個小娘子。」

俞大人說著，心裡直喊老天爺，生怕景仁帝真把他砍了。

景仁帝閉上眼睛，忽然一揮手，把案桌上的東西全掃到地上。

「滾！」

俞大人嚇得立刻出去了。

這日，御書房中，景仁帝批閱奏摺，楊太傅在一邊陪著。

景仁帝低著頭，突然問了句風馬牛不相及的話。「先生家裡的女兒多大了？」

楊太傅面不改色，道：「回聖上，臣有四女。長女出嫁多年，次女和三女將要十三歲整，四女尚年幼。」

景仁帝仍舊沒抬頭。「朕一直待先生如師長。」

楊太傅躬身行禮。「多謝聖上垂愛，臣萬死不辭。」

景仁帝笑。「先生真的什麼都願意為朕做嗎？」

楊太傅毫不猶豫。「臣願意。」

景仁帝抬頭，看向楊太傅。「先生，宮中貴妃之位空懸，先生願不願意讓嫡女當朕的貴妃？先生放心，朕會好生對她。」

楊太傅驚愕地抬頭，他已經替女兒報了免選，景仁帝答應，沒想到又反悔了。

他又低下頭。「聖上，臣妻夭殘，幾個女兒缺教養，不堪為妃。」

景仁帝放下筆，揮了揮手，內侍們全部出去了。

景仁帝走下來，站在楊太傅面前，看著他頭上的玉冠。

玉冠底下，已經有了白髮。

楊太傅舉起雙手行禮，景仁帝一眼就看到那隻肉掌。

景仁帝忽然伸手，拉過那肉掌，輕輕摸了摸。「當年先生捨命相救，是為了朕，還是為了母后？」

楊太傅倏地抬頭，和景仁帝四目相對。

半晌後，他垂下了眼簾。「聖上是明君，臣能救下聖上，是臣的福氣。」

景仁帝的聲音很輕。「當年先生除了被砍掉四根手指，身上還挨了幾刀，差點失血而亡。這麼多年來，盡心輔佐朕。先生的恩情，朕都記在心裡。」

楊太傅抬眼看向景仁帝。「聖上，臣都是心甘情願的。」

景仁帝放下他的手，轉過身走了幾步。「先生不讓女兒進宮，是不願，還是不能？」

楊太傅心裡清楚，景仁帝大概什麼都知道了，搖搖頭。「聖上，這宮裡，是個吃人的地方。」

景仁帝忽然大聲喝斥他。「放肆！」

楊太傅再次躬身。「臣知罪。」

景仁帝走到他面前。「你於朕有恩不假，但，你於父皇無恩。朕原以為，自己與旁人不同，得了忠心的臣子、得了良師。可現在所有人都對朕說，先生忠於朕，不是因為朕，而是因為母后，朕情何以堪？」

楊太傅聽了，跪下來，以頭觸地。

「臣死罪！臣對聖上的心，與任何人無關。臣寒窗十幾載，蒙先帝厚愛，得中榜首。聖上多年信任臣，臣如何不想名揚天下，與聖上君臣同心，成天下美談。」

景仁帝轉過身，背對著他。「先生，你是父皇欽點的狀元郎，可你辜負了父皇，也對不起朕！」

楊太傅磕了兩個頭。「臣死罪。都是臣的錯，與娘娘無關。」

景仁帝見他言語涉及李太后，更生氣了。「住口！母后如何，與你何干?!」

楊太傅忽然抬起頭，景仁帝見他因為磕頭力道太大，額頭有了紅印，眼中有些濕潤。

「聖上，都是臣的錯。當年李楊兩家退親，臣留了些舊物，以此脅迫娘娘，娘娘是被逼的。」

景仁帝大怒，一步上前，對著他的胸口踢了一腳，楊太傅瞬間被踢歪了身子。

景仁帝弓馬嫻熟，且正當壯年，力氣大得很。楊太傅是文臣，年紀不小了，吃了這一記窩心腳，立時感覺口中有些腥鹹。

景仁帝踢了之後，有些後悔，想扶起楊太傅，但想到他辱及母后，心中又起了怒火。

楊太傅知道景仁帝心裡的糾結，兩人名為師徒，這麼多年，也有一定的情義。景仁帝不想處罰他，因為他忠心，可以捨命相救。但他和李太后有私，景仁帝若毫無反應，豈不與畜生無異？

楊太傅故意說了那些話，引得景仁帝大怒踢他一腳，發出心裡的怒氣，就能冷靜。他是君王，若盛怒之下做些決定，誰也挽回不了。

楊太傅穩了穩氣息，直接坐倒，靠在身後的柱子上，神情狼狽，擦了擦嘴角。

「臣對聖上，再無二心。若說當年救聖上是有私心，這麼多年過去了，眼見聖上漸漸成了明君，臣心裡高興。能做聖上的先生，是臣的榮幸，和娘娘無關。」

楊太傅的聲音有些虛弱，景仁帝聽了他的話，什麼都沒說。

過了一會兒，景仁帝又看向楊太傅。「先生這樣做，想過後果嗎？」

楊太傅垂下眼簾。「都是臣的錯，請聖上責罰臣一人就好。」

景仁帝冷笑。「先生有何過錯？無故而加之，先生想讓朕當昏君嗎？」

楊太傅感覺胸口有東西往上湧，強行往下壓了壓。「臣死罪，求聖上責罰。」

景仁帝盯著他。「先生是想讓天下所有人都知道，二娘子是朕的妹妹嗎？」

楊太傅抬眼，反覆念叨道：「聖上，都是臣的錯，寶兒是無辜的。」

景仁帝轉身。「先生，貴妃之位，朕留給二妹妹。朕有生之年，會保她一世榮華富貴，將來有低位嬪妃生了兒子，抱一個給她養。」

楊太傅大驚。「聖上不可！」

景仁帝抬腳便走。「明日聖旨就到楊府，先生回去吧。」

楊太傅大急，扯住他的衣襬。「寶兒已經訂親了！聖上是明君，豈可奪臣妻？」

景仁帝看他。「訂了誰家？朕怎麼不知道？」

楊太傅聲音有些顫抖。「聖上，不是別家，是晉國公家的小兒子。兩個孩子情投意合，臣已與晉國公世子訂下婚約，這幾日，趙家就要正式上門提親。」

景仁帝輕笑。「這不是還沒訂親嗎？一家有女百家求，趙家能求，朕怎麼就不能求？先生放心，慶哥兒一向懂事，不會和朕爭的。」說完，去扯自己的衣襬。

楊太傅吐出一口血，正好落在景仁帝的袍子上，聲嘶力竭。

「求聖上開恩，寶兒是無辜的！為了娘娘，求聖上處罰臣，不要牽連無辜！」

景仁帝看看那口血，忽然蹲下身，凝視著楊太傅。

「先生無過，朕不能責罰，母后是朕的生母，朕更不想責罰。二妹妹是無辜，但到了今天，總要有人來扛這個罪。朕不是賜死她，而是封她當貴妃，還答應以後給她一個兒子，一世榮華富貴，先生和母后的名聲得以保全，有何不可？」

楊太傅抬眼。「聖上，在寶兒心裡，一世榮華富貴，比不上三公子一日恩情。兩個孩子情投意合，時常相會，聖上要棒打鴛鴦嗎？」

景仁帝感覺楊太傅在諷刺什麼。「是不是在先生眼裡，母后的一世榮華富貴，也比不上先生的一日恩情？」

楊太傅垂下眼簾。「臣不配。是臣玷污了娘娘，臣死罪。」

景仁帝搖頭。「先生，父債子償。」說完，大力掙開楊太傅的手，闊步走了出去。

楊太傅又吐了一口血。

過了好久，俞大人進來，扶起楊太傅。「太傅大人，聖上命下官送您回府。」

楊太傅看著俞大人。「聖上有你，我也放心了。」

俞大人打哈哈。「太傅大人說笑了，下官跟太傅比起來，如螢火皓月之別。」您可別再說了，天都要被您捅了個窟窿啊。

俞大人把楊太傅送回去，見他吐血，還幫忙請了太醫。

第三十五章 傳聖旨帝王相逼

楊寶娘聽說楊太傅受傷了，急匆匆去了前院。

太醫剛走，說楊太傅是急火攻心，又受了撞擊，肺腑損傷，需多調養。

楊寶娘走上前。「阿爹，您怎麼樣了？」

楊太傅看著她。「寶兒，阿爹對不起妳。」

楊寶娘疑惑。「阿爹，發生了什麼事？」

楊太傅緩了口氣。「聖上說，要妳進宮當貴妃。」

楊寶娘大驚。「這怎麼可以?!」

楊太傅咳嗽一聲，嘴裡吐出些血沫子。「寶兒莫急，阿爹去找妳阿娘。」

楊寶娘趕緊幫他拍背，又端了熱水給他喝。「阿爹，您莫急，保重身子要緊。」

楊太傅漱漱口，叫莫大管事進來。「墨竹，你送信去明盛園，再給趙家傳個話，就說，寶兒要當貴妃了。」

莫大管事立刻去了。

楊寶娘看著楊太傅。「阿爹，聖上真的不念舊情，就這樣處罰阿爹？」

楊太傅摸摸她的頭。「阿爹的錯，卻要妳來承擔，是阿爹對不起妳。」

楊寶娘搖頭。「阿爹，女兒不是說這個。」

楊太傅拍拍她的手。「聖上想保全阿爹和妳阿娘的名聲，所以才讓妳進宮。但阿爹怎能讓妳獨自扛下這一切？我兒放心，阿爹會有辦法的。」

莫大管事去了明盛園，找掌事太監，只傳了一句話：二娘子要進宮了。都這個時候了，莫大管事也不含蓄，直接把難題拋給明盛園。

傳話之後，他又去官學，直接找了趙傳煒。

趙傳煒認識他。「莫大叔，您找我有什麼事情？」

莫大管事避著旁人，道：「三公子，老爺讓我來告訴您，今天聖上有旨意，讓二娘子進宮當貴妃，明日聖旨就要進楊府了。」

趙傳煒頓時心驚肉跳，急得在原地轉圈，然後對莫大管事說：「你先回去，告訴岳父，我進宮去求婚。聖上總會賣我阿爹一個面子。」

莫大管事點頭之後，便走了。

趙傳煒向先生請假，立刻趕回家去。

宮裡，景仁帝離開御書房之後，直接去了壽康宮。

李太后招呼他吃茶，見他袍子上有一塊血跡，大驚失色。

「皇兒，這是哪來的血?!」
景仁帝端起茶盞。「先生病了，剛才吐了口血。」
李太后哦了聲。「太傅乃國之棟梁，皇兒可有賜太醫？」
景仁帝回答。「朕讓人送先生回去了。」
李太后聽了，不再說話。
景仁帝忽然問她。「母后，朕已下旨，讓先生送次女入宮，封貴妃，住咸福宮。」
李太后倒茶的手頓了下。「皇兒這麼快就做決定了。」
景仁帝笑。「母后知道朕要做什麼決定？」
李太后也笑。「皇兒的決定，自然有道理。只是，她一入宮就居高位，諸妃要不安了。」
景仁帝以為李太后要說什麼，沒想到是這個。「貴妃無子，倒不影響旁人。」
李太后看著兒子。「皇兒累了，去歇著吧。」
景仁帝定定地看著李太后，半晌後輕聲說道：「母后，兒臣不孝，讓母后為了兒子犧牲良多。」
李太后聽見這話，低下了頭。「皇兒，母后為了你，做什麼都願意。只是，還請皇兒莫要牽連無辜。」
景仁帝的聲音更小了。「朕保妹妹一世榮華，謠言不攻自破，母后覺得好不好？」

李太后抬起頭，面無表情地看著景仁帝。「皇兒在說什麼？」

景仁帝轉開了臉。「您永遠是兒臣的母后。但兒臣的父親，只有一人，就是先帝。」

李太后大喝。「皇兒！」

瓊枝姑姑早把人叫走了，殿裡只有母子倆。

景仁帝不再藏著掖著。

「母后，兒臣不怪您，父皇去得早，先生對兒臣有救命之恩，又多年嘔心瀝血輔佐兒臣……兒臣不怪母后。」

李太后輕笑一聲，眼底有了淚水。

「皇兒，母后年幼時，只想吃飽穿暖，不挨打挨罵。後來，母后被李家救走，你外公外婆待我好，母后和你兩個姨母吃的一樣，穿的一樣，又和楊家訂了親。母后以為，等楊家大郎中了秀才，母后就是秀才娘子，以後過著普通的日子，平平淡淡，多好啊！

「可是呢，母后大概不配過那樣美好的日子。」李太后長長嘆口氣。「進了王府，母后服侍先皇后龐氏，受平氏欺壓，母后從來沒抱怨過一句。這是母后的命，合該就是來受罪的。後來，先皇后開恩，母后生了你兩個姊姊，才覺得活著有了些意思。

「皇兒出生後，母后小心謹慎，你舅父和三姨夫，還有嚴侯爺，歷經多少風雨，才保全皇兒性命。等皇兒做了皇帝，滿朝文武都是老臣、重臣，皇兒才十二歲，母后又害怕了。這世上，誰不喜歡權力呢？官員沒了權力，最多回家種田；皇兒沒了皇位，就要人頭落地。」

景仁帝有些動容。「母后，兒臣不怪母后。母后與先生有情，兒臣也能理解。父皇在世時，母后從未有違規矩。父皇去了，母后和太傅有什麼，兒臣不想追究。兒臣知道，母后一半是為了兒臣。若無母后，先生不會這般忠心。」

李太后喝掉自己倒的茶水。「皇兒，母后對不起你父皇。明天開始，我去皇陵，替先帝守靈，以贖罪過。」

景仁帝望向李太后。「母后，兒臣說了，兒臣不怪母后。」

李太后凝視景仁帝。「皇兒，母后疼你，你知道嗎？」

景仁帝點頭。「兒臣知道。」

李太后忽然淚流滿面。「皇兒，你得父母疼愛。可是那個孩子，是母后吃了藥早產下來的，一出生就送走，從沒有得到母親的疼愛。這是母后的罪孽，母后去贖罪，希望皇兒能饒過那個孩子。」

景仁帝見李太后落淚，有些慌張。多少年了，從先帝過世以後，李太后再也沒流過淚。

他趕緊幫李太后擦眼淚。「兒臣不孝，這些事情，不該由母后一個人來承擔。母后只管在壽康宮安享天年，兒臣會處理好一切的。」

李太后抬眼，道：「皇兒，母后多謝你。母后求你，別讓寶娘進宮了，不然母后餘生如何能安寧？」

景仁帝拉著她的手。「母后，先生有錯。他對父皇不敬，兒臣不能明著處罰他，只能讓他受些煎熬。」

李太后不明所以，景仁帝笑著解釋。「母后莫急，二妹妹是朕的妹妹，朕怎能真讓她進宮，豈不成了畜生？兒臣聽說，楊家另有一女，只比二妹妹小一個月，與二妹妹容貌極為相似，先抬進宮來，封個貴妃，請母后多教導幾年。」

李太后聽了，撲通跪下。「皇兒，你是帝王，現在我不是太后，只是一個失貞婦人。求聖上開恩，不要讓楊家女子進宮。寶娘進宮，我餘生難安；三娘子進宮，寶娘餘生難安。都是我的錯，我求皇兒，饒過她吧。」

李太后這一跪，讓景仁帝立刻跪下來。「母后，兒臣如何能承受得住？」

母子倆摟在一起，李太后哭著說：「不，皇兒受得住，你是天下之主，我對不起先皇，應該受罰。皇兒替先皇懲罰我，我心甘情願承受，只求皇兒不要牽連無辜。」

景仁帝攬住李太后。「母后，兒臣錯了。可兒臣怎麼能懲罰母后，但兒臣若丁點反應都沒有，又如何對得起父皇？」

李太后淚如雨下。「皇兒，都是母后的錯，母后對不起你。」

李太后哭了一陣，景仁帝一直幫她擦眼淚，等她不哭了，才輕聲問：「母后，兒臣該怎麼辦？」

李太后低聲道：「皇兒，若是為了懲罰楊鎮，母后已經懲罰他十幾年了。」

景仁帝詫異。「母后說的是何事？」

李太后看向兒子，垂下眼簾。「寶娘並不是母后生的，她是我親表妹的女兒。」

景仁帝大驚。「母后，果有此事？」

李太后回答道：「皇兒，楊家母子負了我，我豈能讓他如意，我把孩子送給了你三姨。寶娘是我表妹的獨女，表妹臨終時，求我照看寶娘。若是把她留在她父親那邊，無父無母的孩子，定要受人欺凌，所以母后把她送給楊鎮，做楊家的嫡次女，身分高貴，長大後也能說門好親事。孰料，她竟和我長得這般相像。」

景仁帝的思緒飛快轉著。「母后，您說的人……是婧妹妹？」

李太后搖頭。「不，母后說的是煒哥兒。一來，我不想讓楊家人養他；二來，母后把親生兒子交給你三姨，你三姨和三姨夫才能放心地替皇兒守東南國門。當年你三姨夫權力太大，又不肯造反當皇帝，你三姨怕皇兒長大後秋後算帳，母后就把煒哥兒給她，這是母后和你三姨之間的約定。」

景仁帝如同聽到個炸雷。「母后說的是真的？」

李太后點頭。「事到如今，母后不想再隱瞞你。母后求皇兒，不要讓寶娘進宮，她確確實實是無辜的。如今兩個孩子有緣走到一起，求皇兒成全。」

景仁帝呆住。「母后，先生待女兒如珠似寶，若知道不是親生的，豈不痛斷肝腸。」

李太后答非所問。「你三姨和你三姨夫多好啊，煒哥兒交給他們撫養，十幾年像在蜜罐裡泡著一樣。我若把他送回楊家，讓楊家那個聾子欺辱他嗎？寶娘是個小娘子，去了楊家，她們反倒會善待她。」

景仁帝動容。「兒臣多謝母后，為兒臣做了這麼多的事。」

李太后看向兒子，然後又低下了頭。「皇兒，母后不是開玩笑的，母后預備去皇陵住一陣子。母后無顏再住壽康宮，皇兒讓我去吧。」

李太后說話有些顛三倒四，口裡的自稱亂七八糟，景仁帝不忍心了。

「母后，不如在宮裡吃齋，未必要去皇陵。」

李太后望向兒子。「皇兒，你會不會看不起母后？」

景仁帝見李太后雙眼包含期盼，沈默片刻，鄭重回答。

「事情已經過去了。母后既然要贖罪，就在宮裡吃齋三個月，每日誦讀經書兩個時辰，父皇知道了，不會怪罪母后的。兒臣陪母后一起吃齋，求父皇原諒，都是兒臣無用，才讓母后受委屈。」

李太后搖頭。「皇兒，你是天下之主，萬民都靠著你，不可不愛惜身體。從明日起，母后吃齋半年，每天誦經三個時辰，求先帝諒解。」

景仁帝點頭。「兒臣知道了。」說完，扶起李太后，讓她坐在旁邊的椅子上。

李太后的私事被兒子知道了，有些不好意思。

景仁帝叫瓊枝姑姑進來，瞇著眼睛看她一眼，沈聲吩咐道：「明兒開始，妳陪著母后吃齋，扣兩年月俸，降為低等宮女，仍舊貼身服侍母后。」

瓊枝姑姑二話不說，立刻跪下磕頭。「奴婢謝聖上恩典。」

景仁帝對李太后道：「母后歇著吧，兒臣先去了。」便離開了壽康宮。

景仁帝回了御書房之後，仔細想想，親自寫了聖旨。

茲有楊氏女，鍾靈毓秀、賢良淑德……封貴妃，即日起入住咸福宮。

寫好聖旨，他親自蓋印，然後交給身邊的張內侍。「去楊府傳旨。」

張內侍接過聖旨，天已經快黑了，立刻趕去楊太傅家。

楊太傅半瞇著眼睛，正在床上躺著，楊寶娘陪在一邊。聽說內侍來了，他也沒起身。

張內侍進來，先向楊太傅問好。「太傅大人安好？」

楊寶娘起身，對著張內侍屈膝，張內侍也趕緊鞠躬。「二娘子好。」

楊太傅勉強笑了笑。「有勞張內侍，老夫尚好。」

張內侍先道喜。「恭喜太傅大人，聖上親封貴府娘子當貴妃。」

楊太傅雙目犀利地看著張內侍，張內侍把聖旨遞給楊太傅，連唸都沒唸。

楊太傅閉上眼，並不去接。

楊寶娘看看楊太傅，伸手接下聖旨，打開看了一眼，是封楊家女子當貴妃的旨意。

楊寶娘問張內侍。「張爺爺，不是說聖旨明天才來？聖上金口玉言，自然不會有假，那這聖旨？」

楊太傅冷哼一聲，把聖旨扔給張內侍。「聖上說了，明日才來傳旨，你這個時候來，莫不是假傳聖旨？」

張內侍哎喲一聲。「太傅大人，這話可不能隨便說啊，就算我有十個膽子，也不敢假傳聖旨。」

楊太傅冷笑。「本官只認明天的聖旨，今天的不認，你拿回去吧。聖上若要殺頭，本官在家裡等著。」

張內侍為難至極。「太傅大人，您可別為難我啦，我哪裡敢呀。」

楊太傅閉上眼睛，不理他。

張內侍看向楊寶娘，楊寶娘也垂下眼簾，雙手捧著聖旨，還給張內侍。

張內侍無法，從沒聽說有人不接聖旨的，怎麼辦啊？若是抄家殺頭，接不接都無所謂，但這件事的內情，張內侍多少知道，曉得景仁帝和楊太傅都生氣呢。

楊太傅官居一品，又是帝師，也有資格和聖上叫板。但這事……張內侍嘬了嘬牙，得，他是聖上的人，不能站錯了隊。

張內侍不接聖旨，向楊太傅鞠躬。「大人，這旨意我傳過了，時辰不早，我先回宮。」說完，腳底抹油溜了。

楊寶娘捧著聖旨，看向楊太傅。「阿爹，這怎麼辦？」

楊太傅睜開眼，一把奪過聖旨，丟到床邊。「不要理它。」

楊寶娘聽了，便也不再管了。景仁帝說話出爾反爾，不是說了明日再來，怎麼天黑了悄悄送來？讓人心裡看不上這等行徑。

楊寶娘讓人送來晚膳，先喝了一碗太醫開的藥，然後又餵楊太傅喝了一碗粥。

楊太傅看著女兒。「莫怕，妳阿娘不會讓妳進宮的。阿爹失了道義，在聖上面前，已經說不上話。聖上在氣頭上，才不管不顧。等妳阿娘再去勸說一回，實在不行，還有趙家。若兩方都無用，阿爹就辭官。選秀是選官家女，阿爹成了平民百姓，寶兒就不用進宮了。」

楊寶娘餵他吃了一口粥。「阿爹，您快別操心了，先養好身子要緊。」

張內侍進了宮，景仁帝問：「旨意傳過了？」

張內侍硬著頭皮回答。「傳過了。」

景仁帝又問：「先生怎麼說？」

張內侍低下頭。

景仁帝喝斥他。「說！」

張內侍立刻跪下磕頭，才道：「聖上，太傅大人說，他只認明天的聖旨，今天的不認。」

景仁帝氣得額頭青筋直跳，把手中的筆重重摔到案桌上。

「混帳！」

張內侍嚇得又磕了個頭。

景仁帝氣不過，沒道理母后一個人吃齋念經，楊太傅卻仍舊高官厚祿，故而回來就寫了聖旨。

可他沒想到，楊太傅竟敢公然抗旨。

景仁帝氣哼哼地想，大不了等到明天，他再傳一道旨意，看楊太傅怎麼辦！

第三十六章 扣宮門雨夜相依

趙傳煒出了學堂之後，先趕去楊府。

莫大管事直接帶他進了楊太傅的外書房，屋裡靜悄悄的。

楊太傅的書房分裡外間，外間是他讀書理事以及招待客人的地方，裡間是他的臥房。

趙傳煒走進裡間，只見楊太傅好像睡著了一般，楊寶娘陪在旁邊。

楊寶娘示意他坐在一邊。

趙傳煒先坐下了，用眼神詢問楊寶娘。楊寶娘先指指旁邊的碗，問他吃飯了沒有？

趙傳煒顧不上那麼多，搖頭，指指楊太傅。

楊寶娘先起身，幫他盛了碗粥，又把旁邊的菜倒進小鍋裡，放在爐子上熱一熱。

她把粥端給趙傳煒，趙傳煒接過粥，本來想兩、三口喝了，又怕聲音太大吵到楊太傅，只能拿起勺子靜悄悄地吃。

吃到一半，楊寶娘把熱好的菜端到他面前。

趙傳煒默默吃了兩碗粥，又吃了許多小鍋裡的菜，楊寶娘才安心。

趙傳煒放下碗，焦急地看著她。

楊寶娘悄悄從床尾拿出那封聖旨，遞給他。

趙傳煒一目十行看完，立刻把聖旨一合，還沒等他說什麼，楊太傅忽然出聲——

「煒哥兒來了。」

趙傳煒連忙起身，走向床邊。「岳父。」

楊太傅苦笑。「你別這樣叫我，說不定明天寶兒就進宮當貴妃去了。」

趙傳煒大急。「岳父，不是說報了免選？」

楊太傅不再吭聲，趙傳煒忽然意識到，這中間可能有內情，試探地問：「岳父，寶娘如何能進宮呢？她不能去。」

楊太傅嗯了聲。「聖上說了，讓寶兒進宮當貴妃，保她一世榮華富貴。過幾年，有低位妃嬪生了兒子，抱一個給她養。」

趙傳煒瞪大眼睛。「表兄真說了這話？姨母定然不會答應的！」

楊太傅嘆氣。「煒哥兒，君王有令，臣子不得不從。今天我當堂拒婚，被聖上對著心口踢了一腳，半條命快沒了。剛到家，聖旨就追過來了。」

趙傳煒在床邊轉圈圈。「岳父，寶娘不能進宮！」不好直接說楊寶娘和景仁帝是兄妹，但他曉得楊太傅明白他的意思。

楊太傅掙扎著要坐起來，楊寶娘趕緊扶著他，又在他後背塞了個枕頭。

「這件事說大不大，說小也不小，單看聖上心意。他鐵了心要寶兒進宮，誰也攔不住。寶兒是我的嫡女，進宮當貴妃，又沒有孩子，是最合適的人選。若是讓謝賢妃或其他嬪妃的人上去，後宮不穩，前朝也會動盪。我們都覺得聖上是為私，其實是劍指幾年後的奪嫡。這線，長著呢。」

趙傳煒抬頭。「岳父，我能做什麼？」

楊太傅看著他。「你一個小孩子，能做什麼？就像我當年一樣，除了生氣、煩惱、痛恨這世道，什麼都做不了。到了現在，我當上尚書和太傅，很多事情，還是一樣無能為力。」

趙傳煒急道：「岳父，我不認命。聖上雖是天下之主，但我也不是小戶人家的子弟。阿爹說了，小事可以不計較，大事上忍讓，人家只會覺得你好欺負。我和寶娘明明先訂了親，這是岳父和我大哥約好的。君子一諾，千金難換，此事我大舅也知道，中間也有證人。表兄不能這樣按著我的頭欺負我，他若強取豪奪，我就去敲登聞鼓！」

楊太傅笑了。「傻孩子，你敲登聞鼓找誰告狀？找聖上？告聖上？」

趙傳煒搖頭。「岳父，告誰都不重要，重要的是告訴表兄，就算他是君王，也不能這樣欺辱我。」

楊太傅笑得更狠了，擦了擦嘴角。「別說孩子話了。你先回去吧，不如問問你大哥，說不定他有什麼好法子呢。」

趙傳煒立刻起身。「岳父，我先走了。」說完，看楊寶娘一眼，把那封聖旨揣進懷裡，轉身就要走。

楊寶娘連忙叫住他。「三郎。」

趙傳煒回頭，楊寶娘低聲囑咐。「莫要莽撞。」

趙傳煒點頭。「妳放心，我會小心行事的。」大跨步出去了。

楊太傅看著趙傳煒消失的背影，忽然有些感嘆，他可能天生不如趙家的男人吧，比他們少了一份血性。

趙傳煒快馬加鞭趕回家，天上忽然飄起小雨。初春的夜晚，細雨濛濛，有些涼意，讓他越發清醒。

和君王搶女人，他知道是殺頭之罪。可明明他先和楊寶娘訂親，就算還沒有明說，誰也不能奪去。

到了家，他砰砰去晃大門上的鐵環，裡面人開門，還沒來得及行禮，他便抬腳直奔趙傳慶的院子。

趙傳慶一家人都在。

趙雲陽喊他。「三叔來了。」兩個姪女也上前行禮。

趙傳煒對著王氏抱拳，然後走到趙傳慶面前。「大哥。」

趙傳慶見他風塵僕僕，道：「鬼追你了？」

趙傳煒無心開玩笑。「求大哥救我。」

這話一出，一屋子人都安靜了。

趙傳慶起身。「跟我來。」

兄弟倆到了趙傳慶的內書房。

趙傳煒一進去，便跪下了。「大哥，求您幫我指條路。」

趙傳慶伸手拉他。「發生了何事？」

趙傳煒沒起來。「表兄下旨，封楊寶娘為貴妃，明日便要入住咸福宮。」

趙傳慶瞇起眼睛。「我怎麼不知道這件事？」

趙傳煒從懷裡掏出聖旨，趙傳慶拿過去一看，這是景仁帝的字跡，絕對沒錯。

他把聖旨放到一邊。「你想做什麼？」

趙傳煒看著趙傳慶。「大哥，我和寶娘訂親在前，表兄不能這樣強取豪奪。」

趙傳慶低聲喝斥他。「放肆！」

趙傳煒低下頭。「大哥，我想了一路，也沒想到好辦法。我原想去敲登聞鼓，那樣勢必天下皆知，不好收場；我想求姨母，可姨母說不定自身難保：我想找阿爹，但遠水救不了近火，求大哥幫我指條明路。」

趙傳慶哼了一聲。「明路？明路就是勸太傅大人遵旨。」

趙傳煒抬頭。「大哥，難道我要看著寶娘掉入火坑？」

趙傳慶反問他。「當貴妃怎麼就是火坑了？」

趙傳煒道：「大哥，您跟我裝糊塗。誰進宮都可以，但寶娘不行。」

趙傳慶沈默了，然後又開口道：「聖上在氣頭上，姨母是聖上生母，且早早守寡把他拉拔大，聖上必然不忍心苛責姨母。但帝王威嚴不可褻瀆，就算聖上答應姨母不開殺戒，也必定有所懲罰，楊二娘子正是第一個容易遭殃的人。」

趙傳煒頭上的雨水匯聚在一起，開始往下掉。「大哥，我該怎麼辦？」

趙傳慶看看外頭。「天已經黑了，外頭宵禁，明日再說吧。」

趙傳煒大急。「不，到了明日，說不定木已成舟，難道讓我去走岳父的老路不成？」

趙傳慶抬腳踢他一下。「混帳！你以為我想讓楊二娘子進宮？阿爹連求親的信都寫好了，我也找好媒人，但聖上這個當口發作，就是算計好的！你若是一頭撞上去，自己死了不值得，阿爹也要受牽連！阿爹掌東南三十萬人馬，朝中多少人覬覦，這二十年，我和阿爹什麼時候敢放心睡過覺！

「你以為聖上計較太傅和姨母的事？我跟你說，帝王的臉皮比城牆還厚，把親娘、親女兒送到男人床上的哪裡少了？皇城裡，父子共槽、姑姪共夫，偷親外祖母的都有，那是天下最爛糟的地方！先帝死了，姨母年輕守寡，和訂過親的男人睡一覺怎麼了，他會在乎嗎？他是想藉機看看咱們家的反應，如果順勢而為，大不了犧牲楊二娘子，從此宮裡多個出身高門的無子貴妃，上震懾皇后，下彈壓諸妃；如果咱們反抗，不掉一塊肉下來，他不會甘休！」

不得不說，趙傳慶和景仁帝同吃同住多年，果然最了解他。李太后只能用親情打動兒子，當時景仁帝受她一跪，不得不讓步。但他真正的意圖，一是後宮格局，二是前朝兵權。

原本他想著，趙傳煒是晉國公的孩子，說不定趙家能為這么兒做些讓步。如今知道趙傳煒是楊太傅的骨肉，又變了策略，只彈壓楊太傅，讓他去跟趙家交涉。

趙傳煒挨了趙傳慶一腳，聲音也大了起來。

「大哥，你說的我都知道。但阿爹告訴我，這世上的事，不是讓步就能解決。今日他能奪我妻，明日便能奪阿爹的兵權。咱們家是懸在帝王頭上的一把刀，不管什麼時候，逮到機會，就會打壓我們。讓我陪著吃酒行樂，向他磕頭奉承都行，就此事不行！大哥維持今天的局面不容易，我不能拿一家老小去冒險，但不能當個烏龜，把頭一縮，不管不問！」

他說完，起身走了。

趙傳慶想喊住他，又忍住了，想看看趙傳煒能為楊寶娘做到什麼地步。若是不顧生死，他就不能不管了。

趙傳煒冒雨出了大門，外頭雖有宵禁，可對於他這樣的豪門子弟來說，夜裡有急事，在京城跑馬也不稀奇。

他一路疾馳到宮城門口，侍衛們認識他，但仍舊照著規矩攔住人。

「三公子，宮門已落鎖，請明日再來吧。」

趙傳煒抬頭，看了巍巍皇城一眼，雙膝跪下，大聲對著城門喊：「趙傳煒求見聖上！」

他聲音大，傳了好遠，侍衛們都呆住了，其中一人立刻勸他。「三公子，無故不得深夜在宮門口喧譁，您快回去吧。」

趙傳煒沒起身，依然一聲一聲地喊。

景仁帝雖然聽不見，但很快就知道了，皺了皺眉頭。「讓他跪著，莫要理他。」

皇帝傳話，所有人都當沒聽見趙傳煒的喊聲。

趙傳煒就這樣跪在城門口，一聲一聲地喊，到了最後，聲嘶力竭，仍舊沒停下。雨越下越大，他的袍子都濕透了。

李太后也聽說了，她待在佛堂裡，手中的念珠越轉越快。

外頭雨下得大，瓊枝姑姑有些焦急。「娘娘，三公子自幼體弱，這樣會傷了身子。」

李太后停下動作，道：「這是他的坎，必須自己邁過去。他可以不來的，就像他阿爹一樣，接受命運的安排，從此一輩子不甘心，一輩子掙扎。瓊枝，這才是真正的男子漢，寧折不彎，可殺頭，不可受辱。他是個好孩子，三妹夫把他教得很好。」

她說完，便繼續唸經了。

晉國公府中，趙傳慶聽說了趙傳煒幹的事情，坐在太師椅上，一遍遍用茶盞蓋子刮茶上的浮沫。

心腹來報。「世子爺，老太爺有請。」

趙傳慶起身，去了趙老太爺的院子。

「爺爺，夜深了，您怎麼還沒歇著？」

趙老太爺讓他坐下。「我老了，沒那麼多覺可睡。你弟弟跪在宮門口，你不管嗎？」

趙傳慶嘆口氣。「爺爺，孫兒正在想辦法呢。」

趙老太爺看著他。「爺爺知道你是個顧全大局的好孩子，但這件事，沒有十全十美的法子。咱們家夠煊赫了，讓步些也無妨。人生短短幾十年，若是讓煒哥兒現在便抑鬱，這輩子還如何暢快？你們爺兒三個，個個夫妻和美，沒道理煒哥兒就要受委屈。」

趙傳慶聽了趙老太爺的教導，道：「爺爺，您說得對。阿爹說過，他辛苦努力，就是想讓家人過得好些。煒哥兒是我親弟弟，我維護他，阿爹肯定也贊同。多謝爺爺指點迷津。」

趙老太爺微笑。「當家人不容易，爺爺知道。辛苦你了。」

趙傳慶應下，出了趙老太爺的院子後，立刻去了祠堂。

他打開祠堂的大門，從正中央案桌的抽屜裡拿出一只木盒子，遞給心腹，要他送去給趙傳煒。

楊府那邊，楊寶娘聽說趙傳煒跪在宮門口，頓時坐不住了。

「阿爹，三郎這樣會送命的！」

楊太傅目光灼灼地看著女兒。「寶兒，這是他該做的。他是個好孩子，做了阿爹當年不敢做的事情！」

楊寶娘在屋裡走來走去。「阿爹，我不能讓三郎一個人承擔，我要去宮門口！」

楊太傅眼裡有些濕潤。「去吧，帶上傘。」

莫大管事親自駕車送楊寶娘到宮門口。

她一下車，撐著傘便跑上前。「三郎！三郎！」

趙傳煒回頭，聲音有些沙啞。「寶娘，妳怎麼來了？快回去！」

楊寶娘搖頭，也跪在他身邊。

趙傳煒接過傘，把楊寶娘摟在懷中，兩人共撐一把傘。

不久後，趙家的人來了，把盒子遞給趙傳煒。「三爺，世子爺要我把這個交給您。」

楊寶娘接過傘，趙傳煒打開盒子一看，頓時有些哽咽，那是晉國公的丹書鐵卷！

凡有爵位的人家，都有這個東西，關鍵時刻可以保命。有爵人家持丹書鐵卷，帝王不可不見！

趙傳煒心裡清楚，趙傳慶此舉冒了極大的風險。阿爹不在，他私自取了這個，外人定然會詬病，說他不孝，不把家族爵位放在心上。

楊寶娘不認得這個，問趙傳煒。「三郎，這是什麼？」

趙傳煒抬頭看她。「寶娘，這是我阿爹的丹書鐵券。」

楊家沒有這個，但楊寶娘也知道丹書鐵券的重要，大驚失色。

「三郎，用了這個，你阿爹的爵位會不會沒有了？」

趙傳煒搖頭。「不一定。丹書鐵券就像官印，沒了這個，阿爹還是晉國公，但只是個名頭，聖上可以隨時收回我們家的府邸和牌匾。」

楊寶娘立刻反對。「三郎，把這個送回去吧。」

趙傳煒凝視她。「寶娘，開弓沒有回頭箭。這是大哥親自給我的，別看現在是三更半夜，滿京城的人肯定都知道了。」

楊寶娘更是不安。「三郎，我不能讓你為我背負這麼大的罪名。」

趙傳煒的聲音有些嘶啞。「寶娘，我不後悔。以後，我會好生孝敬阿爹。妳莫怕，對我家來說，爵位只是錦上添花，阿爹的軍權才是最重要的。」

楊寶娘仍舊有些忐忑。「三郎，世人知道了，會不會罵我是禍水？」

趙傳煒把她額前濕答答的頭髮攏到腦後。「不會，世人最多說我是個糊塗蛋。」

楊寶娘被他逗笑了。「三郎，以後你要是後悔了，我要如何才能償還你的恩情？」

趙傳煒望向宮門。「寶娘，我不會後悔的。」

話音剛落，宮門開了，一道尖細的聲音響起。「宣晉國公三子趙傳煒覲見——」

趙傳煒起身，卻一個踉蹌，楊寶娘眼明手快扶住了他。

「妳先回去，等我的好消息。」

楊寶娘點頭。「好，你快進去，別淋雨。」

她把傘遞給趙傳煒，目送他進了宮門，然後門又關上了。

景仁帝本來已經歇下了，聽說趙傳煒捧著丹書鐵券求見，又爬了起來。

今晚他歇在御書房裡，讓人出去傳話後，便隨意坐在書桌前，拿著奏摺看起來。

趙傳煒一身濕的進來了，跪下磕頭行禮。

景仁帝皺了皺眉頭，吩咐張內侍。「帶他下去換身衣裳。」

張內侍有些為難，宮裡沒有外男，哪裡有趙傳煒能穿的衣裳？

景仁帝道：「取朕以前的舊衣給他穿，大些無妨，別凍病了。」

這種緊要關頭，他不能生病！

趙傳煒沒有堅持，放下盒子，對景仁帝行禮，跟著張內侍去換衣服了。

第三十七章　領差事上門提親

一會兒後，趙傳煒穿了一身寬大袍子過來了。這衣裳，還是張內侍扒了半天才找到的，是景仁帝的常服，上面沒有繡龍，趙傳煒穿了也不算踰矩。

進御書房後，趙傳煒又跪下了。「小子趙傳煒，驚擾聖上，請聖上賜罪。」

景仁帝低頭看奏摺。「說吧，你有什麼事情？」

趙傳煒道：「岳父告訴我，聖上要封寶娘當貴妃。」

景仁帝抬起頭。「你們不是還沒訂親，怎麼就叫上岳父了？」

趙傳煒據理力爭。「聖上，大哥和太傅大人有約。我阿爹已經寫了求親的信，二姨和二姨夫當媒人，過幾日就要去楊家提親。沒有提前告訴表兄，是我的過錯。」他改了口，改喊景仁帝為表兄。

景仁帝聽見他叫表兄，放下奏摺，走了下來。

因是半夜，景仁帝披散著頭髮，衣裳也穿得隨便得很。他仔細看著趙傳煒的五官，和李太后不怎麼像，和楊太傅似乎有一丁點相似，倒像是挑著兩人的優點長的，但和誰都不是特別像。楊太傅和李太后年輕時容貌不俗，趙傳煒的相貌在京城一干貴公子中，實屬上等。

景仁帝心想，倒是會長，親生的不像，外頭那個表親的，倒是和李太后長得像。

景仁帝猜測，趙傳煒不知道自己的身世，也不戳破。

「你是說，朕是個昏君，奪臣子兒媳？」

趙傳煒立刻磕頭。「小子不敢，只是來向聖上稟明實情。」

景仁帝笑了。「你來就來，怎麼還把三姨夫的東西帶來了？」

趙傳煒沒有起身，仍舊保持行禮的姿勢。「半夜敲宮門，實為不敬，是我的錯。」

景仁帝又問他。「你知不知道，這東西用了一次，就不管用了。」

趙傳煒悶聲回答。「我知道。」

景仁帝哼了一聲。「你阿爹的丹書鐵券，在你心裡，還不如個女人重要？」

趙傳煒沈默片刻。「聖上，在阿爹心裡，孩子們比爵位重要。」

景仁帝被這話頂得心口疼。「你是說朕冷酷無情？」

趙傳煒搖搖頭。「聖上是天下之主，心裡裝著天下，這些小事自然不重要；小子不一樣，身無寸功，就是個靠著爹娘吃白飯的人，心裡只能裝得下家人。」

景仁帝本來側著身子對他，聞言稍微偏頭，瞥他一眼。「你這樣鬧，是想讓天下人看你們趙家的笑話？」

趙傳煒又搖頭。「回聖上，只要我們一家和睦，天下人笑一笑也就過去了，最後還是要羨慕我們。」

景仁帝又感到一陣氣悶。「朕聖旨已下，你是想讓朕做個言而無信的昏君？」

趙傳煒再次行禮。「小子不敢，只是來稟明實情，還請聖上收回成命。」

景仁帝轉過身。「朕為什麼要收回成命？」

趙傳煒抬頭，目光灼灼。「表兄，寶娘不可進宮。」

景仁帝大怒。「放肆！」

趙傳煒仍舊盯著景仁帝不放。「求表兄成全我和寶娘，我們兩情相悅，早已訂下終身，她已經是我的人了。」

景仁帝聽見這話，將趙傳煒從頭看到腳，忽然哈哈大笑。「她是你的人？別讓朕笑掉大牙了，毛都沒長齊的小子，也能御女？」

趙傳煒被景仁帝笑得面紅耳赤。「表兄不信，您看看！」

他說完，從懷裡掏出荷包，從裡面倒出一幅畫。這荷包剛才被他揣進懷裡，有些濕了，幸好裡頭的畫還沒糊掉。

景仁帝接過畫像一看，少年郎含情，少女羞澀，便丟在一旁。「你阿爹讓你回京讀書，你就整日琢磨這些東西？」

趙傳煒撿起畫。「表兄，窈窕淑女、君子好逑。我雖不是君子，但大哥替我訂了親，我和寶娘多說兩句話，又怎麼了？」

景仁帝坐在旁邊的椅子上，沈默良久。

等了好久，他忽然低聲道：「你回去吧。」

趙傳煒抬頭看他。「表兄？」

景仁帝勉強笑了笑。「既然你們兩情相悅，朕就成全你們。不過，你記著你說的話，以後別後悔。」

趙傳煒點頭。「多謝表兄，我一定不後悔！」說完，他俯身告退，就要出去。

景仁帝又叫住他。「把你阿爹的東西帶回去，告訴慶哥兒，明兒來請罪。」

趙傳煒聽了，又皺起眉頭。

景仁帝盯著他。「還不快去。」

趙傳煒立刻抱著盒子走了。趙傳慶和景仁帝交情好，景仁帝最多罵兩句，不會有大礙。

壽康宮裡，瓊枝姑姑小聲告訴李太后。「娘娘，三公子出宮了。」

李太后嗯了聲。「皇兒答應過我的，定然不會食言。」

瓊枝姑姑笑。「聖上孝順，想來只是在氣頭上罷了。」

第二天，天沒亮，趙傳慶就進宮了。

散朝之後，他主動跪在御書房門口請罪。

百官們很疑惑，晉國公世子和景仁帝關係極好，怎麼會得罪了景仁帝？

有消息靈通的已經知道了事情的緣由，趙傳煒夜叩宮門，趙傳慶是兄長，自然要請罪。

景仁帝也不叫他起，等趙傳慶跪了個把時辰，才宣他進去。

御書房裡一個人都沒有，趙傳慶進來後，又跪下了。

景仁帝低頭批閱奏摺。「慶哥兒，你回京幾年了？」

趙傳慶回答。「回聖上的話，臣九歲回京，有二十年了。」

景仁帝又問：「你一個人，會不會想念父母？」

趙傳慶笑了。「聖上，臣想。但臣知道，父母也在想念臣，這就夠了。」

景仁帝看著這個陪伴了他二十年的表弟。「從你回京開始，從來沒對朕提過非分要求；朕交給你的事情，你都辦得妥妥貼貼。慶哥兒，這是你的真實面孔嗎？」

趙傳慶想了想，道：「聖上是天下之主，承社稷之重，殫精竭慮；臣是家中長子，承家族之重，也有資格放肆。臣雖不如聖上，也想學得聖上一二。」

景仁帝揮揮手。「你起來吧。昨夜煒哥兒胡鬧，朕已經教訓過他。」

趙傳慶立刻抱拳鞠躬。「都是臣教導無方。」

景仁帝讓他坐下。「煒哥兒大了，有自己的想法，你只是兄長，管不了也正常。皇兒們大了，朕一樣也管不了他們。」

趙傳慶只說了一句。「多謝聖上體恤。」

景仁帝又問：「你和楊家訂親，為何不跟朕說？」

趙傳慶又起身。「是臣的錯。」

景仁帝放下筆，走了下來。

「慶哥兒，你是朕的表弟，朕多年信任你。朕想把這天下治理得更好，卻處處束手束腳。朕重用先生，可先生卻不是為了朕；朕想用你，可你是三姨夫的兒子。」

趙傳慶立刻跪下。「家父與臣，對聖上忠心耿耿。」

景仁帝苦笑一聲。「朕知道你們忠心，可世事變遷，朕是帝王，不能不防。」

趙傳慶沈默了，半晌後回答。「聖上但有所命，刀山火海，臣莫敢不從。」

景仁帝拉他起來。「你替朕去做一件事情。」

趙傳慶低頭。「請聖上吩咐。」

景仁帝走到書桌旁。「趙傳慶接旨。」

趙傳慶跪下。「臣在。」

景仁帝揮筆，道：「朕命你五日後出京，任四品督軍，巡視邊防，查清東西南北四處駐軍人數、戰力和兵甲數量。朕給你半年到一年的工夫，若有所負，朕定要砍你的腦袋！」

趙傳慶回答得鏗鏘有力。「臣接旨！」

景仁帝幾筆寫完聖旨，交給張內侍，讓他蓋上大印，再跟朝中幾位重臣們商議，若無人反對，便發出去。

不巧的是，今日楊太傅告假，其餘五部尚書一致覺得，趙傳慶這個人選好。

各處駐軍情況，朝廷一直不清楚。朝廷想查，但各處不想讓朝廷知道，誰去查也查不明白，稍微好些無功而返；若是硬去查，有去無回都可能。

晉國公世子背靠晉國公這棵大樹，不管他去哪裡，至少性命無憂。且他去查軍務，如西北、鎮南王這兩處，不好不賣一點面子。西邊靠著大山，只有巡邊將士，不成氣候，好查得很。至於東南軍那裡，更不會馬虎。他去查此事，定能查出個七七八八。有這七七八八就夠了，景仁帝也沒指望能查得一清二楚。

趙傳慶心裡清楚，這一輪角力，說不上誰贏誰輸。景仁帝沒收走丹書鐵券，又不再提貴妃之事，但他要冒著風險去查軍務，而楊太傅在景仁帝面前，從此就抬不起頭了。

說起來，還是景仁帝占了上風，唯一犧牲的，就是先帝頭上的綠帽子。反正他自己是先帝親生的，至於先帝死了，李太后和前未婚夫偷生孩子，這種事情虛虛實實，過了幾年，誰還知道呢。

於趙傳慶來說，他也需要這樣的機會，向景仁帝表達趙家的立場和忠心。他能把差事辦好，趙家就更穩當，晉國公在外的負擔也小一些。

趙傳慶很滿意，弟弟的媳婦有了，他能出京辦重要的差事，還能乘機見見父母，姨母那邊的危機也解除了，倒是不錯。

雖然楊太傅不在，但五人贊同，就略過了他的意思。

不是楊太傅不想來，是他真的起不來了。因為擔心女兒和女婿，又受了傷，一根蠟燭兩頭燒，等知道趙傳煒抱著盒子回家後，一口氣鬆下來，就病倒了。

趙傳煒知道趙傳慶接下的差事之後，立刻跑去向他請罪。

趙傳慶見弟弟跪在自己面前，拉他起來。「昨晚淋了一場雨，有沒有著涼？」

趙傳煒有些慚愧。「大哥，是我替你惹禍了。」

趙傳慶笑了。「與你無關，朝堂裡的事，很多都不是表面看的那樣。你也大了，阿爹不在，我跟你說一說。」說完，讓趙傳煒坐到身邊，開始解釋。

「聖上是明君，想把天下治理好，但總有掣肘。兵者，國之大事，聖上早就想查了，可誰也不敢挑這個擔子，一個弄不好，不是丟了性命，就是身敗名裂。將在外，君命有所不受，士兵們認識皇帝是誰呢，還不是聽主帥的話。

「聖上要做事，總不能對朝廷的軍務糊塗。我與他交好多年，於情於理，都該助他一臂之力。這是我們表兄弟之間的情分，也是君臣之間的情分。阿爹知道了，也不會反對。」

趙傳煒點頭。「大哥，您放心，我會看好家裡的。」

趙傳慶笑了。「不要擔心，阿爹一天不倒臺，咱們兄弟去了哪裡都安然無恙。我跟你說句實話，當年阿爹不是沒有機會做皇帝。只是，阿爹說自己名不正、言不順，而且，當了皇帝，父不父、子不子，一家人互相防備，也沒意思。再說了，只要心裡裝著百姓，誰做皇帝都一樣。」

趙傳煒瞠目結舌。

趙傳慶繼續教導他。「過五日我就要出京城，你是家裡的男子漢，定要照看好家中婦孺。以後不要住在官學，每日回家吧。你是晉國公府嫡出三公子，氣派和頭腦都有，以前有我和阿爹在前頭頂著，顯不出你，這次你替我管一年家。若歷練出來，以後我也能輕鬆些。」

趙傳煒正色回答。「大哥放心。」

趙傳慶又囑咐他。「昨晚你做得很好，男子漢大丈夫，就要有血性。敲宮門算什麼，什麼時候能像你二哥一樣，獨自帶著幾個人深入敵營腹地，那才更暢快呢。」

趙傳煒笑了。「二哥勇猛機智，我比不了。」

趙傳慶拍拍他的肩膀。「明兒跟我一起去楊家提親。既然訂了親，就是大人了，要學會承擔責任。」

趙傳煒收起笑容。「好，我聽大哥的。」

楊家那邊，楊寶娘回去後，繼續守在楊太傅身邊，餵藥餵飯、擦汗擦臉，都親自動手。弟弟妹妹們聽了，都過來一起服侍。

陳氏聽說兒子病了，親自到前院探望。「鎮兒，你怎麼樣了？」

楊太傅有些虛弱。「兒子不孝，讓阿娘擔心了。」

陳氏摸摸兒子的額頭，又問楊寶娘。「太醫怎麼說？」

楊寶娘如實回答。「太醫說，阿爹休養幾日就好了。」

昨天楊太傅回來後，並沒有驚動後院。今日一大早，楊太傅告假，景仁帝又派太醫上門診治，陳氏才知道兒子生病了。

陳氏見楊寶娘滿臉疲憊，道：「寶娘去歇著，換妳兩個姨娘過來。」

楊寶娘看楊太傅一眼，楊太傅知道女兒一夜忙亂，沒怎麼歇息，便讓她回去。

兩個姨娘被叫來了，陳氏吩咐她們。「小娘子們年紀小，不方便照顧老爺，太太也不便，妳們兩個輪著伺候，一人一天。」

楊太傅不反對陳氏的安排，不然楊寶娘要累壞了。

豐姨娘年長，所以先來，安安靜靜，按照太醫的吩咐照顧楊太傅。

兩人許久沒見面，楊太傅見她仍舊是以前的模樣，主動開口。「這些日子，妳好不好？」

豐姨娘笑。「多謝老爺關心，妾在家裡有吃有喝，風吹不著、雨淋不著，日子好得很呢。倒是老爺，每日忙碌，身子都累壞了。」

楊太傅勉強笑了笑。「這些日子，我少去後院，妳安心帶著孩子們過日子。」

豐姨娘點頭。「老爺放心，我會好好的。」

楊太傅看著她，半晌後說：「對不起，是我誤了妳。」

豐姨娘使勁搖頭。「沒有的事。能跟著老爺，是我的榮幸，我願意給老爺做妾。」

楊太傅表情溫和。「妳很好。」

豐姨娘笑。「老爺這樣說，妾身很高興。」

楊太傅閉上眼睛。「過陣子，我幫默娘找個好婆家，多給她一些嫁妝。闌哥兒性子軟和，以後就算不會有太大出息，一輩子至少能衣食無憂，妳放心吧。」

豐姨娘輕聲回答。「多謝老爺，妾放心得很。」

楊太傅休息一天，隔天就好得差不多。

陳姨娘氣悶，她還沒來得及表現呢。

下午，趙家來人打招呼，說是明天要來提親。

第二天一早，楊太傅讓陳姨娘幫他洗漱，換上一身體面衣裳，又吩咐陳姨娘。「去告訴老太太，趙家來人了，讓寶兒穿得體面些。」

陳姨娘也知道楊寶娘要說給趙傳煒了，滿口好話。「老爺真會挑人，這門第、這人才、這家私，哪一樣不好！」

今日楊太傅高興，有心情和陳姨娘開玩笑。「妳放心，等淑娘長大了，我也給她找個好婆家。」

陳姨娘高興地對著楊太傅表白。「我就知道，表哥心裡是有我們母女的。」

楊太傅悔不該和她多說了，立刻揮手。「妳快去吧。」

陳姨娘高高興興地去了。

辰時四刻，趙家人和方家人一起上門。

本來按照正經規矩，先找個中間人來提，然後再請官媒上門。但趙傳慶過幾天就要離開京城，必須在走之前把事情辦妥。好在他和楊太傅已經口頭約定過，也算合規矩。

楊太傅穿得一身氣派，坐在外書房，方二郎帶著趙傳慶進來，趙傳煒跟在後頭。世子夫人王氏則和方太太一起，去後院拜訪陳氏。

方二郎進門，見楊太傅坐在上首，似笑非笑地看著他，不由一陣氣悶，但想到今日的任務，立刻滿臉堆笑，先抱拳行禮。

「下官見過太傅大人。」

趙傳慶兄弟在後頭跟著行禮。

楊太傅起身，做出請的姿勢。「稀客上門，請坐。」

方二郎和趙家兄弟分列兩邊而坐，小廝上了茶水，楊太傅又讓人叫來兩個兒子陪客。

方二郎主動開口。「聽說太傅大人身體抱恙，如今可好些了？」

楊太傅微笑。「多謝方將軍過問，好多了。」

方二郎繼續道：「那就好，朝堂上一日無太傅大人，大夥兒都覺得少了主心骨。」

楊太傅連忙謙虛。「有聖上在，社稷安，百官安。」

方二郎腹誹。呸，馬屁精！

他臉上依然帶著笑。「還是太傅大人會說話，我這樣的大老粗，總是說話不得體。」

楊太傅哈哈笑了。「方將軍不必過謙，這是你的好處。」

雙方又說了幾句閒話，方二郎直入正題。「不瞞太傅大人，下官受連襟所託，今日是來求太傅大人的。」

楊太傅嗯了聲，並不說話。

方二郎繼續陪笑。「貴府二娘子賢良淑德，京中人盡皆知。大人看我的外甥趙三郎，也是一表人才，求太傅大人許以貴女，我們定善待她。」

楊太傅又嗯一聲。「多少年了，方將軍終於跟本官說了句軟話。」

方二郎瞪起眼睛，趙傳慶立刻拿出信。「大爺，這是家父寫的信，請大爺親啟。」

楊太傅接過信，見上頭寫了四個遒勁有力的字：楊兄親啟。

楊太傅撕開封口，拿出信紙，一目十行看完了。晉國公求娶誠意足，並許下諾言，趙家子弟，四十歲無子方可納妾，有子則不得染二色。

楊太傅笑了。「還是趙兄弟會說話。」

方二郎忍了忍，又笑道：「太傅大人以為如何？」

趙傳慶聽著，呈上晉國公夫妻給的兩件信物。

楊太傅先看玉珮，仔細摸了摸，是塊好玉，看樣子是戴了多年的。再看那件小孩子的玩具，思緒有些恍惚。

這東西大概有三十年了，應該是他買給李三郎和李氏玩的。楊太傅仔細看了看玩具，然後放到旁邊的案几上。

「既然貴府誠心來求，我也沒有其他的話，只請善待我的女兒。」

方二郎笑。「太傅大人只管放心，別的我不敢打包票，就趙兄弟家裡，從來沒有哪個媳婦受過委屈。三姨妹的脾氣，您也是知道的，從來沒擺過婆婆的架子，兒子們的私事，她一概不管，媳婦們自由得很。」

楊太傅摸摸鬍鬚。「我聽說那晚煒哥兒淋了雨，可有著涼？」

趙傳慶笑著開口。「多謝伯父關心，有些小風寒，都好了。」意思是，風雨都過去了。

楊太傅聽懂了，點點頭。「你們費心了。」

趙傳慶俯首。「他自己願意，我做兄長的，只能鼎力相助。過幾日我就要出京，家裡還請伯父代為照看。煒哥兒年紀小，有些事情做得不周全，您儘管說他。」

楊太傅表情有些凝重。「此次查軍務，十分艱難。能查就查，實在為難，不必勉強，務必保全自己。你若不安，東南不安，則朝廷不安。」

趙傳慶點頭。「我知道了。」

楊太傅又提點他。「走之前多去拜訪幾家親戚，多託付幾個人，總是沒錯的。」

趙傳慶抬頭看他一眼，心裡清楚，封貴妃的風波過去了，楊太傅沒有受到任何損失。就景仁帝現在雄心萬丈的樣子，沒道理讓楊太傅繼續穩坐朝堂，指點江山，勢必會給他更艱難的任務。若是楊太傅走了，他也走了，兩家都是老弱婦孺，不得不防。

趙傳慶笑答。「多謝伯父提醒。」

方二郎聽得有些玄乎，雖然不懂，也知道這兩人是在打機鋒，見他們好像說完了，插嘴道：「今兒是來說親事的，不談國事。」

楊太傅摸摸鬍鬚，看向趙傳煒。「過兩日你再來，我問問你的功課，馬上就要府試了，若是能再得個案首，豈不更好。」

趙傳煒連忙起身道好，楊太傅又讓他坐下了。

方二郎喝了口茶。「老楊，你也就讀書的本事讓我嫉妒。」

楊太傅聽他喊老楊，也不客氣。「你嫉妒也沒用。」

方二郎哈哈笑了。「這樣說話才痛快，沒道理見個親戚跟上朝似的，還向你行禮。」

第三十八章　訂親事南下辦差

後院裡，王氏和方太太一進去，先向陳氏行禮，又和莫氏相互見禮。

陳氏笑咪咪地看著她們。「麗娘也來了，都坐。」

方太太和王氏坐在左邊，莫氏安靜地坐在右邊。

方太太看莫氏一眼，垂下了眼簾。她想起三十多年前，李太后被楊家退婚，就是因為這個女人橫刀奪愛。

這麼多年過去了，方太太已經釋懷，李太后富貴滔天，莫氏下輩子也趕不上。而且，方太太想到，楊太傅對李太后念念不忘，兩人還生了個孩子，這個聾子一輩子不得寵愛，心裡便覺得有些暢快。

呸，活該，都是妳的報應，誰叫妳搶人家男人！

陳氏笑看方太太。「時間真快啊，麗娘都兒孫滿堂了。」

方太太也笑。「楊伯母還是這般硬朗。」

陳氏道：「我不如妳阿娘命好，家裡的事一概不用操心。我們昆哥兒還小呢，我且再幫他照看幾年，等孫媳婦進門，我就能享福了。」

陳氏也不避諱，直接把自己家裡的難處說出來。

方太太沒接這話。「貴府小娘子們能幹得很，也能替大娘分擔。」

陳氏神情頓時驕傲起來。「可不是。不是我老婆子吹牛，我這三個孫女，論長相、論才幹，拿到哪裡都不丟人。最難得的是，她們雖不是同一個娘生的，卻和睦得很，從來沒吵過嘴，有什麼好東西都是一起分。」

王氏奉承陳氏。「貴府家教好，小娘子們和睦。」

陳氏心裡高興，也奉承王氏。「你們家的大娘子，在京城才是數一數二的，連我老婆子都聽說了。不管在宮裡還是外頭，沒幾個閨秀能比得上。」

王氏連忙謙虛。「她年紀小、輩分小，多守些規矩，總是沒錯的。」

幾人正說著，忽然來人傳話。「老太太，老爺說中午準備兩桌好酒席，留客人吃飯。」

陳氏一聽就明白了，外頭男人們已經談妥，要留飯。方太太和王氏也懂了，雖然還沒明說，這親事算是訂下了。

陳氏吩咐旁邊的嬤嬤。「去把三位娘子請來，見見客人吧。」

一會兒後，三姊妹連袂而來。楊寶娘走在最前面，穿得極為光鮮。兩位姨娘知道今日她訂親，都把女兒打扮得比較簡單，不搶她的風頭。

楊寶娘帶著妹妹們向方太太和王氏行禮，方太太拉過楊寶娘的手，上下打量，眼底有些動容，從頭上拔下一根金釵，插到楊寶娘頭上。

「好孩子，這個拿去戴著玩。」

楊寶娘謝過，方太太又分別給了楊默娘和楊淑娘見面禮。

陳氏笑著吩咐兩個大孫女。「妳們去廚房看看，讓他們置辦兩桌酒席。」

楊寶娘帶著楊默娘去了，楊淑娘留在這裡。

陳氏有心讓孫女露臉，楊寶娘也不能給家裡丟人，和楊默娘商議著，準備兩桌上等的酒席，要最好的廚娘精心伺候。

吃完酒席，前頭趙傳慶派人傳話給王氏。

「世子夫人，世子爺說，既然訂了親，夫人不在，長嫂如母，請世子夫人代為周全。」

王氏笑著讓人回丈夫。「告訴世子爺，我定辦得妥當。」

趙傳慶把話挑開了，王氏立刻滿口好話，對陳氏說：「楊伯母教導出的好孫女，真是四角俱全，我們全家喜歡得不得了。」

陳氏笑著謙虛。「她年紀還小，跟你們家的大娘子差不多呢，還請多為照看。」

王氏忙不迭點頭。「您老放心，妹妹一向懂事，以後我們定然和睦。」說完，對著楊寶娘招手。

楊寶娘紅著臉走過去，王氏從旁邊的丫頭手裡接過一個小匣子，打開一看，裡頭是一根璀璨華麗的簪子，一看就造價不菲。簪頂是一朵花，每片花瓣上都鑲嵌大小一樣、透亮純淨的紅寶石，花心則是一顆最大的寶石，這樣品相上好的寶石，極為難得。

王氏取出簪子。「阿娘不在，特意從福建寄來這根簪子，給妹妹插戴，願妹妹往後一切順遂。」說完，把簪子插在楊寶娘頭上。

楊寶娘屈膝行禮。「多謝大嫂。」

方太太撫掌而笑。「好了，以後就是一家人了。三妹妹真是好福氣，三個兒媳婦，一個比一個好。」

王氏打趣道：「二姨，我都是老菜幫子了，哪敢跟二妹妹比。」

方太太也開玩笑。「胡說八道，妳是老菜幫子，那我是什麼？老棺材瓤子？」

陳氏也接話。「不得了，麗娘是老棺材瓤子，那我就是老妖怪了！」

幾個婦人哈哈笑了。

趙家人和方家人又逗留一陣子，便告辭回去。

等客人都走了，陳氏把楊寶娘叫到身邊。

「如今有了人家，就不是小孩子了。明天開始，每天早上到我這邊來，家裡的事，妳都要管起來了。還有，剛才妳大嫂留了煒哥兒的尺寸，妳趕緊幫他做一身衣裳，從上到下都要有。」

楊寶娘心裡忍不住腹誹，古代的家庭婦女真不容易啊，不過想到趙傳煒讀書考科舉也辛苦，心裡不再抱怨，權當男女分工不同吧。

陳氏吩咐完，便揮揮手，讓她回去了。

另一邊，趙傳煒剛到家，還沒來得及偷偷高興，就被趙傳慶叫到書房裡。

趙傳慶給了他一顆印章。「你把這個收好，咱們家的護衛，憑你的臉，暫時無法全部調動。這是阿爹給的印信，見了這個，你有命令，他們再不敢推諉。記住了，無大事，不要動用他們。莊子上的一應補給，不能缺少。」

趙傳煒正色點頭，家裡有一批護衛住在莊子上，名為莊僕，暗地裡仍舊每日操練，輪流到府裡當差。

除了護衛，趙傳慶又告訴他密信管道。如何發、如何收，發了之後怎麼判斷是不是被人截走，收到後怎麼判斷真假。還有，若是收到假信，要怎麼處置。

趙傳煒第一次接觸到這些東西，心裡怦怦直跳。原來趙傳慶在京城，要管這麼多事。

除了這兩樣秘密之物，趙傳慶還囑咐他。「你還要讀書，其餘人情禮節，不用走動得太勤，我都交給了你大嫂，大節去重要親戚家裡拜訪，平日就罷了。我不在家，處處小心，謹守門戶。」

趙傳煒點頭。「我知道了。」

趙傳慶仍舊不放心，留下一個心腹，立刻讓趙傳煒寫信，說親事已妥，並稟報他要出京查軍務的事，及之前荷包的風波。

寫好了信，趙傳慶打發趙傳煒，從家裡的秘密途徑寄往福建。

接下來，趙傳慶繼續叮嚀他。「阿爹回信時，會在信的背面打一朵梅花印記，但這法子不確定是不是被外人知道了，所以要仔細看信的內容還有字跡。阿爹的字跡有時候會變，要學會辨認。」

趙傳煒再次點頭。「大哥放心，我會注意的。」

趙傳慶道：「你也不用太擔心，這麼多年了，暫時沒人敢動咱們家的東西。但以防萬一，阿爹才會時常考驗我們，怕我們失了警戒之心，被人算計。我出門後，你不可私自出京。等我回來，差不多過年了，你秀才的功名也該到手。若是名次好，明年你想去哪裡都行。」

趙傳慶絮絮叨叨交代趙傳煒許多事情，趙傳煒一一記下。

囑咐完弟弟，趙傳慶便去了趙老太爺的院子。

趙老太爺笑著看向趙傳慶。「慶哥兒要出遠門了？」

趙傳慶點頭。「是，以後家裡要多辛苦爺爺了。」

趙老太爺道：「你放心吧，家裡這些事，外頭的交給你弟弟，家裡的交給你大伯父。若是有人來搗亂，我找根繩子，到他們家門口上吊去。」

趙傳慶哈哈大笑。「爺爺言重了，不至於此。阿爹好好的，咱們家暫時穩得很。」

趙老太爺讓孫子坐到身邊。「你二十年沒出京城，到了外面，要多個心眼，不是所有人都是好人，你這差事又不一般，要牽扯到人家的命根子，肯定不會讓你輕易查清楚。有不明白的，先問你阿爹，他在軍營裡混了幾十年，比你知道得多。」

趙傳慶表情凝重。「多謝爺爺提點，孫兒知道了。」

趙傳慶在家裡忙碌幾天，分別到親友家和趙家本族辭行，又去了宮裡，向景仁帝道別。

景仁帝問他。「表弟預備先去哪裡？」

趙傳慶笑。「表哥，您給的差事太難，我準備從最簡單的做起。」

景仁帝也笑。「三姨夫怕是要打你。」

趙傳慶咧嘴。「我又不懂軍務，哪裡會查軍務？我先去找阿爹，把東南軍摸透，知道怎麼查、查什麼，再去別的地方，就算他們想蒙我，也蒙不了我了。」

景仁帝點頭。「路上小心，朕給你幾個大內侍衛，多帶些人，朕也放心些。千萬記住，保住自己的性命要緊。先去東南倒是可以，三姨夫為了支援你，自會幫你辦得周全。等去別的地方，依葫蘆畫瓢，也能知道個七七八八。」

趙傳慶行禮。「多謝聖上關心。」

景仁帝揮手。「跟朕去壽康宮。既然你要去福建，看看母后可有話要帶給三姨。」

表兄弟倆一起去了壽康宮，李太后高興地招呼他們坐下。

「哀家聽說慶哥兒要出京城辦差，真是又高興、又擔心。高興的是，你們親表兄弟，皇兒有這樣忠心的臣子，何愁天下不太平；擔心的是，雖說慶哥兒一向能幹，但外頭什麼樣的人沒有，可別吃了虧。」

趙傳慶笑。「多謝姨母關心，剛才表兄囑咐我許多話了。我會先去福建，不知姨母可有什麼話要帶給我阿娘？」

李太后雙眼發亮。「你要先去福建？那可真好，我十幾年沒見到你阿娘了。哎呀，明天我準備一些東西，你幫我帶過去。」

趙傳慶點頭。「好，姨母只管放心。」

李太后很高興。「我們小的時候，你阿娘最機靈，這麼多年過去，不知道她變成什麼樣子了。」

趙傳慶的目光有些飄忽。「我也十幾年沒見到阿娘了呢。」

李太后頓時紅了眼眶。「姨母知道，為了你表哥的江山，你受委屈了。去福建後，在那裡多住一陣子，就算晚回來幾個月，有我在，你表兄也不敢說你。告訴你阿娘，家裡父母和兄姊們，都很想她。」

趙傳慶應下。「姨母的話，我一定帶到，姨母也要保重身體。」

李太后留趙傳慶和景仁帝吃飯，囑託了趙傳慶一籮筐的話。

吃完飯，趙傳慶要出宮，景仁帝去保和殿，君臣兩人一路同行。

趙傳慶直接請託景仁帝。「表兄，我離開京城後，家裡老的老、小的小，還請表兄代為照看。」

景仁帝點頭。「你放心吧，只管去忙你的。之前朕在氣頭上，做的事情不體面，你也莫和朕計較。」

君王奪臣妻，雖然人家還沒正式下定，說出去也不好聽。好在景仁帝也沒吃虧，這會兒說起好話，臉皮厚得很。

趙傳慶連忙道歉。「是臣沒有提前跟聖上說一聲，中間才出了岔子。」

景仁帝也做起了好人。「聽說煒哥兒和楊二娘子訂了親，朕險些棒打鴛鴦，明日送他們一份賀禮，算是賠罪。」

趙傳慶又客氣。「聖上言重了。」

到了保和殿門口，趙傳慶跪下磕頭，行了大禮。「臣告辭了，請聖上保重龍體。」

景仁帝扶起他。「好，戶部侍郎快要告老了，朕等你歸來。」

趙傳慶仍舊保持躬身行禮的姿勢。「臣多謝聖上。」

景仁帝點頭，賜了五個大內侍衛給他，還讓戶部撥了一些銀兩。

回到家後，趙傳慶與家人一起吃了頓飯，第二天便帶著人馬出發了。

趙傳慶走後，趙傳煒感覺自己肩頭的擔子忽然重了。

他每天早起，習武之後便去向趙老太爺問安，詢問可有吩咐。然後又去王氏那裡，聽從長嫂的交代。

家裡的事情都有成例，不需要他做什麼。但他這樣鄭重，大家也不敢馬虎。

除此之外，趙傳煒也緊盯著下人，有人半夜吃酒賭錢，挨了他一頓軍棍，所有人立刻都老實了。

老天爺，趙傳煒看著斯斯文文，沒想到和晉國公一脈傳承。犯了錯，若是小事便罷，要是踩了他的底線，二話不說，先打一頓軍棍，打完再治傷。雖不會要命，也要痛好久。以往趙傳慶治家，還是以教導為主；趙傳煒不囉嗦，卻絲毫不手軟。

趙老太爺聽說後，二話沒說，送了些好東西給趙傳煒；王氏也送了些好吃的給他，表示他做得對。

趙傳慶走沒幾天，趙傳煒便在家中樹立起威信。

等官學放假，他先去莊子轉了轉，看看大家的衣食和起居。有誰家孩子大了的，該習武就習武，該學文就學文，讓侍衛們時刻感受到趙家的關心和暖意，而非把他們當牛馬驅使。

做完這些正事，趙傳煒又去找楊太傅請教學問。學堂放假和朝堂的休沐日一致，這也是為了方便官員們和家中子弟親近，便於指導兒孫。

再有十幾天就是府試，這些日子，趙傳煒忙得團團轉，家裡、功課、人情來往，他一樣都沒丟，全靠著一股毅力支撐。

很快，福建那邊有了回信，趙傳煒仔細看看筆跡，又琢磨語氣，確定是晉國公所寫，這才放心。

晉國公只叫他好生讀書，孝敬長輩，照看姪兒姪女，至於敲宮門的事情，隻字未提。李氏囑咐他，多去楊家請教功課，多關心未婚妻。

信中間還夾了一封信，趙傳煒一看，上面寫著楊兄親啟，知道這是給楊太傅的，也沒敢拆，打算送到楊家去。

這一日，趙傳煒從莊子回來後，直奔楊家。

門房知道他是未來的二姑爺，連忙把他帶到楊太傅的書房，楊家兄弟都在。

趙傳煒先行禮。「見過岳父。」又向楊家兄弟見禮。

起身見過，楊太傅讓他坐，要他呈上功課。

府試這樣的考試，楊太傅是不管的，他管的只有會試和殿試。但女婿要參加府試，他自然要認真對待，不說打聽題目，至少要好生指導一番。

趙傳煒除了完成官學的功課，楊太傅又單獨給他佈置功課，每一旬交一次。

參加府試的都是童子，不會考什麼高深的學問。這些東西對楊太傅而言都很簡單，但怎麼在簡單中出色，需要好生琢磨。

楊太傅於讀書上非常有天賦，趙傳煒雖然年幼，閱歷不如他，但做文章的靈氣毫不遜色。師父教得嚴謹，徒弟學得認真，彼此都滿意。

楊玉昆在旁邊跟著聽，明年他也要參加縣試了。

請教完學問，楊太傅又會和他們說些朝堂之事，比如哪個官員調動了，原因是什麼，做了什麼功績，或者有什麼關係，還是做錯事等等。

除了官員調動，楊太傅還會說起外頭官員們為了考評好看動的手腳，裡頭就黑暗了，他只略微講一講，讓他們心裡大致有數。講得最多的，還是如何處理差事。

楊太傅時常感嘆。「我這輩子，最遺憾的就是沒從父母官做起。等你們以後考上進士，一定要從縣令做起，了解一地民生，再慢慢往上升，這樣才能知道得更多，見識更多。」

三個男孩子聽得津津有味，有時還會插嘴問幾句，楊太傅便耐心講解。他當過皇子們的先生，皇子們多難伺候，他都得忍受，相較之下，自己的兒子和女婿實在太乖巧聽話了。

中午楊太傅會留飯，想讓兒子們和女婿關係好些，以後彼此都是助力。

吃過了飯，趙傳煒拿出晉國公的信，交給楊太傅。

「岳父，阿爹有信給您。」

楊太傅接過信，拆開一看，裡頭只有四個字：請立太子。

楊太傅哈哈笑了。「你阿爹倒是和我想到一起去了。」

趙傳煒聽了，沒有多問裡面寫什麼。晉國公不告訴他，想來不是他能過問的。

另一邊，楊寶娘不好到前院來，只能用心看著廚房做飯。

自從她訂親後，陳氏把家事全交給她，她從一個經常睡懶覺的小娘子，變成了每天打卡上班的小助手。

家裡的人這麼多，一天吃穿住行的事就有一籮筐。起初，楊寶娘事無鉅細，幹了幾天之後便發現，再這樣下去，她要變成活活累死的諸葛亮了，開始抓大放小，只盯著關鍵，比如各處的管事。

她提要求，讓管事們去辦，至於怎麼辦，她就不問了，這是放權。但放權並不代表撒手不管，定會檢查。

近日，楊太傅不想讓這對小兒女見面，但並不阻止他們之間互相送禮物。

每次趙傳煒過來，會替楊太傅打一壺好酒，買點心給女眷們，帶幾樣男孩子們喜歡的東西送小舅子們。除此之外，他還會特意給楊寶娘帶些精緻的禮物，都是小娘子們用的東西，像是花朵、胭脂水粉等等。

楊太傅從不過問，派人送到後院去。送東西給未婚妻的事，哪個少年郎沒幹過呢？

而楊寶娘得了趙傳煒的尺寸，利用每天的空閒工夫，仔細幫他做了一套衣衫。

等到趙傳煒考試前最後一次去楊家時，楊寶娘命人把衣衫送給他。

趙傳煒高興地接過衣衫，寶貝一樣地帶回去。

每次去趙家，趙傳煒都會跟趙老太爺和王氏說一聲；收了禮物，也會告訴王氏。

王氏見他收了楊寶娘做的衣衫，仔細看了看，忍不住誇讚。「楊二娘子的針線真好，三弟有福氣了。」

趙傳煒臉紅。「大嫂，我要不要回什麼禮？」

王氏笑了。「三弟別管，且去應考。等府試放榜後沒幾天，就是端午節，到時候送一份厚厚的節禮給楊府，裡頭加幾疋好料子，讓二妹妹做夏裳穿。」

趙傳煒對王氏躬身。「多謝大嫂周全。」

王氏笑著囑咐他。「三弟，這幾日家裡的事情，你就不要管了，好生考試。」

趙傳煒點頭，回去後繼續攻讀楊太傅給他的東西了。

第三十九章　立太子嘉和來訪

趙傳慶走後，楊太傅開始恢復上朝。

百官們都知道他和趙家訂了親，心裡各自思量。有罵他奸猾的，官都這麼大了，還找個這麼有權勢的親家；也有認為他藏奸的，與趙家一文一武，裡應外合，到底想幹啥？

景仁帝跟沒事人似的，楊太傅還朝第一天，還笑咪咪問候他。「先生的身體好了？」

楊太傅照常行禮。「多謝聖上賜下御醫，臣已痊癒。」

景仁帝點頭。「先生不在，朕身邊如少一智囊。想問什麼，總是找不到合適的人。」

楊太傅謙虛。「聖上過譽了，文武百官個個忠君愛國，皆是棟梁。」

景仁帝微笑。「先生與旁人，總是不一樣。」

皇帝主動遞了橄欖枝，楊太傅身為臣子，自然不能不識抬舉，仍舊每日兢兢業業。

馬上就是春收了，這一季的賦稅該收了。

每逢收稅，都是吏治最混亂的時候，楊太傅眼睛盯得死緊。

除了盯朝政，楊太傅沒忘記那四個字。趙傳煒去考試後，他突然在大朝會上上了一道奏摺，請立嫡皇長子為太子。

他忽然上了這道摺子，如同在熱火裡倒了一瓢水，大朝會頓時亂了。

景仁帝斥責楊太傅的事，知道的人不多，以為君臣是因政事爭執，鬧了不愉快。後來楊太傅生病養傷，景仁帝每日都賜下太醫和好藥。百官們最會察言觀色，看來楊太傅沒失寵。緊接著，趙楊兩家結親，更是大出眾人意料。楊太傅不光沒倒臺，還幫自己拉了個硬靠山，以後他對景仁帝叫板，豈不更有底氣。

至於之前的流言，景仁帝不放在心上，大夥也只是私底下傳一傳。反正景仁帝是先帝親生的，一看就像。至於那個小娘子，嘖嘖，誰管得了呢，如今成了趙家兒媳婦，敢動她試試，看晉國公敢不敢扒了你家祖墳。

做官做到一定位置，誰的屁股乾淨呢？若只論為官清廉不清廉，楊太傅真是個大清官了。但他唯一的把柄被景仁帝捏住，雖然沒徹底鬧翻，卻已經達成了種種交易。

景仁帝覺得楊太傅以後會更老實了，孰料他居然這樣搗亂。

大朝會上，景仁帝氣得臉色鐵青。要說誰不想立太子，頭一個就是景仁帝。

景仁帝覺得，他千秋鼎盛，皇子們年紀尚小，看不出優劣，早早立了太子，官員開始站隊，心思用在討好儲君和外戚上，政務都要荒廢了。

除此之外，大皇子一旦被立為太子，就成了眾人的箭靶，誰也不能保證他能不能順利撐到即位。這世上只有死了的太子，沒有退位的太子。

景仁帝僅有五個兒子，個個都寶貝。

楊太傅不跟他商議就請立太子，把百官們搞糊塗了。中間派心想，這難道是景仁帝的主意？這對師徒向來一個鼻孔出氣，不會是故意試探他們的吧？
嚴侯爺的人也蒙了，沒事先通個氣，怎麼就忽然請立大皇子了？
算了，有人衝在前頭，他們樂見其成，附和一下也無妨。
至於張侍郎和謝侯爺等人，也跟著附和。這兩人想的是，早早立了太子，省得世人以為他們兩家想奪嫡。
奪嫡的想法誰沒有，但有大皇子在前，他們不會去出這個頭。不如先讓大皇子當太子，以後的事情，以後再說吧。
百官們的思緒百轉千回，考量許久，意見居然達成一致，先後附和起來。
楊太傅低垂著眼，不去看景仁帝的臉色。「聖上，立嫡立長，非大皇子莫屬。先帝在時，諸皇子爭儲，致使國朝動盪，胡人入關，險些丟了大景朝江山。聖上宜早立儲君，以穩定朝綱，安天下萬民之心。」
景仁帝額前的旒冕遮住了他的臉色，雙眼沒有一點波動，平靜地接話。「愛卿為社稷朝綱著想，朕知道了。立儲君非小事，自然不能草率。」
楊太傅只是提醒景仁帝，不是非要現在就立太子，沒死揪著不放，便說起賦稅的事了。
下了朝，諸位重臣繼續在御書房議事，從春耕說到賦稅，又提到夏季可能出現的天災，還有今年城牆要加固，以及各地秋闈。

說了半天，景仁帝就是沒提立太子的事。

眾人漸漸品出了一些味道。

議事完，景仁帝單獨留下了楊太傅。

景仁帝坐著看摺子，聲音毫無起伏。「都說宰相肚裡能撐船，為何先生這般小氣？」

楊太傅正色道：「不知聖上說的是哪件事？臣一向毫無私心。」

景仁帝翻了一頁。「先生，朕原諒你對先皇不敬，怎麼還要替朕找麻煩？」

楊太傅跪下。「聖上，前朝後宮，從來是分不開的。如今諸皇子長大，都是一個爹生的兄弟，誰願意向誰磕頭呢？聖上不早些立太子，難道要諸皇子爭個你死我活嗎？」

景仁帝大怒，把奏摺狠狠摔到案上。「放肆！」

楊太傅眼裡毫無懼色。別看前幾日說起楊寶娘的事情，他理虧，只曉得磕頭求情，如今說起公事，又變成那個無所畏懼的太傅了。

「聖上，立了太子，諸皇子雖一時不服氣，但只要聖上穩住，略微扶持一把，太子有了威嚴，諸皇子自然臣服。而太子跟著聖上學習理政，也能替聖上分憂。聖上不必憂慮外戚作亂，嚴家無一兵一卒，縱有千條計，也只能在熱鍋裡打轉。

「臣為社稷想，方請立太子。立不立太子，與臣又有何干係呢？臣不會升官發財，臣也不是外戚。」

景仁帝本來還在生氣，聽見他這番無賴至極的話，頓時氣笑了。「先生真是為國為民，但先生心裡有過朕嗎？先生是想讓朕和父皇一樣，最後被人餵下一杯毒酒嗎？」

楊太傅抬眼看著景仁帝。「聖上，若有毒酒，也是臣先飲下。」

景仁帝的心一下子軟了下來。這個死老頭子，就是有本事讓人不忍心責罰他。

「先生起來吧。」

楊太傅起來了，站到一邊，看著景仁帝批摺子。

景仁帝問他。「聽說二妹妹和煒哥兒訂親了，明天朕送一份厚禮給先生，算是賠禮。」

楊太傅有些尷尬，若是景仁帝什麼都不說，他還是個鐵骨錚錚的太傅。這一聲二妹妹，讓他剛才還筆直的腰，一下子軟下來。

他頓了下，低聲回答。「多謝聖上關心，聖上日理萬機，些許兒女小事，不必牽掛。」

景仁帝笑了，說得很有人情味。「先生不用客氣，朕本來只有兩個姊姊，如今忽然多了個妹妹，關心她是人之常情。二妹妹不在母后身邊長大，先生一個人撫養她，也不容易。」

楊太傅的腰更彎了。「聖上，臣該死。」

景仁帝批著奏摺。「天家規矩重，父皇雖然不在了，朕也不能讓母后再嫁，再說了，先生還有妻室呢。有時朕想，父皇在時，三宮六院，母后獨自守著宮殿，等父皇去了，日子更是古井無波。朕只顧著讓母后吃好喝好，卻忘了母后也是個人，這是朕的疏忽。天下男人皆是妻妾成群，女人卻要守著寂寞過日子。都說先生不好女色，不也是一妻二妾。」

楊太傅額頭開始冒汗。「聖上，臣不配。」

景仁帝聽了，打住話，又開始說正事。

從此，景仁帝發現，但凡楊太傅和他因為朝政之事吵架，只要他問一句二妹妹近來如何，楊太傅立刻偃旗息鼓。

楊太傅當朝提出立太子，嚴侯爺雖然沒上朝，卻馬上就知道了。

嚴二爺滿臉喜色，嚴侯爺看都不看他一眼，帶著長子進書房。

嚴世子問道：「阿爹，這可是您的意思？」

嚴侯爺搖頭。「聖上春秋鼎盛，自然不想立太子，我們家豈能出頭。」

嚴世子擔憂。「就怕娘娘一個高興，直接衝上去。」

嚴侯爺嘆口氣。「咱們能看得開，娘娘是皇子親娘，自然會著急。婦道人家一著急，就會出亂子。」

嚴世子又問：「楊太傅不是一向不偏不倚，怎麼忽然請立太子？」

嚴侯爺哼了一聲。「這件事，怕是還出在露娘身上。趙家從來不是能吃一點虧的，楊鎮為了女兒，也小心眼起來。一輩子就被個女人套住，白費了一肚子才華。」

嚴世子低聲道：「阿爹，難道外頭的謠言是真的？」

嚴侯爺瞇起眼睛。「不管是不是真的，他和壽康宮那位，定然是不乾淨的。」

嚴世子說：「阿爹，立太子不是壞事。就算不立太子，大殿下是嫡長子，誰還能放過他，不如有個正經名分，也好行事。」

嚴侯爺嗯了聲。「既然楊鎮替咱們當了馬前卒，咱們索性推一把。你說得對，大殿下退無可退，只能往前衝了。你要多提醒他，這個時候，定要謙卑，做足姿態。」

嚴世子笑。「阿爹放心，大殿下最懂規矩，不管是對兩宮，還是聖上，包括下面的諸皇子公主，都是一絲不錯的。」

嚴侯爺點頭。「你在外頭也要謹慎，等會兒去告訴老二，要他把尾巴收一收。我不想看他那蠢樣子，你替我教訓他幾句。」

嚴世子聽了，岔開話頭，打趣道：「不知咱們這位聖上是怎麼想的，先皇頭上的綠帽子，他也能忍了。」

嚴侯爺摸摸鬍鬚。「咱們這位太后娘娘，真是好算計，一夜春風，圓了舊夢，又替兒子換來能以命相護的忠臣，這買賣划算。什麼綠帽子不綠帽子，先皇都爛成泥了，死人不管活人的事。沒道理女人死了男人能續弦，男人死了，女人就得苦巴巴的。再說了，若說貞潔，這天下男人沒幾個有貞潔的。」

嚴世子目瞪口呆，沒想到老父居然說出這種驚世駭俗的話來。

嚴侯爺教導他。「你莫要跟那些死腦筋的官員們學，有些規矩，該守的要守；有些規矩，就是擺著好看的。這回立太子，楊鎮也不全為了私心。他對聖上的忠心，滿朝文武，誰都比不上。不是誰都有勇氣，以肉身去擋惡徒的利刃。」

嚴世子點頭。「兒子知道，說起來，他對聖上是真沒話說。天底下，別說這種不能拿到明面上的關係，就算是真的繼父，又有幾個能做到這地步……」

嚴家父子在家說閒話，楊寶娘待在後院裡，又開始轉圈圈。無他，因為趙傳煒這兩天去考府試了。

楊寶娘好久沒看見他，楊太傅說了，沒過府試，兩人不許再見面！

楊寶娘只得乖乖學管家。

家裡的事，她早就理清楚了，陳氏開始教她管理外面的店鋪和莊子。正值春耕，陳氏手把手教兩個孫女如何和管事們打交道。

這日，楊寶娘把今天的家務都交代清楚了，陳氏打發她回自己的院子。兩個妹妹去家學，她訂了親，便不用再去。

她正閒著，忽然有人來傳，說嘉和縣主來了。

楊寶娘高興地提著裙子往外跑，在二門口接到了嘉和縣主。

嘉和縣主笑著打量她。「讓我看看，這訂了親的人，和以前有什麼區別。」

楊寶娘拍她一下。「妳趕緊訂親，不就知道有什麼區別了。」

嘉和縣主哈哈笑了，兩人一起去了陳氏的院子。

陳氏笑著招呼嘉和縣主。「妳母妃怎麼樣了？過年後，我就沒看到她了。」

嘉和縣主有禮地回答。「母妃安好，多謝老太太關心。」

陳氏又和氣地跟嘉和縣主說了幾句話，便打發她們小姊妹去了棲月閣。

到了棲月閣，楊寶娘把嘉和縣主帶到自己的書房，親自端茶給她。

「我家裡近來事情多，我還要跟著奶奶學管家，就少出門了。」

嘉和縣主哼了一聲。「訂親也不給我送個信。」

楊寶娘立刻道歉。「縣主娘娘恕罪，都是我的錯，我認罰，請您息怒。」

嘉和縣主抬眼看她。「真認罰？」

楊寶娘點頭。「但憑縣主娘娘吩咐。」

嘉和縣主笑了。「我哪裡敢罰妳，如今妳是有婆家的人了，聽說晉國公府的男人是出了名的護短，我要是罰妳，他們就該找我麻煩了。」

楊寶娘有些羞，去擰她的嘴。「明天我去告訴王妃娘娘，早日幫妳說個婆家，省得妳天天打趣旁人。」

嘉和縣主笑嘻嘻的。「天氣這麼好，咱們出去逛逛吧。去妳家花園也行，在屋裡悶著，多沒意思。」

楊寶娘點頭。「好，只要不出門就行。如今我奶奶和我阿爹都不讓我出門了。」

嘉和縣主又打趣。「有婆家的人了，自然不能隨便出門。」

楊寶娘去撓她的癢。「不准笑話我。」

兩個人鬧成一團，歪在書房裡的榻上。

笑過之後，楊寶娘吩咐喜鵲。「準備準備，我和縣主要去花園。」

喜鵲應聲，趕緊去了。

四月天，天氣正好，花園裡又是奼紫嫣紅，鳥鳴啾啾。

楊寶娘有些感嘆，不知不覺間，她穿越一年了，還訂了親，好像跟這裡越來越親近。

嘉和縣主先去盪秋千，她穿了一身名貴衣裙，秋千起伏中，裙襬飛揚，伴隨著她的笑聲，整個園子裡頓時熱鬧起來。

楊寶娘也被她的笑聲感染，跑到後面去推她。秋千越盪越高，嘉和縣主從大笑到尖叫，興奮得不得了。

等她盪了一會子，便強行把楊寶娘按上去。「也讓妳嘗嘗飛出去的滋味。」

秋千飛得老高，楊寶娘果然樂得尖叫。

丫頭們站在旁邊看熱鬧，那秋千結實得很，不用擔心，只跟著叫好。

最後，楊寶娘求饒，嘉和縣主才放她下來。

一下來，楊寶娘頓時覺得腳下發虛，嘉和縣主哈哈大笑。

兩個小娘子盪完秋千，又一起摘花。花園裡的花多得很，許多是專門給人摘的，楊寶娘便不矯情。入鄉隨俗嘛，她不摘，花匠要擔心自己丟飯碗了。
她摘了花，選兩朵插在頭上，也讓丫頭們戴。
在花園裡遊玩許久，兩人有些累了，楊寶娘帶著嘉和縣主回棲月閣，稍微梳洗一番，丫頭便擺上了午飯。
小姊妹倆坐著一起吃，楊寶娘還倒了兩杯果酒。
她先端起酒杯。「這麼久沒去找妳玩，是我的錯，我向縣主娘娘賠罪。」
嘉和縣主也端起杯子。「我沒來找妳，也有一半的錯。」
楊寶娘笑。「那咱們一起乾了，以後還像以前一樣。」
小姊妹倆，妳敬我一杯，我敬妳一杯，一邊吃菜、一邊說笑，小臉蛋很快就紅撲撲了。
吃過飯，兩人躺在楊寶娘的大床上。
嘉和縣主忽然問：「寶娘，妳和趙三公子，是不是一見面就看對眼了？」
楊寶娘有些啞然，不知該怎麼回答，沈默一下，道：「嘉和，我就是覺得，跟他在一起，挺高興的。」
嘉和縣主笑起來。「這就對了，妳願意和他在一起，他也喜歡跟妳在一起，這大概就是看對眼。」
楊寶娘也笑。「妳倒是知道得多。」
嘉和縣主撇嘴。「沒吃過豬肉，我還沒見過豬跑不成？」

楊寶娘擰她。「妳才是豬呢。」

嘉和縣主又笑。「妳跟趙三公子好，我也高興呢。」絲毫不提朱翌軒的事。

她心裡清楚，楊寶娘對自家二哥無意，強扭的瓜不甜。楊寶娘又不是小戶人家女子，可以強迫她。

朱翌軒順風順水慣了，是該受些挫折了。之前楊寶娘沒訂親，朱翌軒表露心意後，她便不去郡王府了，如今訂了親，更不會去。

嘉和縣主在心裡嘆口氣，這世間的姻緣，不是誰來得早，就是誰的，朱翌軒終究還是差了些緣分。

第四十章 釋情懷闔家團聚

此時，朱翌軒正在南平郡王府的校場上跑馬，臉上沒有半點表情。

那天夜裡，趙傳煒在宮門口跪了近兩個時辰。南平郡王府的人很快就得到消息，朱翌軒覺得事情不對勁，悄悄摸了過去。

他到時，趙傳煒正跪在大雨中，一遍遍對著宮門大喊求見聖上。

他不知發生了什麼事，但能將晉國公的嫡子逼到這個程度，必定不是小事。他在不遠的地方盯了許久，最後，等來了楊家的馬車。

他眼睜睜地看著楊寶娘跟他共撐一把傘，依偎在一起，跪在宮門口。

朱翌軒感覺自己的心彷彿被陣陣凌遲，想衝過去，又不知去了能說什麼。要他們分開？要他們不許摟在一起？

於是，他面無表情地回去了。

趙傳煒夜闖宮門第二天，南平郡王叫朱翌軒去書房。

「軒哥兒，你如今是世子了，要不要找份差事？」

朱翌軒抬頭。「父王，我能不能去考科舉呢？」

南平郡王搖頭。「你一出生就是天家子孫，何苦去同那些寒門子弟爭搶？」

朱翌軒有些失望。「父王，是不是我當了世子，從此什麼事都由不得自己？」

南平郡王看他一眼。「就算你不是世子，這世上有許多事，也不是能由著自己的。」

朱翌軒還是不甘心。「父王，年前您答應兒子去找皇伯父賜婚，是皇伯父不答應嗎？還是太傅大人不肯？」

南平郡王道：「軒哥兒，前幾日，皇后娘娘上奏，選官家淑女充實內廷。貴妃之位空懸，楊氏女可居之。」

朱翌軒追問道：「父王，娘娘上本，不是剛發生的事？兒子年前就求了父王。」

南平郡王知道，不能隨便糊弄他。

「軒哥兒，人家的心不在你這裡，要回來有什麼用呢？」

朱翌軒被這句話揭開傷疤，眼睛紅了。「父王。」

南平郡王從案桌後走出來。「天下女子那麼多，何必死揪著楊家女子？她身分複雜，咱們家不能攪和進去。」

朱翌軒的聲音忽然大起來。「父王，就算她是皇祖母生的，和我又沒有血親。」

南平郡王大怒。「放肆！」

朱翌軒低下頭。「父王，兒子心裡難過。」

南平郡王放軟了聲音。「軒哥兒，人活一輩子，不光是只有兒女情長。你年紀小，以前沒見過幾個小娘子，楊二娘子天天跟你妹妹在一起，你喜歡她，也是常理。等選秀過了，讓聖上賜個溫柔體貼的世子妃給你，再立兩個側妃，你慢慢便能忘了她。」

朱翌軒哽咽起來。「父王，兒子忘不掉。」

南平郡王摸摸他的頭。「明天我去求聖上，給你一份差事，你有事情做，就不用想那麼多了。男子漢大丈夫，當志存高遠，你又是皇家子弟，更應該想著如何為聖上分憂，為黎民謀福祉。」

朱翌軒應下。「兒子聽父王的。」

南平郡王拍拍他的肩膀。「父王對不起你，並沒有去找你皇伯父，也沒去問楊太傅。那日，趙家兄弟從楊家出來，父王就知道，趙楊兩家怕是要聯手了。他們原是故交，這中間的水太渾，連聖上都不敢輕舉妄動。父王無用，讓你受委屈了。」

朱翌軒忍不住掉下眼淚。「父王，都是兒子沒用。寶娘心裡沒有兒子，強求來了，又有什麼用呢？」

南平郡王點頭。「你能想明白就好。」

父子倆說了一番知心話，朱翌軒再不提寶娘二字。

過了幾日，南平郡王去求景仁帝，景仁帝也喜歡這個姪子，給了他一個體面的閒差。

從此，朱翌軒用心當差，早出晚歸，功課也沒落下，整日忙忙碌碌。

嘉和縣主從楊家回去後，興高采烈地去找郡王妃。路過二門時，遇見了朱翌軒。她屈膝行禮。「二哥。」

朱翌軒微笑。「妹妹去哪裡了？」

嘉和看看他的臉色，好像沒什麼不對勁，索性實話實說。「我去了楊家。」

朱翌軒嗯了聲。「寶娘訂親了，妳是她好姊妹，原該去賀一賀。」

嘉和縣主聽了，心裡頓時難受起來。楊寶娘訂親，因趙傳慶急著離京，辦得匆忙，一個客人都沒請，朱翌軒卻知道了。

「二哥，寶娘過得很好。趙三公子中了縣試案首，這幾天考府試去。楊寶娘在家替他做衣裳、繡荷包、畫畫。」

朱翌軒忽然大喊：「妹妹！」

嘉和縣主頓住。

朱翌軒揮揮手。「妹妹跑了一天，也累了。母妃在等妳，快去吧。」說完，頭也不回地走了。

嘉和縣主看著他的背影，心裡更難過了。

二哥，若我不說兩句狠話，我怕你越來越難受。

朱翌軒快步走出去，回了自己的院子，又想起那個雨夜，那對依偎在一起的人。

後來，他知道了內情，是景仁帝相逼，趙傳煒取了丹書鐵券去求情。

朱翌軒捫心自問，他能為楊寶娘做到這個地步嗎？他不知道，也從沒遇過這些事情。自他出生開始，便萬事順遂。等到了懵懂之年，自然而然喜歡上漂亮的小娘子。他好像從沒為楊寶娘做過什麼，就是嘴上說喜歡。

他以為兩人門當戶對，親事不過是水到渠成，孰料景仁帝和趙傳煒先後攪和進來。

朱翌軒想著，自己笑話自己，什麼都做不了，光喜歡有個屁用？

千里之外，趙傳慶終於到了福建。

都說近鄉情更怯，趙傳慶明明是離鄉，內心卻越來越慌張。

二十年了，他離開泉州時，還是個九歲的小娃。那時候，大妹妹還活著，他們一家子住在清泉山下的小宅子，日子熱熱鬧鬧的。

後來，晉國公做了統帥，他回京當質子，從此，再未踏出京城一步。這二十年間，大妹妹夭折，昔日的皇子當了皇帝，李氏又生了弟弟妹妹，他自己也兒女成群了。

南方的天氣比較暖和，趙傳慶一路走、一路減衣衫，等到泉州府城門口時，身上只剩下一層單衣了。

趙傳慶下車，站在城門口，久久不語。

城牆大致還是原來的樣子，城門口進進出出，人非常多，比以前熱鬧。

這些年，泉州成了重要的港口，朝廷官船都從這裡進出，一日比一日繁華。

身邊人提醒他——「世子爺，咱們進去吧。」

沒等趙傳慶再上車，忽然，前面有輛普通的馬車動了，一位衣著日常的婦人下了車。

那婦人快步趕來，在十幾尺遠的地方停下腳步，雙眼含淚。「慶哥兒，是你嗎？」

趙傳慶看清婦人的臉，淚水瞬間落下，立刻拔足狂奔過去，雙膝一軟，跪在她面前。

「阿娘，兒子來了。」

晉國公夫人李氏一把將兒子摟進懷裡，嚎啕大哭起來。

趙傳慶把頭埋在她懷中，也忍不住哽咽。「阿娘，兒子不孝，不能在阿娘跟前伺候。」

李氏什麼話都說不出來了，一邊哭、一邊摸兒子的頭。

李氏這一哭，驚得路人都湊過來看。有眼尖的人，認出這是元帥府的夫人。

趙傳慶帶來的人走上前，一起跪下，口稱夫人。

李氏的隨從機靈，立刻回去報信了。

李氏哭了足足兩刻鐘，哭得喘不過氣。

趙傳慶先是跪著，後來起身，不停地幫她擦眼淚。「阿娘莫哭，兒子要在這裡住一陣子，咱們先回去吧。」

李氏漸漸停住哭泣，把兒子從頭到腳摸了好幾遍，摸得趙傳慶頭上的玉冠都歪了。

她又哭了起來。「阿娘離開京城的時候，你還是個少年郎呢。這麼多年過去，長成男子漢了。」

趙傳慶笑。「男子漢不好嗎？可以保護阿娘。」

李氏破涕為笑。「好，好，你什麼樣子，阿娘都喜歡。」

有個小娘子上前，向趙傳慶行禮。「大哥。」

趙傳慶偏頭看她。「二妹妹都長這麼大了。」

李氏一邊擦眼淚、一邊說：「怎麼不把孩子們帶來？」

趙傳慶解釋。「兒子是來辦差的，不好攜家帶眷。」

李氏點頭。「阿娘等了多日，終於等到你了。」

趙傳慶又紅了眼眶。「兒子不孝，讓阿娘擔心了。」

李氏溫柔地看著兒子。「誰說的，慶哥兒最孝順不過。」

母子倆正說著，城門裡忽然衝出一人一馬，馬上的青年一邊策馬狂奔、一邊大喊：「大哥！大哥！」

趙傳慶極目望去，一眼認出了二弟趙傳平。

李氏鬆開了趙傳慶，趙傳平一下馬，立刻跑過來。「大哥，你總算到了。我剛回家，聽到消息，衣裳都沒換就趕來了。走，咱們回家，今天不醉不歸！」

趙傳慶點頭。「好，不醉不歸！」

兩兄弟一起看向李氏，李氏笑道：「回去吧。」

母女倆上了車，趙傳慶和趙傳平騎馬護著，後面跟了幾輛馬車，都是京中各家親戚送的禮物。

到了元帥府門口，甄氏帶著兩子一女和家裡下人在大門口迎接。

人一到，所有人先向李氏行禮，再鄭重見過趙傳慶。

一家人到了正院，分主次坐下。

李氏把趙傳慶拉到身邊坐，慈愛地拍拍他的手。

甄氏對李氏說：「阿娘，大哥的院子已經安排好了，就在正院東邊。」

李氏想了想，吩咐道：「妳大哥住一陣子就要走了，別安排院子，就住我這裡。西廂房空著，等會兒妳讓人整理好。先去準備熱水，讓妳大哥洗漱。」

甄氏點頭，急忙去安排了。

李氏看向趙傳慶。「這一路過來，路上怎麼樣？」

趙傳慶低聲道：「還算好，就是帶的東西太多，兒子不敢走快。」

李氏又問：「你爺爺和外公外婆的身子怎麼樣？煒哥兒聽話不聽話？你媳婦跟孩子們好不好？」

趙傳慶一一回答。「爺爺身子骨硬朗得很，還能跑馬呢。外公整日養花遛鳥，外婆偶爾腰疼，別的還好，姨母時常派太醫過來，一直細細調養著。這些日子，三弟用心讀書，推算日子，大概已經過了府試。幾個孩子都好得很，燕娘該說親了，還想請阿爹阿娘拿個主意；婉娘還小呢，有些淘氣；雲陽整日跟著三弟讀書，越發進益了。」

李氏嘆口氣。「這一大家子都指望你，這些年，你辛苦了。」

趙傳慶笑得溫柔。「不光兒子一個人辛苦，阿爹和二弟在外守邊疆，更辛苦呢。」

李氏笑了。「多住一陣子再走。」

趙傳慶點頭。「好，兒子還要向阿爹和二弟請教呢。兒子於軍務，一竅不通。」

趙傳平插話。「大哥，今天咱們一家團聚，不談差事。我已經讓人去請阿爹，很快就回來了。」說完，對著自己的幾個孩子招手。「去見過伯父。」

三個孩子站成一排，齊齊跪下，向趙傳慶磕頭。「見過伯父。」

趙傳慶連忙起身，扶起姪兒姪女。「又不是外人，行這樣大的禮做什麼？」

李氏笑著解圍。「三個孩子頭一次見親伯父，磕個頭也不過分。你要是覺得不好意思，多給些見面禮就是了。」

趙傳慶兄弟一聽，都哈哈笑了。

親娘發話，趙傳慶自然照辦，將準備好的見面禮拿出來，一一塞給姪兒姪女。

二房的兩個兒子趙雲輝和趙雲起，比趙雲陽還大一些，趙傳慶問了他們的功課，拍拍他們的肩膀，讓他們回去坐，又對妹妹和姪女招手。

姑姪一起上前，趙傳慶先看著趙婧娘。「阿娘，婧妹妹都長這麼大了。」

李氏點頭。「可不就是，時間快得很。」

趙傳慶本來想問問趙婧娘的親事，又怕她害羞，忍住了，溫和地跟姑姪倆說了幾句話，把從京中帶來的時興首飾分給她們。

見過了孩子們，趙傳慶又拿出一份禮單。「阿娘，兒子臨行前，外公外婆、兩位姨母、丁家大爺、張侍郎家裡都有東西托兒子帶來，轉呈阿爹阿娘，兒子也備了一些東西。單子都在這裡，請阿娘過目。」

李氏接過單子，一家一家仔細看，一邊看、一邊問各家的情況，故人們好不好？趙傳慶有問必答，母子倆說得很是熱鬧。

一會兒後，外頭人紛紛行禮，晉國公回來了。

趙傳慶起身，快步走到門口。

晉國公兩隻腳剛踏進門檻，趙傳慶就跪了下來。「兒子見過阿爹。」

晉國公雖然沒像李氏那樣嚎啕大哭，但眼眶也紅了，強行忍住淚意，拉起了趙傳慶。

「慶哥兒來了。」

趙傳慶聲音又哽咽了，嗯了一聲。

晉國公拉著他的手，父子倆一起坐到李氏身邊。

他又看了看趙傳慶，道：「多年不見，我兒長大了。」

趙傳慶眨眨眼，怕自己掉淚。「阿爹風采依舊。」

晉國公拍拍他的肩膀。「慶哥兒莫要悲傷，今日團聚，是喜事。咱們爺兒幾個，好生喝兩杯。」

趙傳平笑。「可惜三弟不在。」

趙傳慶打趣道：「二弟莫要自作多情，這會兒三弟怕是捨不得離開京城的。」

趙傳平愣了一下，隨即明白，頓時拍著大腿笑。「大哥，我還以為你是個正經人，怎麼也開這樣的玩笑！」

大人們笑起來，孩子們聽不懂，但也跟著笑了。

大家正笑著，甄氏回來了。「阿娘，都準備好了。」

李氏起身，拉著趙傳慶的手，親自帶他去西廂房。

「這屋子一直空著，你也住不了多久，就跟阿娘擠在一個院子裡吧。」

趙傳慶點頭。「兒子正有此意，想和阿爹阿娘多親近些。」

李氏吩咐下人。「幫大爺備熱水。」說完，看向兒子。「你洗個熱水澡，衣裳準備好了，是我和你妹妹做的，都是家常料子，穿著舒服得很。」

趙傳慶拱手。「辛苦阿娘和妹妹。」

李氏拍拍他的手，先出去了。

等趙傳慶洗漱時，一家人移到正房，甄氏讓人準備上酒菜。都是自家人，不分裡外。

李氏讓人上了大圓桌，大家團團圍坐。那桌子中間有個軸，還能轉動，吃菜時就不用只看著面前兩樣了。

晉國公夫婦坐在上首，等趙傳慶來了，夫妻倆直接讓他坐在中間。

但趙傳慶在京中整日和百官勛貴打交道，守禮守慣了，如何肯坐？

晉國公發話。「慶哥兒，你坐下。這裡不是金鑾殿，沒那麼多規矩。我們是你的父母，十幾年不見，你阿娘想你想得眼淚流了兩缸，你坐我們中間，讓我和你阿娘好生看看你。」

趙傳慶聽見父親這樣說，不再拒絕，坐在他們中間。

李氏親自為兒子盛飯盛湯，替他夾菜，連魚刺都幫兒子挑了。

等忙完了，她看向孫子們。「奶奶十幾年沒看到你們伯父了，這些日子，就讓奶奶和他多相處。奶奶要是忽略了你們，等你們伯父走了，奶奶再補償。」

二房兄妹三人連忙搖頭，表示自己不會在意。

晉國公微笑，舉起酒杯。「慶哥兒，這些年一個人在京城斡旋，辛苦你了。」

趙傳慶連忙起身。「阿爹折煞兒子了，要不是有阿爹這根定海神針在，兒子在京城算什麼呢？」

要是年少時候，趙傳慶就會直接說兒子算個屁了，但看到妹妹和姪兒姪女們都在，說話不敢放肆。

晉國公按下他。「別起來，坐著好生吃飯。十幾年過去，不知你的口味變了沒有？你阿娘抱著菜單看了十幾個晚上，添添減減，你就算不喜歡，也要多吃一些。」

這話不假，自從知道趙傳慶要過來後，李氏忙得團團轉，一會兒說要替兒子準備吃的，一會兒說要帶兒子去哪裡玩，還領著女兒親自幫他做了好幾身衣裳。算著日子差不多，便天天到城門口等候。

李氏嗔怪丈夫。「笑話我做什麼，你不也抱了一堆文書回來，寫了好些東西給兒子。」

晉國公笑了。「娘子說的是。我想兒子，又不犯法。」

趙傳慶幫父母各夾了一筷子菜。「兒子不在身邊，還請阿爹阿娘多保重身體。」

趙傳平默默看著父母和趙傳慶說話，並未插嘴。上一次，他還是在京城中武進士的時候見過趙傳慶，好幾年沒見了，趙傳慶的容貌有了些變化。

三十歲的趙傳慶，略微蓄起鬍鬚，不再是年少時的神采飛揚，更多的是中年人的內斂和沈穩。因在京中是一家之主，身上的氣勢越發威重。他混跡朝堂，說話做事從來滴水不露，今日難得真情表露。

聽父母和大哥說了一會兒話，趙傳平端起酒杯。「大哥，我敬您一杯。」

趙傳慶也端起酒杯。「這些年，辛苦二弟一個人孝順父母，該我敬你才是。」

趙傳平咧嘴。「大哥還跟我客氣。」

兄弟倆都笑了，喝盡了杯中酒。

二房兩個男孩也起身，向趙傳慶敬酒。趙傳慶慈愛地囑咐他們許多話，並邀請他們回京城玩耍。

一家人一邊說話、一邊吃飯，熱熱鬧鬧過了近一個時辰，這頓飯才吃完。

酒席散了之後，趙傳平帶著妻兒們回了自己的院子。

兒女們走後，他囑咐甄氏。「這些日子，家裡的事，妳多用些心，別讓阿娘分神。」

甄氏點頭。「官人放心吧，我會看著家裡的。」

趙傳平嘆口氣。「大哥真不容易。」

甄氏也附和。「可不是，大哥真能幹，小小年紀，一個人在京城面對那麼多豺狼虎豹。要是換成官人，不早哭著跑回來了。」

趙傳平瞪起眼睛。「胡說，我雖然不如大哥，也沒妳說得那麼窩囊。」

兩口子說著說著，又鬧成了一團。

正院裡，李氏拉著趙傳慶，絮絮叨叨說了許多話。

時辰已晚，晉國公不得不打斷她。「姝娘，慶哥兒趕了上千里路，讓他早點歇下吧。」

李氏連忙住口。「都是阿娘的錯，你阿爹說得對，你趕緊去歇著，有事明天再說。」

趙傳慶應下，聽從父母安排，去西廂房休息了。

第四十一章 骨肉親夫婿送簪

第二天，天還沒亮，李氏就起床了，親自去廚房，帶著下人為趙傳慶做了豐盛的早飯。

晉國公起來後，拉著趙傳慶在園子裡打拳練劍。

「煒哥兒回京後，有沒有繼續習武？」

趙傳慶跟著父親打拳。「阿爹放心，三弟勤快得很，文武都沒丟下。我看他年前為了楊二娘子的事分神，還擔心他的考試，孰料他竟考個案首回來。過幾日，說不定府試的好消息就來了。」

晉國公遞給趙傳慶一把劍，跟他對練。「你是長兄，他若做得不對，只管管教他。」

趙傳慶又請罪。「之前兒子沒問阿爹的意思，就取了丹書鐵券，請阿爹責罰。」

晉國公揮出一劍。「不過一塊破銅爛鐵，能換個兒媳婦回來，也是不錯的。」

趙傳慶笑。「還是阿爹豁達。」

晉國公帶著他活動了一會兒身體，一家三口才到正房吃飯。

李氏替他們父子盛飯。「等會兒平哥兒還要出去，兩個孩子去讀書，一大早就沒叫他們過來。今日官人去不去衙門？」

晉國公幫李氏剝了顆雞蛋，又把裡面的蛋黃弄出來放到一邊，把蛋白放進李氏碗裡。

「今天我不去了，這陣子也沒什麼事。慶哥兒好不容易來了，我多陪他幾天，過幾日有得忙呢。」

李氏看向兒子。「快吃，別光看著。」

趙傳慶端起碗。「阿娘還親自做飯，倒讓兒子不安了。」

李氏笑。「我又不動手，就是看著她們做。你想吃什麼？我中午弄。」

趙傳慶喝了口粥，想了想，報了幾樣小時候李氏做的吃食。「兒子十幾年沒吃了，旁人都做不出阿娘的味道。」

李氏又想哭了，忍住淚，夾了一筷子小菜放進他碗裡。

「阿娘老了，做菜沒以前好吃了。」

趙傳慶拍馬屁。「阿娘不老，一根白髮都沒有，看起來年輕得很。」

李氏笑起來，一家三口親親熱熱吃了頓早飯。

吃了飯之後，李氏有些為難，她想跟兒子待在一起。可兒子都三十歲了，她也不知道怎麼帶他玩。

於是，晉國公在花園閣樓裡擺了棋局，爺兒兩個下棋，李氏便帶著女兒在旁邊做針線，給他們父子端茶倒水。

晉國公問趙傳慶。「聖上可有讓你帶話？」

趙傳慶搖頭。「並沒有。」

晉國公看向女兒。「婧娘，去告訴妳二嫂，中午多備些這邊的海鮮，讓妳大哥嚐嚐。」

趙婧娘忙放下針線筐，去找甄氏。

等她走了，晉國公又問趙傳慶。「你觀聖上此次，意欲何為？」

趙傳慶謹慎地落下一子。「依兒子看，表兄就是想整頓軍務，並不插手官員任命。」

晉國公敲著手裡棋子。「咱們這位聖上，如今看來是雄心萬丈。」

趙傳慶看他。「阿爹，兒子該怎麼做？」

晉國公從棋盤上收了幾個子。「該怎麼做就怎麼做，你是辦皇差，又是這麼重要的事情，不能馬虎，定要辦得妥當。過幾日，我帶你去軍營，好生跟你說一說。」

兩人說話間，趙傳慶又失了一個角落。

晉國公笑。「滑頭，你輸給聖上也就罷了，到了老子面前還藏拙？」

趙傳慶也笑。「被阿爹看出來了。兒子本想輸阿爹幾個子就好，孰料棋差一著，輸了這麼多。」

晉國公收拾好，又擺開了棋局。「我這邊好說，你想知道什麼都行，北邊英國公那裡，也能讓你查，等到了南邊，鎮南王就是土皇帝，你這個小小的督軍就不夠看了。我在鎮南王眼裡都不算個什麼，更別說你了。」

趙傳慶緊皺眉頭。「兒子知道，才先來阿爹這裡，想向阿爹借兩個懂軍務的人。」

晉國公點頭。「這個你不用擔心。」

趙傳慶忽然話鋒一轉。「阿爹，二妹妹十三歲了，還沒說親嗎？」

李氏聽見，開口道：「正在看呢，還要看你妹妹的心思。」

趙傳慶又問：「以後妹妹不回京城嗎？」

晉國公殺意又起，手下毫不留情。「回京城幹什麼？阿爹這輩子對不起你了，也對不起你大妹妹，你們四個，阿爹能留在身邊，都留在身邊。」

趙傳慶連連潰敗。「也好，兒子在京中總是按下葫蘆浮起瓢，難以兼顧，若是二妹妹去了，兒子怕自己照顧不好。兒子看二妹妹天真可人，京中魚龍混雜，不去也好。不知二妹妹說的是誰家子弟？」

李氏笑著回答。「就是軍中子弟，家裡也普通，難得上進，又懂事，對你妹妹好得很。你妹妹的事情好說，你對燕娘有什麼打算？」

趙傳慶努力挽回頹勢。「兒子也發愁呢。」

晉國公又吃了兒子幾個子。「莫要發愁，兒女緣分，隨他去吧。」

趙傳慶笑。「阿爹阿娘真是天下難得的開明父母。」

兩人正說著，趙婧娘回來了，向父母兄長行禮後坐下。

趙傳慶問她。「妳嫂子跑了好多家銀樓，特意幫妹妹挑的首飾，妹妹可喜歡？」

趙婧娘連忙回答。「喜歡喜歡，但大嫂準備那麼多，我一個腦袋也戴不完，想送些給平日的好姊妹，來請示一下大哥。」

趙傳慶笑。「二妹妹只管送。」

趙婧娘笑得雙眼彎彎。「這是京中時興款式，這邊少見，大家定然喜歡。」

李氏聽著兒女說話，笑得如同三月春風般和煦。晉國公看著李氏，見她臉上的笑容都沒斷過，心裡也柔軟了起來。

千里之外的京城裡，趙傳煒從考場出來後，守在門口的書君立刻迎上來。

「公子，公子！」

趙傳煒有些暈乎乎，書君扶了他一把，後面的趙家下人一擁而上，半拉半抬，把他塞進了不遠處的馬車內。

王氏已經把一切都準備妥當，等趙傳煒一進門，還沒來得及給她行禮，便揮揮手。

「不必多禮，趕緊去洗漱一番。」

洗漱後，王氏讓趙傳煒先歇著，晚上再一起吃飯。

楊府裡，這幾日，楊寶娘也一直擔憂不已。科舉豈是那麼容易，而且趙傳煒縣試考了案首，府試壓力就更大了。

楊太傅看出女兒的擔憂，私下裡勸慰她。「莫要擔心，為父問過他的功課，不說案首，只要不出意外，考個前幾名還是沒問題的。」

楊寶娘不好意思。「阿爹笑話女兒。」

楊太傅心情很好，瞇著眼睛笑。「這些日子，妳成日在家裡忙，等煒哥兒過了府試，趁著天氣好，喊他過來，你們兄弟姊妹一起玩一玩。」

楊寶娘雙眼發亮。「阿爹，可以嗎？」

楊太傅摸摸鬍鬚。「你們已經訂親，也礙不著旁人。」

楊寶娘紅了臉，岔開話。「阿爹，三妹妹也不小了呢。」

楊太傅看她一眼。「妳倒操心這個。」

楊寶娘笑。「太太不便，奶奶年紀大了，家裡的事就夠她操心了。雖然我只比三妹妹大了一個月，總是姊姊，我們姊妹又好，自然希望三妹妹能有個好人家。」

楊太傅笑，對她招手。「妳過來。」

楊寶娘快步走到他身邊，楊太傅從抽屜裡拿出兩張紙。她伸頭一看，上面寫了兩個少年郎的身家背景。

一個是鴻臚寺左少卿的次孫，今年十四歲，剛參加完縣試，雖然名次不如趙傳煒好，也是個上進的好孩子。

另外一個是翰林的第三子，姓孔，十三歲，正在讀書，還沒參加縣試，據說讀書很不錯。

楊寶娘看了看兩張紙，有些不滿意。「阿爹，沒有別的了？」

楊太傅道：「阿爹也不能整日去打聽人家的小郎君，看了好多家，先挑出兩個好的。」

楊太傅挑剔，家裡關係太複雜的不要，讀書不好的不要，長得不好看的不要，貪花好色的更不用考慮。大浪淘沙，才挑出了這兩個。

楊太傅心裡清楚，楊默娘是庶女，只能配個家世一般，但勤學上進的好孩子。

楊寶娘放下紙。「阿爹，還是要問問三妹妹自己的意思。」

楊太傅嗯了一聲。「這些事情，妳莫要操心，幫妳奶奶把家裡打理好。」

楊寶娘點頭。「那阿爹先忙著，我去廚房看看。」

楊太傅拿出一份文書。「去吧。」

楊寶娘回到後院，先去找楊默娘，姊妹倆一起去了廚房，楊淑娘則上學去了。兩個姊姊到了說親的年紀，她還小呢，要繼續讀書。

對此，楊淑娘很不滿意，但也沒法子。為了讓她高興，兩個姊姊每天會給她特別做些好吃的。

隔天早上，還沒等楊家人去叫呢，趙傳煒自己上門了。

楊家男丁都不在，陳氏把他請到自己的院子，又把兩個孫女都叫過來。

陳氏溫和地問他。「考試累不累？」

趙傳煒認真回答。「回奶奶的話，累倒不累，就是怕自己考不好。」

陳氏自己有個三元及第的兒子，無法理解那些考了幾十年，連個秀才都考不上的人，腦袋到底是怎麼長的。

「無妨，你會讀書，定然能考得好。」

陳氏笑咪咪地看著孫女婿，心裡稱奇，李姝娘和趙家小子的容貌並不是一等一，這孩子卻長得這麼好。

她又問：「我聽說你小的時候，有胎裡帶來的不足，如今都好了？」

趙傳煒微微俯身回答。「如今都好了，多謝奶奶關心。」

陳氏點頭。「一胎雙生，自然沒有一胎一個的強壯。好在你們家什麼都不缺，總算把你養得結結實實。你不曉得，讀書再好，若是沒個好身子，熬不住考試。以前你岳父去考試，每次回來都要去半條命。你還小呢，一定要注意。」

趙傳煒點頭。「多謝奶奶關心。現在我每天都習武，倒沒有那麼弱。」

兩人正說著話，楊寶娘姊妹進來了。趙傳煒看到帶頭的楊寶娘，眼底發亮。

陳氏瞥了一眼，並不吱聲，先問孫女。「晌午飯都準備好了？」

楊寶娘點頭。「都好了，奶奶還有什麼要吩咐的？」

陳氏想了想。「煒哥兒來了，中午留他吃飯，把妳大堂兄叫過來陪著吧。」

趙傳煒忙起身。「奶奶，又不是外人，不用煩勞大堂兄，咱們一起吃頓便飯就使得。」

陳氏笑。「這哪裡行，外人知道了，豈不說我們不看重新姑爺。」

聽見姑爺兩個字，趙傳煒的臉紅了一下。「真不用，我聽說大堂兄每日幫著岳父打理許多雜事，我來了幫不上忙不說，還去叨擾大堂兄。」

楊寶娘打趣道：「不讓人陪，回去了可別告狀。」

眾人都笑了，趙傳煒眼神溫柔地看著她。「自然不會告狀的。」

陳氏便不再客氣。「既然你不肯，那就不叫了，中午留在我院子裡，咱們幾個一起吃飯。」又吩咐楊寶娘。「這會兒我也乏了，妳帶著煒哥兒和妳妹妹去玩。」

楊寶娘屈膝應了。「是。有什麼吩咐，奶奶派人去叫我和三妹妹。」

陳氏點頭。「去吧。」

楊寶娘再次行禮，帶著妹妹和未婚夫走了。

陳氏在後面看著一對小兒女，心裡感嘆，希望他們一輩子能白頭到老，以贖她的罪過。

楊寶娘走在前面，趙傳煒在她左邊靠後一些，楊默娘在她右邊。

等出了陳氏的院子，楊默娘默默往後退了兩步，趙傳煒往前兩步，和楊寶娘齊頭並進。

趙傳煒偏頭看楊寶娘。「這些日子，妳好不好？」

楊寶娘笑。「我很好，你怎麼樣？讀書考試累得很，要注意身子。」

趙傳煒點頭。「好，我會注意的。管家也不清閒，一些小事就交給下頭人去做，不要事必躬親，不然累壞了。」

楊寶娘也點頭。「你放心吧，我最懶不過了。再說了，還有三妹妹呢，三妹妹可比我能幹多了。」

說話的工夫，三人到了棲月閣。

喜鵲迎出來，向三人行禮，悄悄看了趙傳煒一眼，問楊寶娘。「二娘子，是在書房裡，還是去正房？」

楊寶娘一邊走、一邊吩咐。「去書房吧。等會兒去花園，妳把東西都準備好。」

喜鵲連忙吩咐旁邊的幾個丫頭去花園準備東西，她自己跟著來了書房。

楊寶娘請趙傳煒和楊默娘坐下，親自幫他們倒了茶水。

楊默娘一直安靜不語，趙傳煒便主動打招呼。「三妹妹好。」

楊默娘趕緊起身行禮。「二姊夫好。」

趙傳煒見她這樣，也趕緊起來回禮。

楊寶娘笑了。「都坐下，我這裡沒有那麼多規矩。」

楊默娘笑。「那我就不客氣了，二姊夫可別笑話我。」

趙傳煒也坐下，從懷裡掏出一只小盒子。「三妹妹不用客氣，都是自己人。今天我給妳們帶了禮物呢。」

楊寶娘問：「什麼好東西，藏得這麼緊？」

趙傳煒打開盒子。「之前我大嫂幫燕娘姊妹打首飾，我請她多打了三根金釵，送妳們姊妹一人一根。」

楊寶娘湊過去看，三根金釵，分別打成海棠、牡丹、芍藥的樣子，不由摸了摸。

「以後你多來幾趟吧，每回一樣首飾，我們就賺大了。」

楊默娘笑。「二姊姊的嫁妝有了。」

楊寶娘睨她一眼。「三妹妹跟四妹妹學壞了。」

忽然，門外傳來一道聲音。「還是做姊姊的呢，趁我不在，就編排我。」

眾人伸頭一看，楊淑娘來了。

楊寶娘笑話她。「趁著阿爹不在家，妳又逃學！」

楊淑娘笑嘻嘻。「我可沒逃，今日先生病了，上課上到一半撐不住。姊姊們不在，我做主讓先生休息兩日。先生不在，我自然要回來自己學了。」

楊寶娘點點她的額頭。「逃學就逃學，還那麼多理由！」說完，吩咐喜鵲。「妳親自去請大夫來看看先生，讓黃鶯過來伺候。」

喜鵲趕緊去了，黃鶯來替換喜鵲。

楊默娘見楊寶娘手裡的盒子，問：「這是哪裡來的？」

楊寶娘沒開口，趙傳煒解圍。「這是我送給妹妹們的，四妹妹看看可喜歡。」

剛才楊淑娘光顧著和楊寶娘說話，這會兒趕緊過來行禮。「二姊夫好。」

趙傳煒再次起身還禮。

楊淑娘看看盒子。「二姊姊，妳先挑吧。」說完，對著楊寶娘擠擠眼睛。

楊寶娘用手指敲了敲她的腦袋。「別做怪。」

楊默娘也笑。「長幼有序，二姊姊先挑。」

楊寶娘便不客氣，挑了海棠樣式的，然後把匣子遞給楊默娘。

楊默娘對楊淑娘說：「四妹妹小，妳先選吧。」

楊淑娘樂道：「三姊姊真是個大好人！」

楊默娘點頭。「可不是，我也想學學孔融呢！」

幾個人都笑了，楊淑娘毫不客氣地挑了那朵芍藥的。

「三姊姊，給妳留朵牡丹，這是花中之王，願三姊姊以後前程似錦。」

楊默娘羞得去擰她的嘴，姊妹倆嘻嘻哈哈笑了起來。

楊寶娘讓黃鶯找了兩個小匣子，給妹妹們裝金釵，然後笑著看她們打鬧，趙傳煒的眼睛只盯著她。

楊淑娘古靈精怪，和楊默娘笑了一會兒，又坐下吃些點心，嘰嘰喳喳說了半天話，便去拉楊默娘。

「三姊姊，咱們去看看先生那邊怎麼樣了吧？大夫來了，沒個主家怎麼行。」

楊默娘點頭。「先生教導我們多年，平日風雨無阻，從不告假。如今病了，怕是不輕，於情於理，咱們都該去看看。」

楊寶娘起身。「那咱們過去吧。」

楊默娘忙攔住她。「二姊姊這裡有客，如何能走開？我帶著四妹妹去就是了。」

楊寶娘看著兩個妹妹，知道她們打的主意，頓時有些羞，但也不好明說。

她想了想，道：「妳們稍等。」吩咐黃鶯。「去把我存的那根老山參拿來。」

黃鶯出去後，楊寶娘交代兩個妹妹。「仔細照看先生，若是病得厲害，多歇息幾日。再問問先生可有家人，若是想家人了，咱們派人去請。」

楊默娘點頭。「是，二姊姊放心吧。」

說話間的工夫，黃鶯雙手捧了個細長的匣子過來，楊寶娘把匣子交給楊默娘。

楊默娘連看都沒看，起身向趙傳煒和楊寶娘行禮告辭，帶著楊淑娘走了。

出了棲月閣，楊淑娘撐不住，笑了起來。

楊默娘也笑。「四妹妹年紀不大，從哪裡學來這些促狹。」

楊淑娘道：「我姨娘告訴我的，讓我來把三姊姊帶走，別在那裡礙事。」

楊默娘一聽，不再裝淑女，哈哈大笑。「可不是，但奶奶讓我來，我總得做個樣子。」

於是，姊妹倆一邊說笑、一邊去了先生的住處。

棲月閣裡，兩個妹妹一走，楊寶娘便覺得屋裡的氣氛變了。

趙傳煒不說話，黃鶯低頭站在一邊，有些尷尬，心裡盼著喜鵲趕緊回來。

楊寶娘見黃鶯這模樣，笑著吩咐她。「去把我的針線筐拿來，裡頭的線要分好。」

黃鶯如蒙大赦，趕緊出去，還把那群小丫頭們攆得遠遠地。

到了針線房，黃鶯坐下，慢慢分線。

有小丫頭過來幫忙。「姊姊，我來吧。」

黃鶯笑。「這是二娘子要用的，妳年紀小，哪裡幹得好，坐這裡陪我說話。」帶著小丫頭，老神在在地分線了。

第四十二章 春日宴君臣議政

書房裡，等黃鶯出了門，楊寶娘走到書桌邊，鋪開紙，開始畫畫。

趙傳煒眼神暗了暗，起身慢慢走過來，從後面伸手摟住楊寶娘的纖細腰肢，把頭放在她的肩膀上，嗅她的髮香。

一陣少女幽香直竄入心肺，趙傳煒感覺渾身血液往上湧，心跳快了起來，忍不住在她耳朵邊低喃。

「寶兒，我想妳。」

他的呼吸噴在楊寶娘的耳根，楊寶娘頓時紅了臉，險些握不住手中的畫筆。

「三郎，你放開我。」

趙傳煒把臉埋進她的頭髮裡。

「我不。自從咱們訂親之後，我就沒看到妳了。」

楊寶娘的臉更紅了。「你讀書辛苦，我怕打擾你。」

趙傳煒摟得越來越緊。「妳想不想我？」

楊寶娘笑。「怎麼總問這個。」

趙傳煒鬆開她，扳過她的身子，用額頭抵著她的額頭。「我想知道。」

楊寶娘低垂著眼簾。「我偏不告訴你。」

趙傳煒笑。「真不說？」

楊寶娘睫毛微微顫動，悄悄瞟他一眼，又低下去。

趙傳煒抬頭看看窗外，牽著楊寶娘走到書架的角落旁，一手摟著她的腰、一手按著她的後腦，直接俯下身。

楊寶娘睜大眼睛，這可不成，外面丫頭婆子們來來往往的。

趙傳煒伸出手，蓋住她的眼睛，又輕輕咬她一口。

楊寶娘索性閉上了眼，外面有黃鶯看著，想來無礙。

過了許久，趙傳煒鬆開她，輕聲道：「寶兒，妳好甜。」

楊寶娘雙臉通紅，睫毛顫動，張著小嘴微微喘氣，聽見他這樣說，感覺自己的手腳又開始發軟。

趙傳煒見她這副俏模樣，更難耐了，感覺渾身血液都在叫囂，想衝破禁錮。

楊寶娘似乎感覺到他的變化，瞪大了眼睛看著他。「三郎，你……」

趙傳煒也有些羞赧，立刻鬆開她，轉過身去。「寶兒，是我不好，唐突妳了。」

楊寶娘的心頓時軟了下來，靠在他後背上。「別怕，我沒有怪你。」

趙傳煒有些自責，他日日思念她，來之前想過了，要同她好生說說話，多看她兩眼。但每回單獨相處，他總是控制不住自己，想動手動腳。

聽見楊寶娘的安慰，趙傳煒壓下心裡的衝動，轉過身來，輕輕摟著她，用下巴摩挲她的頭頂，就這樣靜靜地，什麼話都不說。

楊寶娘也安靜了，就這樣讓他抱著，閉著眼睛靠在他胸前。

少年郎長得快，才一年工夫，趙傳煒長高許多，楊寶娘的頭頂只到他下巴了。

趙傳煒看看桌上的小匣子，伸出一隻手打開，拿出那根金釵，插在楊寶娘的頭髮上。

楊寶娘站直了身子，歪著頭看他。

趙傳煒笑了。「真好看。」

楊寶娘問：「金釵好看？」

趙傳煒在她臉上啄了一口。「妳好看。」

楊寶娘頓時瞇起眼睛笑。

外頭，喜鵲回來了，見所有人都在安安靜靜地幹活，心裡有了數，直接去找黃鶯。

黃鶯和她打招呼，喜鵲坐下來。「二娘子呢？」

黃鶯低下頭分線。「和姑爺待在書房看書呢。」

喜鵲暗自慶幸，沒有直接過去。

過了一會兒，楊寶娘在書房門口喊：「黃鶯。」

黃鶯趕緊端著針線筐過去。

「二娘子，我手腳笨，半天還沒分好線。」

楊寶娘見喜鵲也回來了，忙問她。「先生怎麼樣了？」

喜鵲正色回答。「先生想是夜裡著了涼，大夫說養幾天就好了。」

楊寶娘點頭。「喜鵲，去把那個布包拿來。黃鶯跟我來。」

進屋後，趙傳煒已經坐在椅子上，面帶微笑喝著茶，一副風度翩翩的貴公子模樣。楊寶娘端著針線筐坐在他面前，一邊做針線、一邊跟他說話。

「等府試放榜，你是不是又要去官學了？」

趙傳煒點頭。「八月還有院試呢，一次過了，總比再來一回要好。」

楊寶娘正在縫一隻襪子，趙傳煒仔細看了看，感覺像是男子穿的。

楊寶娘繼續問：「你大哥不在家，你一邊讀書、一邊管家，忙得過來嗎？」

趙傳煒笑。「沒什麼事，外面有我伯父，家事有我大嫂，我就是個擺設。」

楊寶娘動作飛快。「我聽說你最近在家裡可威風了。」

趙傳煒端起茶盞。「怎麼會，我辦事都照著規矩來。」

楊寶娘抬眼看他。「那可怎麼辦，我最討厭守規矩了。」

趙傳煒端著茶。「以後，妳就是規矩。」

黃鶯頭垂得快要到地面了。老天爺，喜鵲每天是怎麼過的，自己果然還是不如她。

很快地，喜鵲來了，把布包放到楊寶娘身邊。

楊寶娘手裡的襪子也縫完了，打開布包，裡面是一套夏衫，從裡衣到外衫都有。

她把手上的襪子放進去，再次包好布包。

「這是我閒來無事做的，你拿回去家常穿。」

趙傳煒聽了，要不是兩個丫頭在，又想把她按進懷裡搓揉一頓。

說話間，楊默娘和楊淑娘來了。

楊寶娘再次問先生的情況，兩人都仔細答了。

楊淑娘提議：「二姊姊不是讓人在園子裡擺了東西，咱們去花園裡玩吧。這天氣不冷不熱的，正好。」

楊寶娘點頭。「那好，咱們過去。」

趙傳煒笑著起身。「有沒有什麼東西？我一併搬過去。」

楊寶娘笑。「沒有什麼東西，你把自己帶過去就好。」

四人一起去了花園。

春光正好，亭子裡的椅子都鋪了墊子，石桌上擺滿瓜果點心。旁邊有畫桌、琴臺，還有釣魚竿。

坐下後，楊寶娘和楊默娘幫楊淑娘弄果子吃，趙傳煒就往楊寶娘面前的盤子裡擺瓜果。

楊淑娘捂嘴笑，楊寶娘嗔他。「你自己吃，不用管我。」

趙傳煒笑，並不接話。

幾人一邊吃、一邊說閒話，楊淑娘便道：「二姊姊，妳把我們都畫下來吧。」

楊寶娘打趣。「光畫畫沒意思，你們幫我奏樂，我畫得才高興呢。」

楊淑娘點頭。「我吹簫，三姊姊彈琴，二姊夫做什麼呢？」

趙傳煒笑。「我垂釣。」

楊淑娘撫掌。「好，二姊夫就扮姜太公。」

趙傳煒來了興致，命人替他拿了頂草帽，果真坐在亭邊垂釣起來。三姊妹各自準備，很快地，琴聲響、簫聲動，楊寶娘揮筆，十分盡興。

中午，陳氏帶著幾個孩子在她屋裡吃飯，吃完後，趙傳煒戀戀不捨地走了。

過了幾日，趙家忽然來人傳消息，趙傳煒又中了府試案首。

楊太傅聽說後，非常高興，又親自幫女婿佈置了許多功課。

楊寶娘無言。高興了，不是該給獎賞嗎？怎麼還加了功課？

壽康宮裡，李太后很快就聽說了，也很高興。

瓊枝姑姑湊趣。「娘娘，哥兒真有本事，看樣子，以後也是要考狀元的。」

李太后笑。「趙家的孩子，有個功名就好了，也不一定要考狀元。不知道的人，還以為皇兒為了照顧親戚，才給他狀元呢。」

瓊枝姑姑笑。「娘娘，哥兒和小娘子剛訂親，娘娘要不要給些賞賜？」

李太后點頭。「妳跟我來。」

主僕倆一起去了庫房，李太后親自挑了兩件玉器，又挑了兩套內造首飾，還有一些華貴的衣料，外加幾塊上好的墨錠。

瓊枝姑姑問：「娘娘，這東西是都給哥兒，還是直接送到楊府？」

李太后輕笑。「給煒哥兒吧，讓他拿去討好小娘子。」

一會兒後，瓊枝姑姑把東西送到趙家，王氏親自接待她。

兩人見過之後，瓊枝姑姑笑著說：「太后娘娘聽說三公子中了案首，非常高興，親自挑了些東西，讓我來送給三公子。」

王氏客氣。「有勞姑姑了，姨母最近身體好不好？」

瓊枝姑姑點頭。「娘娘近來吃齋念佛，為先帝祈福，雖看著有些消瘦，精神卻不錯，想來是先帝有靈，保佑娘娘福壽安康。」

王氏道：「什麼時候姨母得閒了，我進宮看望她老人家。」

瓊枝姑姑笑著說：「世子夫人想去，還不是一句話的事。」

兩人客氣了一陣子，瓊枝姑姑要走了，王氏塞了個荷包給她，瓊枝姑姑也沒拒絕。

等瓊枝姑姑走後，王氏把趙傳煒叫過去。

「姨母聽說你中了案首，賞賜了東西。」

趙傳煒當著王氏的面拆開禮物，一見裡頭還有首飾，納悶道：「這不是給姪女們的？」

王氏笑道：「娘娘賞賜東西，說給誰就是給誰。三弟用不上，楊家妹妹總能用上的。」

趙傳煒頓時紅了臉。「大嫂打趣我。」

王氏讓人把東西全送到他院子裡。趙燕娘姊妹的好東西多得很，不差這點。她是過來人，一看就知道，這是李太后賞給趙傳煒送人情的。

趙傳煒得了東西，滿心歡喜。還沒等他去楊府送禮，景仁帝也賜了東西下來，說是恭賀他喜登科、定姻緣。

趙傳煒想起那天晚上景仁帝笑話他毛都沒長齊，晚上立刻多吃一碗飯。吃得多，總能長得快吧！

第二天，趙傳煒進宮謝恩。

李太后拉著小兒子的手，讓他坐在自己身邊，柔聲說道：「好孩子，你大哥走了，你一個人要看著家裡，還要讀書，別累壞了。」

趙傳煒露出一口小白牙。「姨母放心，我都好得很。多謝姨母昨日的賞賜。」

李太后愛憐地看著他。「墨錠是給你的，其餘都是給你媳婦的。」

李太后張嘴就說媳婦，趙傳煒頓時臉紅。

李太后笑。「都訂了親，不必怕羞。寶娘是個好孩子，你要好生對她。」

趙傳煒立刻正色回答。「姨母放心，我定會好生對寶娘的。」

李太后點頭。「你岳父書讀得好，你得空就去楊家請教學問，也看看寶娘。」

趙傳煒心裡直打鼓，姨母直接讓他去找岳父，這……

兩人正說著，景仁帝來了，趙傳煒連忙起身行禮。

景仁帝擺手。「坐下。」

李太后有些尷尬。「皇兒來了，今兒忙不忙？」

景仁帝坐在她身邊。「不忙。母后這些日子怎麼樣？兒臣不孝，好久沒來了。」

李太后連忙回答。「皇兒日理萬機，哀家這裡樣樣都好。」

景仁帝見李太后有些消瘦，勸她。「母后，為父皇祈福，心誠就好，不用一直吃素。母后都消瘦了。」

李太后微笑。「哀家說了半年，定然要做到的。皇兒不用擔心，哀家好得很。」

景仁帝又看向趙傳煒。「以後沒事，多進宮坐坐，陪母后說話。把你媳婦帶來也行。」

趙傳煒有些詫異，但君王有令，他不得不從，連忙低頭道好。

中午，李太后帶著兩個兒子吃飯。

趙傳煒替李太后布菜，正好，景仁帝也幫李太后夾菜。

兄弟倆的筷子在半空中相逢，趙傳煒退了一步，景仁帝笑著把菜放進李太后碗裡，又給趙傳煒夾了一筷子菜。

「好生讀書，等你殿試時，若是能進前十，朕給你點個狀元。」

李太后見景仁帝這樣關心弟弟，心裡很感動。

吃過了飯，景仁帝打發趙傳煒回去，繼續跟李太后說話。

景仁帝笑。「母后，弟弟書讀得很好。」

李太后有些臉紅。「皇兒，還是叫他名字吧。」

景仁帝繼續笑。「這是私底下，在外頭，兒臣會注意的。」

李太后幫他上了解膩的茶。「多謝皇兒既往不咎。」

景仁帝也端了杯茶給李太后。「兒臣也有做得不對的地方，不該逼迫先生太過。」

李太后頓了頓。「皇兒是帝王，心裡裝著天下，思量的自然會多一些。」

景仁帝忽然低下頭。「母后，您想不想見見先生？」

李太后倏地抬頭。「皇兒莫要開玩笑。」

景仁帝仍舊垂著眼。「兒臣沒有開玩笑。如今先生獨居，清苦得很。上回兒臣過於衝動，辦的事不體面。」

李太后低聲道：「皇兒，你把母后當什麼了？」

景仁帝還是沒抬頭。

「母后，兒臣不孝。父皇不在了，兒臣也想讓母后過得歡心。兒臣一半為母后，一半為了自己，請母后諒解兒臣的自私。」

李太后扭過臉。「皇兒，若是普通人家，寡婦和鰥夫，也不是沒有的事。但楊家有妻妾，哀家一把年紀了，豈可亂了規矩？」

景仁帝抬起眼。「母后，是兒臣的不是，母后就當兒臣什麼都沒說。」

李太后這才回頭。「皇兒，以後不可與哀家隨意開玩笑。」

景仁帝略微打量李太后的神情。他是帝王，每天看著形形色色的面孔，善於觀察人心。他知道，李太后生氣了，但也有些羞赧。

父皇，兒臣不孝。

另一邊，趙傳煒得了東西，高高興興去了楊家。

楊太傅勉勵他幾句，讓他自己去棲月閣送東西。

楊寶娘正在把前幾日的畫好生整理一番，見他來了，連忙放下筆迎接。

趙傳煒也不避諱旁邊的丫頭婆子，拉起楊寶娘的手往屋裡走。

「昨天姨母和聖上給了我許多東西，好多是妳們小娘子用的，我全帶來給妳。」

丫頭們聽了，捂著嘴笑，婆子們也咧嘴挑眉。

楊寶娘有些羞，想掙開他的手，沒掙脫開。

「你留給燕娘和婉娘就是，我有東西使。」

趙傳煒笑。「大嫂不要，讓我拿來。再說，姨母親口說了給妳的，我總不能抗旨。」

兩個人進了屋，嘰嘰咕咕說了半天話。楊寶娘怕他又要動手動腳，一直讓丫頭們陪著，趙傳煒只能乾看著眼饞。

磨蹭了小半個時辰，楊太傅打發人來叫，他只能戀戀不捨地走了。

楊太傅父子中午帶著趙傳煒一起吃午飯，又指點許多功課上的問題，便打發他回去。

楊太傅見小兒女這樣纏綿，心裡也覺得好笑，哪知過了幾天，他就笑不出來了。

幾日後，景仁帝陪李太后去明盛園賞春景，只帶了幾個皇子公主，后妃一個都沒帶。

李太后好久沒來了，見兒子孝順，便從善如流。且她若避著明盛園，也感覺自己好像放不開心結似的，索性大大方方來了。

景仁帝在明盛園歇了一夜，留下兩位公主，又把兩位長公主請來，一起陪著李太后，他自己帶著兩位皇子回宮去了。

過了幾日，御書房裡，景仁帝問楊太傅。「先生，江南鹽稅如何了？」

楊太傅雖不管戶部的事，但他隨時要準備回答景仁帝的垂問，故而什麼都知道一些。

他想了想，斟酌著回答。「聖上，比去年少一些。」

景仁帝氣得發笑。「先生，國庫都要被這些蛀蟲吃光了，今年的軍餉不知道在哪裡呢。」

楊太傅安慰他。「聖上不可操之過急，官鹽價格貴，私鹽猖獗，自然收不了太多稅。」

景仁帝在手裡的奏摺上寫了幾個字，放到一邊。

那是關於選秀的禮部奏摺，楊太傅挪開了眼。

景仁帝又問：「先生今日忙不忙？」

楊太傅納悶。「臣家中無事。」

景仁帝嗯了一聲。「先生覺得，要治這鹽稅，怎樣才能又快又好？」

楊太傅沈默半晌，只說了一個字。「殺，降。」

景仁帝抬頭。「先生說說，如何個殺法，如何個降法？」

楊太傅垂下眼簾。「聖上，江南豪族聯姻眾多，拔起蘿蔔帶出一堆的泥。若開殺戒，怕是要血流成河。但若不殺，漏洞越來越大。不如殺了一些蛀蟲，把官鹽的價格略微降一降，一來安定民心，二來稅收也能上來。這些蛀蟲每年吃的錢，拿出一些，就夠貼補百姓了。」

景仁帝哼了聲。「再不治他們，要不了多久，朕就要做亡國之君了！」

楊太傅不說話。

景仁帝又問：「先生，誰能替朕辦這件事呢？」

楊太傅抬起眼，看著景仁帝，目光毫無波瀾。「聖上，臣願意去。」
景仁帝也面無表情地凝視著楊太傅。「先生是朕的臂膀，朕捨不得。」
楊太傅垂下眼簾。「聖上，旁人去，怕是無功而返。」
景仁帝沈默許久，忽然說了句風馬牛不相及的話。「先生，陪朕一起吃飯，吃過飯，跟朕去明盛園。」
楊太傅忽然瞪大了眼睛。「聖上！」
景仁帝轉過身不看他。「先生，你能休妻嗎？」
楊太傅兩片薄薄的嘴唇裡吐出兩個字。「不能。」
景仁帝嘆口氣。「朕與先生無緣做一家人。」
楊太傅垂下眼簾。「臣不配。」
景仁忽然笑了。「先生，慶哥兒沒說錯，做皇帝的，臉皮都比城牆還厚。」
楊太傅的聲音古井無波。「臣忠於聖上，和娘娘無關。」
景仁帝哼了一聲。「先生就是個假道學。」說完，直接出去了。
張內侍立刻傳膳。
楊太傅有些為難，他要不要跟上去？若跟上去了，接下來呢？楊太傅忽然像個毛頭小子一樣，手足無措。
張內侍趕緊來叫。「哎喲，太傅大人，怎麼還讓聖上等您呢。」

楊太傅被張內侍拉著，踉踉蹌蹌到了景仁帝的飯桌前，又被張內侍按到椅子上。

楊太傅乾脆破罐子破摔，端起碗就吃飯，也不去看景仁帝的臉色。

吃過了飯，楊太傅正準備硬著頭皮找理由告辭，孰料景仁帝忽然來了句。「今天先生也累了，回去歇著吧。」

楊太傅瞪大了眼睛，半晌後垂下眼簾。「臣遵旨。」然後退了出去。

第四十三章 有情人互訴衷腸

楊太傅直接去了吏部衙門，獨自看了一下午的文書，還把底下幾個出了紕漏的人叫過去狠狠罵了一頓。

吏部的人都好奇，今天楊太傅吃了火藥了？平日裡雖說嚴厲，但極少罵人的。

景仁帝聽說之後，輕哼了聲，心裡暗罵一聲假道學！

楊太傅覺得自己好像病了，總是忍不住胡思亂想。景仁帝這是什麼意思？試探他？還是怕他不夠忠心？

他苦笑，他不能再連累李太后了。

當天夜裡，楊太傅作了個夢，夢到三十多年前，在楊柳胡同裡，他遇見十三、四歲的豆娘姊姊。

他忍不住去拉她的手，她卻輕笑。「鎮哥兒，你快回去吧，莫四娘在等著你呢。」

楊太傅被驚醒了，醒了之後，忽然感覺心裡一陣難受。

姊姊，是我對不起妳。

楊太傅在黑夜裡起身，靠在床邊，越想越多，最後滿臉淚水。

姊姊，妳兒子想讓我去江南，他還怕我不夠忠心，用妳來誘惑我，真是個傻孩子。妳別怪他，他是個好皇帝，不耽於享受，心裡只有江山社稷。

楊太傅迷迷糊糊又睡著了，夢裡，他又回到十四年前的明盛園。

李太后留了他，他撫摸著她已經不再年輕的容顏，也是淚如雨下。他願意承受天下人的唾罵，願意冒著天下之大不韙，沈迷於那份遲了二十年的溫柔裡……

第二天，楊太傅精神萎靡地上朝去了。

整個早朝，他一言不發。散了朝，他去了吏部衙門，忙了一上午，中午隨意吃兩口飯，在衙門的硬床板上睡了一覺。

起來後，楊太傅又精神抖擻，看了一下午的文書，還順道寫了一份奏摺。

等天快黑了，楊太傅便收拾東西，坐上家裡的車回去。

半路上，楊太傅忽然覺得不對勁，車怎麼換方向了？

他撩開簾子一看，發現前面多了一輛車，那車看起來普通，但他一眼就認出來，是景仁帝的車。

車子不光改了方向，楊太傅再一看，連他的車夫都換了。

他閉上了眼睛，放下簾子，默不作聲。

傻孩子，你這樣，讓我和你母親如何自處？

到了地方，張內侍過來掀開簾子，只笑看他，什麼都不說。

楊太傅出了車，發現身邊全部是御前的人。俞大人低垂著眼立在一邊，像沒看到楊太傅似的。

景仁帝帶頭走了，張內侍帶著楊太傅去了暗室，要幫他換衣裳，楊太傅不肯。

張內侍為難。「大人，這是聖上的意思。」

楊太傅一甩袖子。「聖上的意思也不行。」

張內侍咧嘴。「大人，您就別為難我了。這有什麼不好？兩全其美。您就當成全聖上的一片孝心，天地君親師，您也是長輩呢。」

楊太傅怒罵。「混帳，不可胡言亂語！」

忽然，門口傳來一聲低低的聲音。「鎮哥兒。」

楊太傅頓時渾身僵硬。

張內侍咧咧嘴，出去了。

楊太傅看著牆壁，一言不發。

李太后走過來，坐在不遠處的桌子邊。「皇兒真是胡鬧，怎麼讓你來了？」

楊太傅轉身，對著李太后行禮。「臣告退。」說完就要下去。

李太后笑。「鎮哥兒。」

楊太傅抬起的腳就這樣懸住，然後又放了下來。「娘娘有什麼吩咐？」

李太后指指旁邊的椅子。「你坐，莫要怕。」

楊太傅垂下眼簾，半晌後道：「臣不能連累娘娘。」

李太后倒了兩杯茶。「是我連累了你。」

楊太傅抬眼，看著她不說話。

楊太傅猶豫再三，慢吞吞走過去，坐在椅子上。

李太后又指指旁邊的椅子。「你坐。」

李太后把那杯茶放到他面前。「多謝你多年用心輔佐皇兒。」

楊太傅小聲回答。「這是臣的本分。」

李太后嘆口氣。「聽說你前些日子受傷了，都好了沒有？」

楊太傅又微微抬眼。「臣都好了，多謝娘娘記掛。」

李太后正好跟他四目相對，楊太傅的眼再也垂不下去，就這樣呆呆地看著她。李太后四十多歲了，但因她容貌出眾，且保養得宜，不知道的人，以為她才三十出頭呢。

楊太傅愣了好久，鬼使神差般喊出兩個字。「姊姊。」

李太后眼底忽然有些水光。「鎮哥兒，你還好嗎？」

楊太傅的眼眶也有些紅。「我還好。姊姊好不好？」

李太后道：「我是太后，全天下再沒有哪個婦人日子比我好過了。」

楊太傅苦笑。「是我多慮了。姊姊過得好，我就放心。」

李太后笑。「鎮哥兒，你老了。」

楊太傅被那笑容閃得有些暈，聽見這話，頓時回神，目光閃躲。「姊姊風采依舊。」

李太后笑得更開心。「你知道皇兒叫你來的意思嗎？」

楊太傅嗯了一聲。「臣知道，但臣不能。聖上交代的事，刀山火海，臣義不容辭。」

李太后不再說話，臉上的笑收斂了些，眼底仍舊有水意。「鎮哥兒，若是我願意呢？不為皇兒，為了我自己。」

楊太傅抬頭，眼神犀利地盯著李太后。「娘娘莫要開玩笑，臣不能一錯再錯。」

李太后端起茶盞，低下了頭。「鎮哥兒，皇兒最精明了。哀家雖是他親娘，也被他套進去。可哀家明明知道這是個套，卻不想出去。」

半晌後，楊太傅開口。「姊姊，他是個好皇帝，心裡裝著黎民百姓。」

李太后輕聲回答。「哀家知道，皇兒是個好皇帝。為了江山社稷，他殫精竭慮。哀家是他的親娘，怎麼能不為他分擔呢？」

楊太傅的眼神閃了閃。「姊姊只需安享富貴就好，外頭的事情，有我們呢。」

李太后抬頭，笑著看他。「鎮哥兒，今日哀家很高興。」

楊太傅忍不住問：「姊姊因何高興？」

李太后反問他。「你說呢？」

楊太傅表情複雜。「姊姊，以前我救聖上，是為了姊姊；現在我為聖上辦事，不全是為了妳。」

李太后點頭。「我知道。以前我留你，是為了皇兒；今日我來，也不全是為了皇兒。」

楊太傅瞇起眼。「姊姊知道自己在說什麼嗎？」

李太后把玩著手中的茶盞。「鎮哥兒，事情都過去了，你不必耿耿於懷。以前我恨你們家老太太，現在也能理解她了，誰不為自己的孩子著想呢？」

楊太傅的聲音毫無溫度。「為了聖上，姊姊什麼都願意做嗎？」

李太后的聲音也很輕。「當年你若娶了我，最多是年輕時艱難一些，也可能做不了這麼大的官。但皇兒不一樣，若皇位不穩，他會人頭落地。不光是他，我兩個女兒，還有娘家，所有人都要受牽連。為了保住他的性命，我是他親娘，做什麼都是應該的。

「但如今不一樣了，皇兒有能力保全自己，我就不用管他啦。今日我來，就是想看看你、和你說說話。有些話，哀家也只能跟你說了。」

楊太傅的神情柔和下來。「姊姊是個好母親。」

李太后沈默，半晌後道：「我不是。我們的孩子長這麼大了，我沒有照顧過他一天。」

楊太傅聽見她說孩子，心裡更加柔軟。「姊姊，寶兒很好。」

李太后動了動嘴唇，想告訴他實情，又不知從何說起。

「鎮哥兒，我對不起你，不該利用你。」

楊太傅笑。「姊姊說的，我都明白，但我願意。不說為了姊姊，我十年寒窗，也想出人頭地。這天下的男人，沒有不喜歡權力的。」

李太后指了指茶杯。「你喝口茶潤潤嗓子。」

楊太傅也不拒絕，端起茶杯喝了一口。

李太后問他。「你整日當差，累不累？」

楊太傅淺笑。「累，但也高興。」我在外面，妳在宮裡。上朝的時候，我離妳最近。

李太后溫和地看著他，伸出了手。

楊太傅有些愣。

李太后低聲說：「鎮哥兒，把你的右手給我。」

楊太傅猶豫許久，伸出手。

李太后隔著小桌子，雙手捧著那隻肉掌，輕輕撫摸斷指的地方，忽然落淚。

「鎮哥兒，我對不起你，你還疼不疼？」

楊太傅任由她撫摸，見她淚越流越多，起身過去，掏出帕子幫她擦眼淚。

「姊姊，都好了，不疼了。妳別哭，妳一哭，我就亂。」

楊太傅站著，李太后坐著，她抬起淚汪汪的雙眼看著他，仍舊是那句話——

「鎮哥兒，我對不起你。」

楊太傅用左手輕輕撫摸她的頭髮。「姊姊，我都是心甘情願的。」

李太后忽然站起來，撲到他懷裡，嚎啕大哭。

「鎮哥兒，我從來不想當什麼太后，只想有一棟小宅子，你有個養家餬口的差事，家裡有一群孩子，有粗茶淡飯。

「可是，我不配過那樣美好的日子。壽康宮那麼大，我的心卻空蕩蕩的，連宮門口有多少塊磚，都數得一清二楚。一年又一年，我的心早就死了。下輩子，求老天爺不要再這樣懲罰我。」

楊太傅覺得自己的心都要碎了，緊緊摟著李太后，柔聲安慰。「姊姊，都是我的錯，是我窩囊，當年我應該去莫家退親。就算做不了太傅，我考個舉人，當個教書先生，咱們也能和和美美過一輩子。」

李太后繼續哭，楊太傅幫她拭淚，看著她悲痛絕望的樣子，心如刀割。

「好姊姊，妳別哭。雖然咱們沒在一起，但我沒忘了妳。每天隔著幾道宮牆，我也能感覺到姊姊的存在。」

李太后停止哭泣，抬起有些紅腫的雙眼，伸手摸了摸他的臉。「鎮哥兒，這世上，你是對我最好的人。」

楊太傅笑了，用額頭抵著她的額頭。「我願意對姊姊好，就算白髮蒼蒼，這顆心也一直沒變過。」

李太后把頭埋入他懷中，雙手環住他的腰。「鎮哥兒，我也從來沒忘了你。」

楊太傅用下巴摩挲她的頭頂。「姊姊，別說話。」

兩人緊緊相擁，什麼都不說，屋子裡的氛圍安靜祥和。

過了許久，李太后開口道：「時辰不早了，你早些回去吧。」

楊太傅鬆開她。「姊姊，我今日很高興。」

李太后笑。「你快去吧。」

楊太傅戀戀不捨，輕輕撫摸她的頭，忽然一把將她摟過來，眼神深邃地看著她。

李太后顫抖著垂下眼簾，楊太傅毫不猶豫地俯身親吻她。

過了許久，楊太傅強迫自己鬆開李太后，兩人呼吸相聞。

李太后有些羞怯，抬手指指旁邊的牆壁。

楊太傅會心一笑，知道隔壁肯定有人在偷聽。

「姊姊，我走了。」

李太后點頭。「你去吧，保重身體。」

楊太傅微微一笑，轉身走了。

他剛出門，李太后又追過來。「鎮哥兒。」

楊太傅回首，看著她倚在門框上，釵環散亂，神情可憐，心驀地又柔軟下來，腳下再挪不動一步。

李太后低聲問：「你什麼時候再來？」

楊太傅想了想，道：「等辦完聖上給的差事，我再來。」

李太后猶豫一下，把自己貼身用的帕子取出來，塞到他手裡。「你要保重身體，我等你回來。」

楊太傅接過帕子，藏進了袖子裡。「好，姊姊回去吧，外頭風大。」

李太后搖頭。「你去吧，我看著你走。」

楊太傅笑著轉身，往外頭去了。

他沿著門前的路走了好遠，忽然出現兩個人，帶著他出去。

楊太傅上了馬車，驚愕地發現，景仁帝就在車上。

景仁帝道：「朕送先生回家。」

馬車一路吱吱呀呀，景仁帝一言不發。

楊太傅輕聲說道：「臣多謝聖上。」

景仁帝看著車簾。「先生，世事變遷，滄海桑田，故人非故人，先生不必過於掛懷。這天下，還有許多事情等著先生去做。」

楊太傅笑而不語。傻孩子，你沒有經歷過，怎麼會知道我和你母親的難處？

但景仁帝是帝王，他也只能嗯了一聲。「臣知道。」

君臣相顧無言，到了楊府，楊太傅對景仁帝俯首。「謝謝聖上送臣回來。」

景仁帝笑。「先生不請朕進去坐坐？」

楊太傅也笑。「臣家裡簡陋，聖上不要嫌棄才好。」

兩人一起下車，直接去了楊太傅的外書房。

進了太傅府，景仁帝興致勃勃，在屋裡東看看西看看，楊太傅陪在一邊。

忽然，外頭傳來聲音。「阿爹回來了。」

楊太傅來不及阻攔，楊寶娘帶著楊默娘進來了，還各捧了個盤子。

一進屋，楊寶娘便發現屋裡有人，愣住了，再看此人身上衣衫繡著五爪金龍，馬上低下頭，蹲身行禮。

「阿爹有客，女兒告退。」

景仁帝忽然開口。「是什麼好吃的？先生也請我嚐嚐。」

楊太傅吩咐女兒們。「把東西放下，妳們回去吧。」

楊寶娘帶頭，把盤子放在桌上，然後屈膝行禮，後面的楊默娘有樣學樣。

楊默娘沒見過皇帝，但見楊太傅在旁邊恭敬地陪著，知道此人身分高貴，立刻低下頭，但還是不小心看到了景仁帝的目光。

景仁帝打量楊默娘一眼，有些稀奇，這對姊妹長得確實像。

楊寶娘放下東西，便帶著楊默娘走了。

景仁帝坐下，吃完半盤點心，拍拍手。「先生歇著吧，朕先走了。」

楊太傅送他到大門口，目送他離開。

楊太傅回了書房，坐下吃了幾口點心。他還沒吃晚飯呢，這會兒終於感覺到餓了。吃著吃著，他心裡忽然有些苦澀，過了一下，又有些高興。

他一遍遍回想李太后說的話，心裡軟得能滴出水。又想到臨別時他的唐突，唇齒間似乎還有那溫柔的感覺，又不好意思起來。

楊太傅有點不自在，都多大年紀了，還跟個毛頭小子一樣。

他吃完了點心，吩咐莫大管事。「去把寶兒叫來。」

莫大管事二話沒說，立刻派人去請楊寶娘。

楊寶娘來了之後，先悄悄看了看，見沒別人，立刻進屋。

「阿爹，聖上走了？」

楊太傅讓她坐下。「剛才怎麼就進來了？」

楊寶娘有些不好意思。「下午和三妹妹做了一樣新點心，想給阿爹嚐嚐，沒想到阿爹這裡有客。」

真不怪她，她進來時，沒有一個人攔，景仁帝的護衛與隨從都穿便裝，看起來跟家裡下人沒什麼區別。莫大管事雖站在一邊使眼色，但天黑了，她就沒看見。

楊太傅也不怪她。「過幾日是妳的生辰，想去哪裡玩？」
楊寶娘想了想。「阿爹，我想去大相國寺。」
楊太傅點頭。「去吧，帶著兩個妹妹，也給趙家送個信，讓煒哥兒陪妳一起去，替我問方丈好。」
楊寶娘高興地點頭。「多謝阿爹。」
楊太傅看著她，忍不住道：「寶兒，今天我見到妳阿娘了。」
楊寶娘眼睛發亮。「阿爹能見到阿娘？」
楊太傅撇開臉。「聖上帶我去的。」
楊寶娘頓時目瞪口呆。「阿爹，聖上他……」心裡嘀咕，爹死了娘改嫁的也不是沒有，但這是古代啊，皇帝難道能讓親娘改嫁不成？
楊寶娘猶豫一下，提醒楊太傅。「阿爹，太太還在呢。」
楊太傅眼神冷了下來。「妳不要想那麼多，妳阿娘就是跟我話話家常。」
楊寶娘點頭。「我知道了。時辰不早，阿爹早些歇息吧。」
楊太傅溫和地應下，讓她回了棲月閣。
夜裡，楊太傅獨自睡在外書房裡，掏出那塊帕子，仔細摩挲，感受著上面還殘餘的溫熱和香氣。

最後，他把帕子塞進懷裡最貼身之處，沈沈睡去。

夢裡，他又回到了明盛園，年輕的李太后拉著他的手。

「鎮哥兒，你想不想我？你留下來陪陪我好不好？我一個人好孤單。」

楊太傅腳下如同被施了咒語，她的每一句話，都讓他毫無反抗之力。

他呆呆地任她牽著，進入重重帷幔，她就像那話本子裡寫的妖精一樣，纏得他忘了今夕是何年，只能任由自己沈淪……

第四十四章 人面桃花相映紅

第二天，楊寶娘去找楊默娘。

「三妹妹，過幾日我要去大相國寺，妹妹去不去？」

楊默娘笑。「定是要去的，我好久沒出門了。咱們家幸虧有了二姊姊，不然我和四妹妹一年到頭關在家裡，豈不悶死。」

楊寶娘笑道：「胡說，我可是很文靜的。」

豐姨娘在旁邊淺笑。「一眨眼，妳們都滿十三歲了。」

楊寶娘說：「等三妹妹過生日，妳想去哪裡？我們一起去。」

楊默娘想了想。「我還沒想好，還是先幫二姊姊過吧。」

楊寶娘點頭。「到時候也帶上四妹妹。」

楊淑娘聽說後，跑來找楊寶娘。「二姊姊，能不能叫上婉娘？」

楊寶娘點點她的額頭。「好，明兒我給趙家下帖子，請她們姊妹。」

楊淑娘嘿嘿笑。「那也請二姊夫吧。」

楊寶娘敲敲她的頭。「不許作怪。」

隔天，楊寶娘派人送帖子去趙家，帖子到了王氏手裡。

王氏問兩個女兒。「妳們可想去？」

趙婉娘急忙點頭。「阿娘，這會兒大相國寺裡的桃花開得特別好看呢。」

趙燕娘逗她。「真要去？見到了楊四娘子，妳可就變成晚輩了。」

趙婉娘嘛嘴。「三叔一下子把我的輩分帶低了。」

王氏摸摸女兒的頭。「別瞎說，楊太傅的年紀比妳爺爺還大呢。咱們兩家原是舊交，因一些小誤會，這幾年走動得不多。太傅大人家的兒女年紀小，但如今妳三叔和三嬸訂了親，輩分就該正經論起來了。」說完，看向趙燕娘。「妳帶著婉娘去，請妳三叔陪著。」

趙燕娘點頭。「女兒知道了。」

王氏看著她，等趙傳慶回京，也該幫趙燕娘訂親了。

趙傳煒聽到消息，高興地收拾一些東西。今年可要好生給佛祖燒兩炷香了。

生日那天，楊寶娘睡到正常時辰才起。今年她不想去搶頭香了，不用趕早。

楊寶娘慢悠悠地吃早飯，然後洗漱、換衣裳、梳頭。

等她收拾好，兩個妹妹都來了。

楊寶娘戴了趙傳煒給的金釵，手上是兩串珠鍊，身上的衣裙也是新的，上面繡了花朵，整個人看起來明豔大方。

兩個妹妹進門就行禮。「恭祝三姊姊芳齡永駐。」

楊寶娘一手拉起一個。「走，咱們去跟奶奶說一聲。」

三姊妹一路說說笑笑到了陳氏的院子，陳氏看著三個漂亮孫女，高興得臉上都起了褶子，揮揮手。

「妳們去吧，多帶些人，中午在大相國寺吃頓齋飯再回來。」

三姊妹向陳氏行禮，一起走了。

至於莫氏那裡，昨天楊寶娘去問過安，荔枝說太太不便，吩咐楊寶娘過生日時，自請幾位小娘子聚一聚。

其實這是荔枝的場面話，莫氏根本什麼都沒說。

三姊妹坐著楊家寬敞的大車出發了，楊寶娘在車上再次檢查兩個妹妹的裝束，滿意地點頭，兩個姨娘把她們打扮得很妥帖。

楊淑娘掀開車簾一角，往外看。

馬車吱呀吱呀，到了大相國寺門口。小莫管事叫了三頂轎子，姊妹三個坐上去，一起上了山頂。

今日楊寶娘不想爬臺階，她打扮得漂漂亮亮，爬山出一身汗，豈不難看？且這會兒人來人往的，她也不想跟陌生人多說話。

轎子很快到了寺廟門口，才下轎子，就有小沙彌過來接引。

趙家叔姪到得早些，正在禪房裡，小沙彌直接把三個姊妹帶進去。她們一進門，趙燕娘連忙過來行禮。「幾位姑媽安好。」楊寶娘還沒進門，總不好喊三嬸，只能用父輩的稱呼，含糊過去。

楊寶娘聽見那聲姑媽，愣了一下，立刻反應過來，一把扶起她。「又不是外人，不用這麼客氣。」

楊默娘也連忙讓她們姊妹不要客氣，楊淑娘捂嘴對著趙婉娘笑。

趙傳煒走過來，笑著打量楊寶娘的裝扮。

趙燕娘請楊家三姊妹坐，屋裡有張圓桌，坐六個人也能坐得下。

趙傳煒親自替五個小娘子倒茶。「今天咱們來晚啦，頭香早就沒了。」

楊寶娘笑。「沒了就沒了吧，這也看緣分的。」

趙傳煒看她一眼。「怎麼沒把兩個弟弟帶來呢？說起來，今兒也是昆哥兒的生辰呢。」

楊寶娘回答道：「他們兄弟去上學了，晚上等我回去再聚。你既知道今兒是他的生辰，可有備禮？」

趙傳煒把茶盞一一擺到她們面前。「自然是有的。你們晚上要怎麼聚呢？」

楊淑娘打趣道：「二姊夫想知道，自己去就是了。」

趙傳煒笑起來。「不請自到，豈不是惡客。」

趙婉娘敲邊鼓。「三叔就是這樣不痛快，想去就說，還等著人家請。」

趙傳煒哈哈大笑。「還是妳們厲害，我怕了妳們。妳們慢慢聊，我去找方丈。」

走前，趙傳煒又瞥了楊寶娘一眼，但楊寶娘目不斜視，根本不看他，只得悻悻地摸了摸鼻子，找方丈去了。

方丈待在自己的禪房裡，聽見趙傳煒來了，忙讓人請進屋。

趙傳煒進門便行禮。「大師別來無恙。」

方丈笑咪咪。「三公子坐。」

趙傳煒不客氣地坐到他對面。「一年沒見，大師還是那樣慈眉善目。」

方丈是個有趣的人，問他。「三公子是來道謝嗎？」

趙傳煒詫異。「不知大師說的是何事？」

方丈端了杯茶給他。「貧僧一炷頭香，促成三公子美滿姻緣，豈不該道謝？不過，這是佛祖的功德，三公子須好生謝過佛祖。」

趙傳煒被他打趣得臉紅。「大師是出家人，怎麼也會開玩笑？」

方丈笑。「出家人不打誑語，貧僧說的是實話。」

趙傳煒也不再扭捏。「是要多謝大師。佛祖那裡，等會兒我去燒兩炷香。」

方丈和一般少年郎沒多少能說的話，便話話家常，又說了一些佛理，就打發他走了。

另一邊，趙家姊妹和楊家三姊妹已經說了半天的話，趙燕娘派人去問：「時辰差不多了，問問三叔今天可要燒香？」

人還沒去呢，趙傳煒便回來了。

他坐到楊寶娘身邊。「等會兒咱們一起去燒炷香。」

楊寶娘臉紅。「你燒你的，我燒我的。」

趙傳煒看了姪女們一眼，趙燕娘會意。

「二姑媽，去年三叔一個人來燒香，您就成了有緣人，可見是佛祖安排的。於情於理，姑媽也該跟三叔去燒香。」

楊寶娘端起茶杯。「那我看在佛祖的面子上。」

趙傳煒笑，又問趙燕娘和兩個小姨子。「妳們可要去？」

楊默娘搖頭，趙燕娘也笑著婉拒。「我們又不過生辰。三叔趕緊去，等會兒咱們去看看桃花。」

趙傳煒起身，笑吟吟地看著楊寶娘。

楊寶娘紅著臉起身，囑咐兩個妹妹。「在這裡等著我，別亂跑。」

等兩個妹妹點頭應了，她才跟著趙傳煒一起出去。

出了門，趙傳煒去拉她的手，楊寶娘趕緊甩開。「佛門是清淨之地。」

趙傳煒唔了聲，不再勉強，看看她頭上的金釵。「今天寶兒真好看。」連稱呼都換了。

楊寶娘紅著臉往前走。「快走吧，別貧嘴。」

趙傳煒斂起笑容，兩人在小沙彌的帶領下，一起去偏殿，這裡有尊小些的佛祖塑身。

趙傳煒親自擺了跪墊，與楊寶娘手執香火，一起跪下。

楊寶娘磕頭的瞬間，在心裡默念，求佛祖保佑阿爹健健康康，弟弟妹妹活潑可愛，三郎萬事如意。

等磕第二個頭的時候，楊寶娘再次默念。佛祖，她貪心，還請佛祖保佑她前世的父母兄弟安好無虞，讓原身有個好去處。

默念到最後一句時，她忽然感覺內心一陣異動，然後耳畔傳來一陣嘆息。

楊寶娘猛地抬頭，左右看了看，什麼都沒有，頓時興奮起來。

寶娘，是妳嗎？

等了好久，仍舊沒什麼動靜。

趙傳煒被她的動作驚了一跳。「寶兒，怎麼了？」

楊寶娘笑笑。「無事。」

燒好了香，兩人回禪房去。

眾人都準備好了，一路說說笑笑，去了大相國寺的桃花林。

大相國寺的桃花林是京城一大盛景，不光因為好看，最奇特的是，山下的桃花早就謝了，這裡卻正開得旺盛。

四月末，碧空如洗，五個小娘子一看到漫山遍野的桃花，眼睛頓時都亮了。

楊淑娘和趙婉娘先衝過去，在桃樹下轉來轉去，笑得瞇起眼，大喊：「姊姊，快來！」

楊默娘和趙燕娘都過去了，一起抬頭看，滿眼桃紅，嬌豔美麗。

趙傳煒歪頭看著楊寶娘。「寶兒，咱們一起走走好不好？」

楊寶娘點頭。「這花兒真好看。」

趙傳煒輕聲回答。「沒妳好看。」

楊寶娘頓時又紅了臉。「別胡說。」率先走進桃林裡。

今日來看花的人有不少，好在桃林夠大，大相國寺也不是人人都進得來。來的人都很識趣，一家占一小塊地方，並不去別處打擾別人。

趙燕娘帶著楊默娘等人選了一棵桃樹，讓丫頭們擺了張小矮桌，四人席地而坐，正好把小桌子圍起來，一起品茗賞花。

趙燕娘有才，吟了一首詩，楊家姊妹於詩文上差些，但楊淑娘帶了樂器，當場吹了一首〈春日宴〉。

楊寶娘和趙傳煒選了另一棵桃樹，趙家下人又擺了一張小桌子和兩個墊子。

趙傳煒笑。「寶兒，她們那裡坐不下了，咱們坐這裡吧。」

楊寶娘呸了他一口。「定是你想的主意。」

趙傳煒把頭湊到楊寶娘耳邊，輕聲說道：「是我想的主意，妳喜不喜歡？」

楊寶娘扭過臉不理他，自己先坐下來。

趙傳煒坐下後，先幫楊寶娘倒了花茶，然後從懷裡掏出一支筆。

「今天妳過生辰，我做了一支筆，手藝粗糙，給妳拿著畫畫玩。」

楊寶娘接過筆，材質是上等的，但手藝畢竟比不了外面的大師傅，平日用倒還可以。

楊寶娘收下來。「多謝你了。」然後老神在在地坐著，不說話。

趙傳煒等了片刻，見她沒動靜，小聲問她。「好寶兒，妳難道沒有東西送給我？」

楊寶娘斜睨他一眼。「哪有向人家要禮物的？厚臉皮。」

趙傳煒看看姪女那邊，見離得遠，想來聽不見他們的動靜，膽子頓時大了起來。

「要是沒有禮物，把妳自己送給我也行，我天天想妳想得睡不著。」

楊寶娘雙臉爆紅。「不許胡說八道！」

趙傳煒伸出手，在她頭髮上拈下一片花瓣，放到鼻孔下聞了聞，瞇著雙眼看她。

「好香。」

這下，楊寶娘連耳根子都紅了，趕緊低頭喝茶。

鎮定下來後，楊寶娘從袖子裡拿出汗巾子。「這是我做的，你拿著家常用吧。」

趙傳煒接過汗巾子，笑著看了看，上面繡了一對鴛鴦，寶貝地藏進袖子。

他說完，又從袖子裡掏出特別小的小匣子，打開一看，裡面是一只鑲嵌寶石的戒指。

「寶兒深知我意。」

他取出戒指，拉過楊寶娘的左手，套在她的無名指上。

戴上戒指之後，趙傳煒捨不得鬆開手，假裝看戒指，拉住楊寶娘。

楊寶娘趕緊抽出手，摸了摸戒指，嗔怪他。「送個禮物，還分兩次。」

趙傳煒笑。「我阿娘說，戒指戴這根手指上，可以長相廝守。」

楊寶娘聽了，心又怦怦跳起來。沒錯，趙家夫人定也是穿來的。

趙傳煒笑咪咪看著她。「寶兒，妳幫我畫幅畫好不好？」

楊寶娘回過神。「好呀。」

她聲音軟糯，趙傳煒覺得心裡癢癢的，真想把她摟過來親熱一番。

出門時，楊寶娘畫畫用的東西，喜鵲是走到哪裡帶到哪裡，因為隨時都可能要用，聽見楊寶娘吩咐，便把東西擺好。

楊寶娘拿起畫筆，看看對面的趙傳煒，想了想，開始下筆。

趙傳煒淺笑坐著，楊寶娘看幾眼之後，就讓他別僵著。

「我記好要畫什麼了，你該怎麼動就怎麼動，維持同一個姿勢，難受得很。」

趙傳煒來了興致，坐到楊寶娘身邊，看著她畫畫。

喜鵲打量四周，站到趙傳煒旁邊，正好擋住別處的眼光。

楊寶娘的畫一點一點完成了：桃花樹，飄飛的花瓣，樹下少年俊朗，少女嬌俏，中間有張小桌子，上面擺了茶水。

這幅畫重在寫意，人物表情不需要過多勾勒，故而畫得快。

畫好這幅畫之後，楊寶娘又開始畫另一幅。這是趙傳煒的單人像，人物更寫實些，背景的桃花樹只有個大概的樣子。

畫完兩幅畫，楊寶娘覺得胳膊有些發痠。「咱們起來走走吧，傻坐著，腿都麻了。」

趙傳煒把兩幅畫吹乾，疊好後收進自己懷裡，然後扶她起來。

兩人走到趙燕娘那邊，趙燕娘正和楊默娘下棋，棋藝旗鼓相當，趙婉娘和楊淑娘一邊吃東西、一邊觀戰。

趙傳煒看了看，沒說話，對趙婉娘和楊淑娘招手，留下她們繼續酣戰。

四人在桃林中穿梭，經常有花瓣落下來，楊寶娘的頭髮上、衣服上都沾了許多花瓣。

時間過得很快，還沒等楊默娘和趙燕娘分出勝負，吃午飯的時辰到了，趙傳煒帶著五個小娘子回了禪房。

他想到男女有別，對趙燕娘說：「我出去逛逛，妳們走一上午，也累了，都歇一歇。等會兒吃飯了，我再回來。」

趙傳煒一走，楊寶娘便吩咐人打水來，讓大家略微梳洗。

這時，寺廟的齋飯也送來了。大相國寺的齋飯可不便宜，這一頓飯，比京城最好的酒樓還貴，而且全是素菜。

幸虧齋飯貴，不然這個季節，大家都跑來看桃花，寺裡的廚房要忙壞了。

趙傳煒算著時間回來，飯菜都擺好了。

楊寶娘幫趙婉娘和楊淑娘夾菜，趙燕娘想著，楊淑娘的輩分是大一些，但年紀小，便一起照顧她們。

趙傳煒讚嘆。「這裡的齋飯很不錯，妳們多吃一些。」說完，另外拿了一雙筷子，不停幫幾個小娘子夾菜，一邊夾、一邊報菜名。

趙燕娘笑。「三叔去年來祈福，果然是有用的。」

趙傳煒也笑。「那可不，這大師傅手藝好，多少人家想挖都挖不走。」

幾人吃過飯，趙傳煒去旁邊的屋子歇息，幾個小娘子分兩間屋，休息一會兒。

等楊寶娘起來後，眾人一起下山回去。

臨別前，趙傳煒雙眼期盼地看著她。

楊寶娘笑。「要我給你下帖子？」

趙傳煒很是開心。「不用下帖子，有這句話就夠了。不請自到，我怕岳父打我。」

楊寶娘扭過臉。「我們先走了。」

她說完，大家便各自告辭回去。

楊太傅回來後，直接去了棲月閣。

棲月閣裡，酒席已經擺好了，幾個孩子都在。

楊太傅意外地發現，趙傳煒也來了，沒說什麼，把袖子裡的兩個荷包收回去，對旁邊的下人使了個眼色。

孩子們起身行禮，楊太傅笑咪咪地揮手。「都坐下，難得你們是同一天過生辰，我也跟著沾光，吃一頓好酒席。」

楊寶娘幫他倒了杯茶。「阿爹，今兒我們吃了大相國寺的齋飯，味道真不錯。寺廟裡的桃花開得正好，阿爹要是有空，也去看看。」

楊太傅笑。「你們高興就好。」對兒子和女婿說：「大了一歲要更懂事些。煒哥兒府試成績雖好，也不能懈怠，要一口氣考過今年的院試。昆哥兒多熬一年，明年也去考。」

楊寶娘嗔怪楊太傅。「阿爹，我們今天過生日，阿爹沒有禮物也罷了，來了就訓人。」

楊太傅哈哈大笑。「有，阿爹都備好了。」

正好，楊太傅跟前的人取來了三個匣子。

打開一看，楊寶娘的是一朵金絲纏繞嵌五色寶石的花，花底下有活扣，可以戴在頭髮上，二個少年郎的是兩方硯臺。

三人行禮謝過，楊太傅讓他們坐下，一起吃酒席。

趙傳煒喝了兩杯酒，因為酒量小，有些醉意。

楊太傅見女婿喝了兩杯果酒便紅了臉，忙讓人上醒酒湯。

趙傳煒有些不好意思。「多謝岳父，是我沒用。」

楊玉昆開玩笑道：「二姊夫這樣，以後怎麼做官？我聽說，外面那些大人們，都是千杯不倒。」

這事不能怪趙傳煒，當初李氏撫養他時，他身子弱得很，李氏從不讓他沾酒，不像旁人家的男孩子，過了十歲，偶爾會跟著喝兩口。雖然這年代的酒不濃，但李氏仍嚴防死守。

楊太傅來了興致，帶著孩子們聯詩，你一句我一句，熱鬧得很。

連了許久，楊太傅讓女兒們撫琴吹簫，他端著小酒壺坐在一邊，看女兒們表演。

楊寶娘於音律上頭不如兩個妹妹，就跟著在一邊欣賞。

楊太傅吩咐楊寶娘。「明天把這情景畫下來。」

楊寶娘點頭道好。

楊太傅很高興。去年兩個孩子過生辰時，他雖帶著孩子們一起取樂，可那個時候，他心裡時常抑鬱。

一年的工夫，他的心境居然有了變化，想起李豆娘時，不再悲痛，而是生出一股莫名的溫暖。

他又想起李太后說的那句「鎮哥兒，不為皇兒，我也願意」，臉上不覺帶出了笑。

姊姊，我真高興。

這時，楊默娘的琴聲停了，楊淑娘吹出最後一個調子，也緩緩停下來。

楊太傅拉回思緒。「不錯，有些樣子了。雖然妳們不過生辰，阿爹也有禮物。」

他說完，拿出三個荷包，分給另外三個孩子，裡頭裝了簡單的金錁子。

見時辰不早了，楊太傅主動起身。「都去歇著吧，昆哥兒帶你姊夫去你院子休息，明天照常上學。」

楊太傅發話，眾人點頭道好。

鬧了一天，楊寶娘也累了，洗漱過後，很快就睡著了。

趙府那邊，趙老太爺聽說孫子跑到楊家吃酒席，罵了一句。「有了媳婦忘了爺娘，跟老二一個德行！」

他氣呼呼地把禮物收起來，自去休息不提。

——未完，待續，請看文創風911《傳家寶妻》3（完）

紅顏彈指老，剎那芳華留／不歸客

2020年11月出版

何家好媳婦

夫君說，他離不開她，要她千萬莫拋下他一走了之，
夫君還說，若沒有她，他活著都沒滋味了，
她聽罷，當即伸出食指勾起他的下巴，痞痞地對他說——
只要你乖乖聽話，不惹我生氣，我絕不丟下你，
跟著我，保管你吃香的、喝辣的，賽神仙一般的快活啊！

文創風 900 1

投生在一個重男輕女的家庭中，黃四娘注定得不到爹娘的關愛，
大姊是家中第一個孩子，多少得了幾年的疼愛，
二姊和三姊是少見的雙生子，也被希罕了好一陣子，
而身為家中的第四個女兒，她自小得到的只有嫌惡及打罵，
她也知道自個兒爹不疼、娘不愛的，所以向來安分低調不惹事，
可即便這樣，親娘仍是生了將她以二十兩銀子賣掉的心思，
倘若真被賣至那煙花之地，她這輩子還有什麼盼頭？
不行，自己的命運自己扭轉，得趕緊想辦法逃離黃家這牢籠才成！

文創風 901 2

聽說何思遠前兩年被朝廷徵去從軍打仗，還立了戰功，即將光榮返鄉，
可這會兒，他弟弟卻在街上號哭，說他戰死了，甚至屍骨無存，
接著，她又聽見何家父母想為這早逝的大兒娶媳，以求每年有人上墳祭拜，
明知道嫁過去是守寡的，可眼下這是她逃出黃家的唯一機會了！
無暇多想，她厚著臉皮上前求何家父母相救，最終順利進入何家當寡婦，
婚後，公婆待她極好，將她當親閨女般疼愛，也相當支持她創業自立，
她不是那等不知恩圖報之人，她定會當何家的好媳婦，善待何家人，
並且，她還要賺許許多多的錢，過上闔家安康的好日子！

文創風 902 3

短短幾年，四娘一手創立的芳華閣已遍布整個大越朝，
芳華出產的保養品炙手可熱，連皇宮裡的后妃娘娘們都愛用，
可她不滿足於此，她還想當上皇商，畢竟誰當靠山都不及皇帝大啊！
這日，她女扮男裝出遠門巡視分鋪之時，竟巧遇了她的亡夫，
原來這人當年根本沒死，還立下汗馬功勞，只是因著戰事而未能返家團聚，
她試探地跟他說，父母已為他娶妻，豈料他竟說返家後會給妻子一筆錢和離，
四娘聞言，簡直都要氣笑了，現在是在跟她談錢嗎？她最不缺的就是銀子！
要和離就來啊，反正她也不是會乖乖在家相夫教子的人，正好一拍兩散，哼！

文創風 903 4 完

小夫妻倆辦了婚禮，正是新婚燕爾之時，不料西南戰事再起，
雖說這次是去平叛軍的，動靜小點，但架不住國庫空虛啊！
為了不讓夫君及軍士餓著肚子殺敵，四娘瞞著夫君偷偷前往西南做生意去了，
她為妻則強，事先找上皇帝談條件，把西南三地的所有玉脈全歸她所有，
而她則負責戰事期間的所有軍需，且日後的玉石營收還會讓皇帝入股分紅，
仔細想想，她這般有情有義又力挺夫君的媳婦，真是打著燈籠都找不著了，
可是，夫君發現她跑到西南後，居然生氣地要她想想自己到底錯在哪裡？
嗚，她就是錯在太愛他了！她要給肚子裡的娃兒找新爹，他就不要後悔！

2020年11月出版

莽夫求歡

文創風 899

【洞房不寧之一】

一個是天不怕地不怕的紈袴富二代，
一個是武力值滿點的江湖奇女子，
不打不相識，越打越有味，
像極了愛情……

新系列【洞房不寧】開張！
我愛你，你愛我，然後我們結婚了——
不不不，月老牽的紅線，哪有這麼簡單？
這款冤家是天定良緣命，好事注定要多磨……

天后執筆，高潮迭起／莫顏

宋心寧決定退出江湖，回家嫁人了！
雖說二十歲退出江湖太年輕，但論嫁人卻已是大齡剩女。
父親貪戀鄭家權勢，賣女求榮，將她嫁入狼窟，她不在乎；
公婆難搞、妯娌互鬥，親戚不好惹，她也不介意；
夫君花名在外、吃喝嫖賭，她更是無所謂，
她嫁人不是為了相夫教子，而是為了包吃包住，有人伺候。
提起鄭府，其他良家婦女簡直避之唯恐不及，可對她來說，
鄭府根本就是衣食無缺、遠離江湖是非、享受悠閒日子的神仙洞府！
可惜美中不足的是，那個嫌她老、嫌她不夠貌美、嫌她家世差的夫君，
突然要求她履行夫妻義務，拳打腳踢趕不走，用計使毒也不怕，
不但愈戰愈勇，還樂此不疲，簡直是惡鬼纏身！
「別以為我不敢殺你。」她陰惻惻地持刀威脅。
夫君滿臉是血，對她露出深情的笑，誠心建議——
「殺我太麻煩，會給宋家招禍，不如妳讓我上一次，我就不煩妳。」
宋心寧臉皮抽動，額冒青筋，她真的好想弄死這個神經病……

2020年11月出版

文創風 896~898

懦弱繼母養兒記

穿越就算了，為何穿成故事中男主角及頭號反派的繼母?!

她既要教養三個兒子，還要應付便宜夫君；這日子也太熱鬧了……

發家致富搞建設 夫君兒子全收服／雲朵泡芙

一朝穿成北安王的續絃王妃，還是三個兒子的繼母，
這下可好，閉上眼她是久病纏身的單身女，睜開眼是老公、兒子都有了！
但剛進入新身分，馬上又有人想謀害她，接著離家的便宜夫君同時回府，
她不但要清理王府後院，還要不露馬腳地繼續扮演軟弱王妃，
更得臨機應變地活用《西遊記》當作教養兒子們的教材，她都快要精分了！
而且久不親近的王爺，如今卻總跟著她不放，難道是自己哪裡露了馬腳 ?!

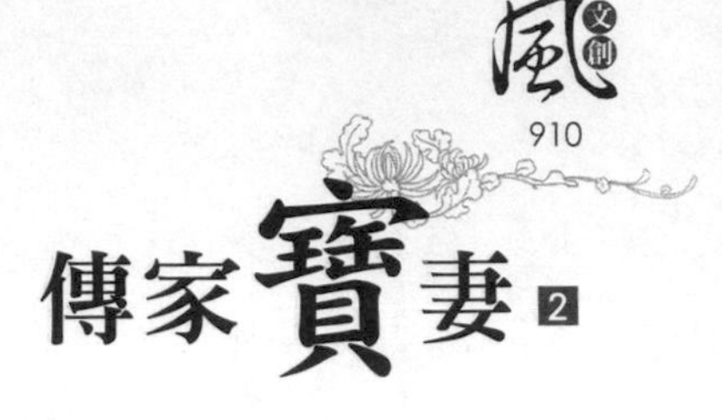

國家圖書館出版品預行編目資料

傳家寶妻 / 秋水痕著. --
初版. -- 臺北市 : 狗屋出版社有限公司, 2020.12
冊 ; 公分. --（文創風）
ISBN 978-986-509-167-5（第2冊：平裝）. --

857.7　　　　　　109017280

著作者	秋水痕
編輯	安愉
校對	周貝桂
發行所	狗屋出版社有限公司
地址	台北市104中山區龍江路71巷15號1樓
電話	02-2776-5889～0
發行字號	局版台業字845號
法律顧問	蕭雄淋律師
總經銷	知遠文化事業有限公司
電話	02-2664-8800
初版	2020年12月
國際書碼	ISBN-13　978-986-509-167-5

本著作物由北京晉江原創網絡科技有限公司授權出版

定價260元

狗屋劃撥帳號：19001626

網址：love.doghouse.com.tw　E-mail：love@doghouse.com.tw